기억과 상식

김진국 비평집
기억과 상식

초판 1쇄 발행 2011년 10월 17일

지은이 김진국
펴낸이 오은지 **펴낸곳** 도서출판 한티재 **등록** 2010년 4월 12일 제2010-000010호
주소 706-821 대구시 수성구 범어4동 202-13 **전화** 053-743-8368 **팩스** 053-743-8367
전자우편 hantijaebook@daum.net **블로그** http://hantijaebook.tistory.com

ⓒ 김진국 2011
ISBN 978-89-97090-01-3 03810
책값은 뒤표지에 있습니다.

이 책 내용의 일부 또는 전부를 이용하려면 반드시 저작권자와 한티재의 서면 동의를 받아야 합니다.
이 도서의 국립중앙도서관 출판시도서목록(CIP)은 e-CIP홈페이지(http://www.nl.go.kr/ecip)와
국가자료공동목록시스템(http://www.nl.go.kr/kolisnet)에서 이용하실 수 있습니다.
(CIP제어번호: CIP2011003955)

김진국 비평집

기억과 상식

한티재

책머리에

인류 문명의 새천년이 시작되는 첫 세기라는 기대를 받았던 21세기도 벌써 10년이 훌쩍 지나갔다. 천년의 세월 중에 기껏 10년의 세월이 지나간 것에 불과하지만 20세기 말엽에 많은 미래학자들이 쏟아내던 화려한 전망은 온데간데없고, 대신 한 치 앞을 내다볼 수 없을 만큼 어둡고 칙칙한 현실이 앞을 가로막고 있다. 미래에 대한 불안과 공포가 일상화되어 있고, 또 '세계화'되어 있다는 것이 지난 20세기와는 다른, 21세기 첫 10년의 특징이라면 특징이라고도 할 수 있을 것 같다.

그런데 우리 사회의 21세기 첫 10년에 대한 평가에는 상반된 시각들이 있고, 그 시각은 전혀 합의점을 찾지 못하고 갈등을 일으키고 있다. 그 10년은 누군가에게는 "잃어버린 10년"이었고, 누군가에게는 민주주의가 정착되어가고 인권이 확대되어가던 10년이었으며, 또 한편으로 동족 간의 전쟁 위험이 없는 평화의 시대로 기억되고 있는 10년이다. 어느 쪽의 평가가 옳은지는 세월이 좀 더 흘러봐야 알겠지만 "잃어버린 10년"이었음을 일관되게 주장하는 자칭 보수세력들이 실제로 잃어버렸다고 안타까워한 것이 무엇인지는 점점 더 선명하게 드러나고 있는 것 같다.

이명박정부 출범 이후 공직자 임명을 위한 청문회 과정에서 보수세력을 대표하는 공직자들의 수준이 만천하에 드러났다. 청문회에서 드러난 그들의 모습을 보며 그들이 과연 진보나 좌파세력에 대항하여 우리 사회의 진정한 '보수적 가치'를 지키려는 사람들인가에 대해 아무런 확신을 가질 수 없었다. 다만 보수를 참칭하며 혈연, 지역, 학연의 힘으로 사익만을 추구하는 거대한 이익집단일 뿐이란 사실이 확인된 것이 통과 의례에 불과한 18대 국회 청문회가 국민들에게 베푼 은혜라면 은혜일 것이다. 그들이 지난 10년 동안 잃어버렸다고 앙앙불락한 것은 그들끼리의 이권과 특혜였다.

자칭 보수세력이 '잃어버린 10년'이라 규정하던 그 10년은 헌정사 50년 만에 선거에 의해 여야 정권교체를 이루어낸 시기이고, 또 고졸 출신의 정치인이 서민들의 지지를 받아 대통령의 자리에 올랐던 시기이다. 그런 10년의 세월을 지나서 보수세력은 이명박정부를 선택함으로써 그 동안 잃어버렸던 이권과 특혜를 되찾아왔다. 그들이 끝내 잃어버린 것이 있다면 인간이라면 누구나 가지고 있는 수치심과 최소한의 도덕성일 것이다.

그렇다면 국민들이 지난 10년 동안 잃어버린 것은 무엇일까? 그리고 이명박정부가 출범한 이후 국민들이 되찾은 것은 무엇이며 또 잃어버린 것은 무엇인가? 내년이면 최고 권력자의 얼굴이 또 바뀌게 되는 선거가 있다. 국민들로서는 잃어버린 그 무엇을 되찾기 위한 선택이 되어야 함은 두말할 필요가 없을 것이다.

이 책은 지난 10년 동안 우리가 잃어버리고 살아왔던 것들에 대한 단편적인 이야기들과, 이명박정부 출범 이후 드러난 세상의 모습들을 담은 글들을 모아 엮은 것이다. 꽤 오랜 시간 여러 매체에 흩어놓은 글들, 칼럼 형식의 짧은 글들을 묶다 보니 다소 산만하기도 하거니와, 주제나 서술의 일관성을 찾기 어려운 꼴이 되고 말 것 같아 걱정이 앞선다. 그래서 처음 매체에 발표된 시점과는 상관없이 글은 주제별로 4부로 나누었고, 각 부마다 그 글들의 성격을 제시하는 소제목을 달았다.

1부는 복지제도와 사회안전망이 열악하기 짝이 없는 우리 사회의 풍경을 모은 글들이다. 엊그제 출범한 것 같던 이명박정부도 시나브로 저물어가는 지금, 우리 사회는 공포가 일상화되어 있다고 할 정도로 살벌하고 섬뜩한 세상이 되어 있다. 그 중에서 각 개인이 느끼는 경제적 공포는 인간이면 누구나 가지고 있는 이웃에 대한 '연민'의 감정마저 짓누르고 있다. 한번 밀리면, 뒤처지면 죽는다는 것은 이 시대 모든 사람들이 뼛속 깊이 새기고 있는 생존의 법칙이 되어 있다. 경쟁에서 밀려난 패배자는 한 뼘의 설 자리도 가질 수 없는 벼랑 끝 사회로 우리 사회가 변한 것은 '고소영 정부'와 '강부자 정당'의 상위 1%의, 1%를 위한, 1%들만을 위한 정책 탓만은 아니다. 외환위기 이후 서서히 외연을 넓혀온 승자독식의 야만의 법칙이 정권이 수차례 바뀌는 동안에도 전혀 제동이 걸리지 않았던 탓이다. 그 결과 우리는 약자에 대한 배려와 연민, 공동체를 건강하게 꾸밀 수 있는 이웃과의 연대의식을 잃어버린 채 살아왔다. 그렇다면 다음 선거에서는 사회적 약자에 대한 연민의 수준을 넘어 '사회적 연대'로서의 '복지와 사회안전망의 강화'라는 시민사회의 요구가 가장 큰 쟁점이 될 수밖에 없을 것이다. 그 내용을 구체화하고 사회 전체에 대한 설득력을 높이는 것은 야당이나 진보진영의 몫일 것이다.

두 번째 이야기들은 과학기술과 생명윤리에 관한 글들이다. 자본주의 사회라는 것이 어떻게 보면 팔 수 있는 것이면 무엇이든 팔아서 이윤을 남기되, 팔리지 않는 것들은 그냥 소리나 흔적도 없이, 또 아무 연민도 없이 사라지도록 만드는 사회일지도 모른다. 팔리지 않아 사라지는, 또는 사라져야만 하는 목록들 중에는 어떤 이들이 '인력(人力)'이라고 부르는 '사람'도 당연히 포함된다. 그런데 아무리 첨단자본주의사회라 하더라도 팔 수 없고 팔아서도 안 되는 것이 있다. 그것은 바로 사람의 '몸'이요 '생명'이다. 그런데 생명공학과 같은 첨단과학기술은 인간의 몸은 물론 생명까지도 기술자의 손으로 얼마든지 조작하고 만들어내 팔 수 있도록 만들었다. 인간의 몸과 생명이 돈으로 환산되고, 그렇게 시장에서 팔려나가는 천박함의 극치를 우리는 줄기세포 논문 조작 사건에서 충분히 실감했다. 세월이 흘렀다고 해서 달라진 것은 하나도 없다. 황우석 박사가 일으킨 추문은 황우석 박사 개인의 '인위적 실수'였을 뿐, 인간의 생명과 몸을 시장에서 거래하고 이윤창출의 도구로 삼고 경제성장의 동력으로 삼으려는 움직임은 지금도 계속되고 있다. 생명공학의 가치와 인간과 생명의 가치에 대한 근원적인 물음은 오래 전에 실종되고 말았다. 지나간 글들에서 그 물음들을 꺼내 봄으로써 잃어버린 생명과 인간에 대한 가치를 다시 한번 되돌아보려고 한다.

3부는 전쟁과 관련된 글들이다. 우리는 지금 수시로 지하벙커에서 회의를 하고, "전쟁을 두려워하지 않는" 지도자 밑에서 살고 있다. 전쟁을 두려워하지 않는 지도자의 결단과 소신 때문인지 남북 관계는 몇 년째 꽁꽁 얼어붙어 있다. 지난 정권까지 10년 이상 끊이지 않고 계속되어 왔던 남북한 사이의 의약품과 의료지원 창구조차 꽉 막혀 있는 상황이다. 게다가 천안함, 연평도 사태가 연이어 터지면서 일촉즉발의 전쟁 위기가 한반도를 엄습하기도 하였다. 이쯤에서 우리는 우리 자신에게 한번 되물어 볼 필요가 있다. 평화를 위해 필요한 것이 과연 "전쟁을 두려워하지 않는" 용기인가? 과연 '도덕적인 전쟁'이란 것이 있을 수 있는가? 인류 역사에서 도덕적인 전쟁이라는 것이 있긴 했던가? 전쟁 없는 세상을 만들기 위해서는 과거의 역사에 대한 철저한 성찰이 우선되어야 할 것이라 믿는다. 일본 군국주의 세력의 한반도 침탈로 말미암아 우리 민족이 입은 피해를 제대로 살핀다면 한국군이 동참했던 이라크 전쟁의 성격 또한 분명해질 것이다. 그리고 다시 한번 되묻게 될 것이다. "전쟁을 두려워하지 않는 용기"로 우리가 얻을 수 있는 것은 무엇인지, 평화로운 세상을 위해서 우리는 어떤 선택을 해야 되는지.

1987년 유월 항쟁 이후 많은 학자들이 '절차적'이란 수식어를 달긴 했지만, 한국사회에서 민주주의가 완성되었다는 평가를 내렸다. 절차적 민주주의의 완성이란 말은 민주적인 절차에 의한 선거가 정착되었다는 말일 것이다. 그러나 선거 때마다 그 결과에 국민의 뜻이 충실히 반영되었다고 확신하는 사람은 그렇게 많지 않을 것이다. 게다가 우리 사회의 주요 의제에 대해 절대적인 영향력을 행사하고 있는 사법부는 선거나 국민의 힘에 의해 전혀 견제받지 않는 성역이 되어 있다. 그리고 또 하나의 권력으로 임기도 없는 절대권력인 보수언론은 민의를 자신들의 입맛에 따라 제멋대로 가공하고 조작함으로써 선거는 물론 주요 국가정책에도 깊은 영향을 미쳐왔다. 그 결과 지금 우리 사회는 민주주의라는 절차와 형식만 남아 있을 뿐 속사정은 민주주의와 거리가 멀어도 한참 먼 상태가 되고 말았다. 그나마 이명박정부 출범 이후에는 그 절차와 형식마저도 쓰레기통에 처박히는 꼴을 보아야만 했다. 이 과정에서 이명박정부 출범 이후 우리나라 검찰이 보여준 행태는 법이 도대체 왜 있어야 하는지에 대한 의문마저 불러일으키게 만들었다. 역설적이긴 하지만 형식적 절차만으로 결코 민주주의가 완성될 수 없다는 교훈을 되찾아준 것은 이명박정부가 국민들에게 안겨준 선물이기도 하다. 껍데기만 남은 우리 사회의 민주주의 실상과 함께 사법부와 보수언론이 우리 사회의 민주주의를 어떻게 왜곡시키고 있는가에 대한 생각들을 마지막 4부에 따로 모았다.

　　마지막 이야기까지 다 펼쳐놓고 보니 정작 "그럼 어떻게 하자는 건가?"에 대한 답이 보이질 않는다. 곪아터진 몸을 그냥 열어 젖혀 놓은 채 아무런 처방도 처치도 없이 넋 놓고 있는 돌팔이 의사 꼴이다. 하지만 지금 당장 처방을 내릴 형편이 못 되면 우선 병들어가는 속살이라도 외면하지 않고 꾸준히 지켜보는 용기와 인내가 필요한 법이다. 병든 몸이 하루하루 겪어가는 일상을 기록한 것이 의사의 병록지인데, 그 병록지는 병든 몸이 건강한 몸으로 거듭나기 위한 가장 중요한 밑거름이 된다. 이 글들은 우리 몸이 자리잡고 있는 우리 시대에 깃든 질병을 기록한 병록지로 이해해 주었으면 한다. 세상이 우리의 몸과 삶을 구속하고 규정하기도 하지만, 세상은 우리의 몸과 삶이 만들어가는 것이기도 하다. 지난 시대의 기억과 기록들은 오늘을 사는 우리들의 모습을 들여다보도록 하는 거울이고, 그 거울에 비친 모습들을 꼼꼼히 살필 때 또 다른 세상에 대한 설계와 보다 나은 세상에 대한 전망과 해법도 만들어낼 수 있을 것이라 믿는다.

오지랖도 넓게 전공 분야도 아니면서 손을 댄 분야가 많다. 잘못된 부분이 있을 것이고, 그에 대한 질책은 겸허하게 수용하려 한다. 다만 한 가지 지적하고 싶은 것은 우리 사회에서 '전공'이란 말은 그 사람의 공부 분야나 앎의 수준을 드러내는 것이라기보다는, 상대방의 비평이나 비판을 원천봉쇄하는 방패막이로 기능하는 경우가 더 많다는 사실이다. 의학, 과학, 법학 분야가 특히 심하다. 적어도 건전한 상식을 가진 사람이 지속적인 관심을 가지고 들여다보아도 이해하기 어려운 전공지식이라면 그것은 사회 전체의 공익을 위한 지식이라기보다는 특정 계층의 이익을 대변하는 궤변일 뿐이다.

지난 정권에서 행정수도 이전과 관련된 위헌소송, 그리고 현 정부 들어와서는 국회의 미디어법 가결과정에 관한 위헌소송에서 이 나라 최고 법률전문가들이 내린 판결은 온 세상의 조롱거리로 남아 있다. 광우병 우려가 있는 미국산 쇠고기 수입결정에 저항하던 시민들을 비웃기라도 하듯 카메라 기자들을 모아 놓고 미국산 쇠고기 시식회를 열던, 학식은 물론 경륜까지 높디높으신 의사들, 건전한 시민들의 우려를 짓밟고 4대강사업의 이론적 토대를 제공했던 이 나라 토목·수리공학 전문가들, 사이비 생태학 전문가들……. 일일이 열거하기가 어려울 정도이지만, 이들은 건전한 상식을 가진 시민들의 비판을 "전공자도 아니고, 전문가도 아닌 사람들이……"라는 말 한 마디로 뭉개버리는 못된 버릇들을 가지고 있다.

지금 일본의 후쿠시마 핵발전소에서 일어난 사고는 인간의 힘으로는 수습 불가능할 것 같은 지경에 이르고 있다. 그 사고의 여파가 동아시아를 넘어 온 지구촌으로 확산되고 있는 상황에서 여태껏 일본정부와 원자력 전문가들이 일본 국민들에게 늘어놓았던 거짓말들이 속속 드러나고 있다. 지금 일본 국민들이 겪고 있는 불안과 공포의 근본적인 원인은 그들이 지금까지 일본의 핵발전소 전문가들을 지나치게 신뢰했거나 아니면 일본 국민들의 건전한 상식이 전공이라는 벽을 넘어서지 못했거나 둘 중 하나일 것이다. 우리나라는 어떨까? 나는 국민들의 건전하고도 건강한 상식이 전문가의 벽을 넘지 못한다면 이 나라의 민주주의는 결코 실현 불가능한 과제라고 생각한다. 하지만 국민들의 일상은 관료들과 전문가들의 처분에 내맡겨져 있고, 부당함을 호소하는 국민들의 목소리에는 검찰과 경찰이 재갈을 물리고 있다. 이명박정부 출범 이후 소수의 특권층들은 잃어버린 이권과 특권을 되찾아갔지만 국민들은 목소리마저 빼앗겨버린 채 불안과 공포 속에 허덕이고 있다. 이 책이 그간 우리가 잃어버린 것들, 그리고 되찾아와야 할 것들을 가려내는 데 작은 참고라도 되었으면 하는 바람을 가져본다.

　마지막으로 우리나라 언론, 특히 보수언론에 대해 비평적인 글을 쓰게 된 계기를 덧붙이고 싶다. 그것은 10여 년 전부터 시작된 참언론대구시민연대 허미옥 사무국장과의 인연 때문이다. 지금도 지역에서 펜을 든 여전사의 모습으로 언론개혁의 현장을 누비고 다니는 허미옥 사무국장에게 이 자리를 빌려 감사의 뜻과 함께 격려의 박수를 보낸다.

　여기저기 흩어진 산만한 글들을 모아 한 권의 책으로 정성스레 다듬어준 도서출판 한티재의 오은지 대표와 물레책방 인문학연구실 변홍철 실장에게 감사의 인사를 전한다. 잠깐 사이에 이 나라는 수도권 일극 체제로 완전히 재편되고 말았다. 출판문화계라고 해서 예외는 아닐 것이다. 게다가 온 나라 출판사업 자체가 불황이라는데, 출판 불모지나 다를 바 없는 지역에서 한티재가 내디딘 걸음의 의미는 결코 가볍지 않다고 생각한다. 그 걸음걸음들이 실속 없는, 무모한 도전이 되지 않도록 작은 힘이라도 보탤 것을 약속드린다.

2011년 8월
김진국

차례

책머리에   005

1 연민을 넘어, 사회적 연대를 위하여

종소리, 저 슬픈 종소리   021

우리 시대의 노인들   025

사회는 늙어간다는데   028

고향마을의 빈집   031

인구고령화 문제를 바라보는 우리 언론의 시선   034

찬바람은 부는데……   041

연민 없는 세상, 그 삭막함을 상상해 보라   044

무상예방접종 시범사업   048

분배와 성장   051

사회안전망과 모금운동   054

외자 유치와 국민건강권   057

의료산업과 건강   061

창궐하는 암과 정부의 책임   065

지방분권의 그늘   069

경제위기와 건강수준   072

노름판 자본주의의 운명   076

경제위기와 '메디시티 대구'   080

2 과학기술과 환경, 생명, 윤리

한민족의 생명문화   087

인간, 복제인간, 그리고 인권   096

지율 스님이 던진 화두   100

'생명'에 대하여   103

장기이식의 윤리 — 미담 뒤에 숨겨진 이야기   106

실용주의와 뉴데탕트 시대   112

광우병과 공장식 축산업   115

광우병과 미국산 쇠고기   118

'세계최초'와 한국 언론   121

학문의 자유와 학자의 의무   124

황우석 논란, 어떻게 볼 것인가   128

염치없는 사회   134

한미 FTA 협상과 미국산 쇠고기

— 「죽음의 향연」, 「얼굴 없는 공포, 광우병 그리고 숨겨진 치매」   139

3 전쟁 없는 세상을 위한 성찰

국익을 위한 행진곡   153

국익 앞에 점점 무기력해지는 우리들   156

진군의 북소리도 없이……   160

국익(國益)과 인의(仁義)

— 지금은 철군을 이야기해야 할 때다   163

침략과 진출의 차이   169

3·1절 기념사와 과거사   172

일본의 망상과 자신감   175

피폭 60년, 그 아득한 세월   179

일상 속의 전쟁문화   182

군대의 전설   185

전쟁과 핵공포가 없는 세상을 위하여

— 한국사회의 원폭에 대한 인식과 원폭피해자 대책을 중심으로   188

4 민주주의, 선거, 언론

사법부 독립에 대한 오해   203

영원불멸의 관습법   206

시장의 힘과 민주주의   211

KORUS FTA, 그들만의 자유   214

'그분들' 만의 천국   218

그들만을 위한 법   222

안방 전화기 민주주의   225

참! 이상한 선거   229

법…… 표정 없는 얼굴   233

패장의 마지막 저항   237

끝없는 계급배반의 선택   241

민주·개혁세력의 길 찾기   245

지언(知言)과 향원(鄕愿) ― 정운찬 총리 청문회를 보고   251

학교폭력, 문화의 문제? 문화의 문제!   256

한국사회의 변화와 대구, 그리고 지역 언론   261

2007년 12월 대선과 2008년 4·9 총선 보도 관전평   280

대구경북에 나타난 괴물, 도대체 누가 키웠나   295

과학과 상식, 그리고 민주주의   300

1
연민을 넘어,
사회적 연대를 위하여

종소리, 저 슬픈 종소리

    1990년 3월 9일, 세상에 어떻게 이런 일이 있을 수 있는지 사람들은 가슴을 쳤다. "젊은 아버지는 새벽에 일 나가고, 어머니도 돈 벌러 파출부" 나간 사이, 자물쇠가 밖으로 잠겨 있는 방에 불이 나면서, 다섯 살과 세 살배기 어린 두 남매가 엄마 아빠 한번 제대로 불러보지 못하고 타죽어버린 그날의 일을 가수 정태춘은 〈우리들의 죽음〉이란 노래로 만들어 불렀다. 기타만으로는 도저히 감정을 삭일 수 없었던지 정태춘은 북 치고, 장구 치고, 꽹과리까지 두드리며 "더 이상 죽이지 마라"고 절규했다.

    그런데 그 당시 이 노래들이 담겨 있는 음반은 전파를 타지 못했다. "한 가정의 부주의로 생긴 불행한 사례"를 사회문제로 비약시킨다는 이유에서. 게다가 사람들은 함부로 말할 수도 없었던 시절이었다. 국가보안법이 기고만장하여 칼춤을 추던 시절이었으므로. 그리하여 두 남매의 죽음은 세상 사람들의 기억에서 금세 지워졌다.

그로부터 10년의 세월도 더 지난 2002년 2월. 한 달 6만원의 관리비를 내지 못해 전기와 수도가 끊어진 영구임대아파트에서 약수만 길어먹다 굶어죽은 한 여인의 주검 옆에서, 탈진해 쓰러져 있던 열두 살짜리 딸이 발견되었다. 딸은 학교조차 다니지 못하고 있었다. 그때는 IMF를 졸업했다며 축배를 든 지도 6개월이 지난 시점이었으며, 굶어죽은 여인이 마지막까지 발붙이며 살다 숨진 곳은 '대구의 강남'이라 부르는 수성구의 한 귀퉁이였다. 당시 언론은 한 목소리로 이 도시의 야만성을 질타하며, 허술한 사회안전망을 확충하라고 다그쳤다. 그러나 그것도 잠시, 곧 온 나라가 붉은 열정들이 토해내는 대~한 민국!! 네 박자 함성에 파묻히면서 12세 소녀의 슬픈 이야기는 세상 사람들의 기억에서 사라져 갔다.

2004년 12월, 백화점마다 오색등이 깜박거리고, 도시의 길목마다 바쁜 발걸음을 낚아채는 구세군의 종소리가 댕그렁댕그렁 울려 퍼질 무렵의 일이다. 아버지는 제복을 입고 철야근무를 하고 있었고 어머니는 새벽이슬 맞으며 신문을 돌리던 사이에, 어린 세 남매가 엄마 아빠에게 새까맣게 그을린 작은 몸뚱이들만 선물처럼 남겨놓고 천사가 되어 하늘로 올라갔다. 몸부림치다 쓰러지는 엄마의 모습은 사람들의 눈시울을 뜨겁게 만들었지만, 세 남매의 죽음은 15년 전 어린 두 남매의 죽음과 마찬가지로 "한 가정의 부주의로 생긴 불행한 사례"의 수준을 넘어서지는 못했다. 어이없는 죽음이 너무 흔한 시대라 그런지 이번에는 노래를 불러주는 사람도 없었다.

그리고 열흘쯤 뒤, 네 살배기 아이가 장롱 속에서 굶어 죽은 채 발견되었다. 21세기의 대구에서! 2년 만에 또 사람이 굶어 죽은 채 발견된 것이다. 생계수단을 잃어버린 아버지와 정신질환을 앓고 있는 어머니, 그리고 "집안에 쌀 한 톨 안 보"이는 그 집의 아이들, 게다가 중병을 앓고 있었는데도 주변으로부터 전혀 도움의 손길이 닿지 않았다면 그 아이의 죽음에 무슨 긴 설명이 더 필요하랴마는……. 이 아이의 죽음도 '가장의 무능함으로 생긴 불행한 사례'일 뿐이며, 대구가 '기업하기 좋은 도시'로 발돋움하기 위해서 어쩔 수 없이 치러야 할 불가피한 희생 정도로 생각하고, 그렇게 사람들의 기억에서 지워 버려도 될 일인가? 그렇다면 어둡고도 모진 세월을 힘겹게 헤쳐 나온 우리는 지금 어디쯤 서 있는 건가?

사람들의 움츠린 어깨 위로 슬픈 종소리 쏟아져 내린다. 한나라당의 억지와 완력에 무기력하게 무릎을 꿇어버린 여당(당시 열린우리당) 대표의 어색한 웃음[1]은 절망의 종소리가 되어 슬프게 울려 퍼지고 있다. 그 종소리는 국가권력이 법을 앞세워 휘두른 폭력에 상처받은 사람들의 가슴을 후벼 파는 비수가 되어 버렸다. 굶어죽고 타죽음으로써 이 슬픈 세상과 작별을 할 수 있었던 어린 생명들이 천상에서 부르는 노래는 슬픈 종소리가 되어 성탄절 새벽하늘을 내려오고 있다. 이제는 제발 지상

---

1   참여정부 시절 여당인 열린우리당이 국가보안법 폐지를 비롯하여 과거사청산, 언론개혁, 사립학교개혁과 관련된 4대 개혁입법들을 추진할 때 야당인 한나라당은 '국론분열을 심화시키는 법안들'이라며 실력저지에 나섰다. 야당의 실력저지와 장외투쟁, 그리고 당시 여당의 원내전략 혼선으로 4대 개혁입법은 무산되었다.

의 어린 생명들만이라도 굶기지 말고, 불태우지 말라고…….

『영남일보』 2004.12.26. 영남시론

우리 시대의 노인들

　병상에 누워 초점 없는 눈빛으로 허공을 물끄러미 쳐다보고 있는 늙고 병든 몸들. 긴 세월을 숨가쁘게 헤쳐 나온 고달픔과 피곤함은 주름살의 깊이와 거친 숨소리가 충분히 증명해주고 있다. 한 치 앞의 미래도 없는 삶이기에, 그리하여 쪼그라들 대로 쪼그라진 몸을 헙수룩하게 감싸고 있는 환자복이 힘없이 너풀거린다. 인간이 인간으로서 품위를 유지하게 만드는 것 중의 하나가 바로 인간이 가진 기억의 힘일 게다.

　하지만 늙고 병들면서 깨끗이 기억까지 지워버린 사람들의 몸은 가족들도 진저리를 칠 만큼 만신창이 그 자체다. 이승의 삶이 힘들었던 만큼이나 저승 가는 길도 그만큼 험난한 것인가. 힘겹게 버텨왔던 생애의 끝자락에 와서 이제는 편안히 쉴 자리를 쉬이 찾을 법도 하건만 거친 숨소리는 야속하다 싶을 정도로 모질게 모질게 이어지고 있다. 그래서 낮선 사람들의 손길에 혈육의 몸을 의탁해 놓은 가족들이 간간이 물어보는 안부의 내용은 늘 한결같다. "아직 거카고 있십니꺼? 언제쯤 돌아가시겠십니꺼?" 그러나 감히 누가 답할 수 있으랴. 하늘만이 아는 일을.

이 시대 노년의 빛깔은 경험과 경륜, 그리고 여유로움이 은근하게 드러나는 은빛이 아니라 불씨 가물거리는 시커먼 잿빛으로 변해가고 있다. 한 사회에 속한 인간의 가치는 그 사회가 추구하는 가치에 따라 결정된다. 기업하기 좋은 나라에서 인간은 기업의 이윤을 창출하기 위한 도구로 전락할 수밖에 없다. 우리는 지금 기업하기 좋은 도시, 기업하기 좋은 나라를 못 만들어 안달인 세상에 살고 있다. 그리하여 노년은 개발과 성장의 장애물이요, 서둘러 한편으로 치워버려야 할 실용성 없는 폐품으로 취급되고 있는 것이다.

자동차의 쾌적한 질주를 위해 노인들을 지하도 밑으로 떼밀어 넣고 있다. 노년이란 것이 인간이면 누구든 겪게 되는 삶의 한 과정이 아니라 절대 걸려서는 안 되는, 천형과도 같은 질병이 되고 있다. 허황한 망상에 빠져있는 듯한 일부 의학자들은 유전자조작으로 노화방지가 가능할 것이라고 장담하고, 노화는 치료 가능한 '질병'이라고 서슴없이 떠들어대는 의사들도 있다. 자신들은 결코 늙지 않을 것처럼. 그리고 이 시대의 보험회사들이 가장 유용하게 사용하고 있는 영업전략은 노년의 슬픔과 비참함을 한없이 증폭시켜 젊은이들에게 공포심을 주입하는 것이다. 한 건의 계약을 위해 보험설계사는 장황한 설명을 늘어놓기보다는 무료급식소에 길게 늘어서 있는 노인들의 슬프고도 초라한 뒷모습을 담은 사진 하나 보여주는 것만으로도 충분하다. 미래에 대한 젊은이들의 불안과 공포는 자연스럽게 계약으로 이어지게 된다.

마지막 남은 힘을 모아 저승의 문을 활짝 열어젖힘으로써 홀연히 이승과 작별을 한 어느 노인이 남겨둔 소지품에는 꾀죄죄한 수첩 하나가 있었다. 그 수첩 첫머리에는 혼자 힘으로 황혼기의 행복과 건강한 몸을 가꾸어 보려는 의지가 담뿍 배어있는 생활 수칙 세 가지가 꽈배기 늘어놓은 듯한 글씨의 영어로 적혀 있었다. "Have something to do, Have someplace to go, Have someone to love….".

그러나 혼자 힘으로 행복하고자 발버둥쳤던 그 노인은 결코 행복할 수가 없었고, 건강할 수도 없었다. 할 일이 없었고 갈 곳도 오라는 곳도 없었을 테고, 게다가 평생 반려자를 먼저 떠나보낸 독거노인이었기에 사랑할 사람마저 없었기 때문이다. 지금 꽃사태 일어난 도심의 공원벤치에는 생기 없는 노인들이 햇살을 받으며 길고도 긴 하루의 삶을 소진하고 있다. 오늘 해 지면 그분들에게 또 어김없이 힘겹게 살아내야 할 하루가 세금고지서처럼 날아들 것이다. 내일 또 그 자리에서 친구 같은 햇살과 나란히 앉아 황사바람에 맥없이 떨어지고 있는, 그 잘난 꽃잎들을 물끄러미 바라보면서 힘에 버거운 또 하루를 소진하고 있을 것이다. 그 옆에서는 누군가 무심하게 빗자루로 우중충하게 탈색되어 땅바닥에 나뒹구는 꽃잎들을 쓰레기통에 쓸어담고 있을 것이고…….

『영남일보』 2005.4.17. 영남시론

사회는 늙어간다는데

　　우리 사회의 미래에 대한 우울한 전망들이 여기저기서 쏟아져 나오고 있다. 경기침체로 민심이 폭발 직전까지 끓어올랐다는 흉흉한 이야기들마저 나돌고 있지만 정부의 처방은 백약이 무효인 것 같다. 국정감사가 진행되고 있으나 야당인 한나라당은 정부의 실책에 대해서는 아무런 대안도 제시하지 못하면서 이념 갈등만 증폭시켜 반사이익을 얻으려고만 하고 있다. 그 와중에 이라크 저항세력의 테러 위협은 점점 현실의 문제로 다가서고 있으니 내우외환이란 말은 바로 우리 사회의 지금 모습을 두고 하는 말인 듯싶다.

　　게다가 최근 통계청은 한국사회가 고령화사회로 치닫고 있다는 인구통계 결과를 발표했다. 견뎌내야 할 하루하루가 각박하다 보면 지난 시절에 대한 향수는 더욱 짙어지는 반면, 내일 부닥치게 될 문제까지 고려하고 대비하는 여유를 가지기는 힘들어지게 된다. 고령화사회란 말이 던지는 미래사회에 대한 경고음은 피폐한 현실이 토해내는 파열음에 파묻혀버렸다. 현실에 대한 불만이 과거의 행적과 향수에 파묻혀 사는 사람들의 목청을 키우고 있고, 또 그들의 힘이 드세지면서 미래에 대한 투자를 요구하는 목소리는 계속 '왼쪽' 구석으로 밀려나고 있다.

고령화사회의 원인으로 모두가 낮은 출산율을 지목하고 있고, 출산율이 낮은 이유는 우리 사회의 어려운 육아·교육 환경 때문에 가임부부들이 출산을 기피하는 탓으로 설명하고 있다. 진단이 그러하다면 처방은 퍽 간단할 수도 있다. 하지만 고령화사회의 원인을 모두 가임부부의 출산기피 탓만으로 돌릴 수는 없다. 지금 우리 주변에 죽음은 때와 장소에 상관없이 누구든 염두에 두고 있어야 할 일상의 한 풍경이 되어 있을 정도이며, 대구지하철참사에서 보았다시피 그 죽음의 규모는 점점 집단화·대형화되고 있다. 여기에 자살까지 덩달아 늘어나고 있다. 낳고 싶지도 않고, 기왕 태어난 목숨 살기도 힘들고, 살고 싶지도 않은 세상이 되어가고 있다는 말이다. 전쟁도 아닌 상황에서 죽음이 이토록 흔한 시절이 언제 또 있었는지 모르겠으나, 여기에 출산율까지 계속 떨어지고 있다면 우리 사회는 단순히 고령화사회 수준이 아니라 소리 없이 소멸의 길로 치닫고 있는 것이다. 그러나 그 소멸의 시기가 우리가 살고 있는 동안에는 결코 찾아오지 않을 것이란 확신이 있기 때문에 우리는 전혀 위기감을 느끼지 못하고 있다.

또 하나 우리가 무시하고 있는 심각한 문제가 있다. 출산을 기피하는 가임부부가 아닌, 출산을 정말 '간절하게 원하고' 있는 불임부부의 문제와 그 규모다. 최근 국정감사 과정에서 국민건강보험공단이 한 국회의원에게 제출한 자료에 따르면, 남녀 불임증 환자의 수는 2000년 5만 2천 209명에서 2003년에는 11만 6천명으로 불과 3~4년 사이에 두 배 이상 급증한 것으로 나타났다. 전염병도 아닌 불임현상이 이토록 가파른 속도로 늘어나고 있는 이유가 도대체 무엇인가. 1980년대부터 미국과 영국 같은 서구 선진국 사회에서 젊은 남성들의 정자 수가 점차 줄어드는 한편 정자의 활동력도 현격히 저하되고 있고, 여성의 경우도 배란장애와 같은 생식기능 저하 현상이 나타나고 있다는 사실이 의학계에 보고된 바 있다.

여러 원인 중에서 다이옥신과 같은 환경호르몬의 영향을 제일 큰 원인으로 꼽고 있다. 지난 수십 년간 초고속성장을 해온 우리나라는 그 대가로 환경호르몬과 같은 유해물질 또한 초고속으로 배출되어 축적된 곳이란 사실을 잊은 채 우리는 지금도 '성장'에 목을 매고 있다. 그런데 더 황당한 것은 한쪽에서는 아기를 낳지 않으려 하고, 한쪽에서는 아기를 못 가지는 부부들이 점점 늘어나면서 인구감소를 걱정해야 할 지경에 이르렀는데도 해마다 2천명이 넘는 고아들을 '여전히' '배짱 좋게' 해외로 '수출'하고 있다는 사실이다. 그리고 일부 의사들은 입양이란 가장 현실적인 처방을 놔두고 불임부부에게 복제기술만이 유일한 희망이라고 떠들고 있다. 우리는 이대로 늙다가 그냥 소멸되어갈 수밖에 없을 것인가.

『영남일보』 2004.10.17. 영남시론

고향마을의 빈집

　　고향집 마당이 비좁아 골목길까지 차고 넘치던 자동차들이 추석 연휴가 끝나자마자 썰물처럼 빠져나가 버린 지금의 고향 밤하늘에는, 쳐다보는 이 없는 달 하나 홀로 처량하게 떠올라 그 빛도 모양도 차츰 기울어 가고 있을 게다. 아이들의 웃음소리, 울음소리도 자동차에 실려 떠나고 난 뒤 늙은 부모가 허리 펴며 내뱉는 긴 한숨과, 한번 시작하면 언제 멎을 줄 몰라 더 안타까운 기침소리만 텅 빈 마당을 울리고 있을 게다. 그 한숨과 기침소리를 앞으로 몇 해나 더 들을 수 있을지 알 수 없는 일이지만, 해가 갈수록 앞뒤로 하나 둘씩 늘어가는 고향의 빈집들은 멀지 않은 미래에 닥쳐올 고향의 운명을 충분히 짐작할 수 있게 한다.

　　새마을운동으로 한번 잘살아보겠다며 새벽종 울리던 새아침부터 열심히 쌓아올렸음직한 '부로꾸' 담장도, 빛 바랜 남색 기와지붕도 힘없이 허물어져 있는 빈집의 안마당에는 잡풀이 다옥한 채 냉기만 가득하다. 잡풀들 사이로 호박 몇 덩어리 넝쿨째 뒹굴고 있어도 누구하나 탐내는 사람 없고, 노인네 잔기침소리, 한숨소리마저 끊어져 버린 빈집에 어둠이 내리면 '부로꾸' 담 위로 허기진 들고양이의 눈만 반들거리며 빛난다. 그 고양이, 무슨 원한이 그리 사무쳤기에 밤새 울어여 울어여, 심란한 사람들의 밤잠을 설치게 만드는 것도 모자라 등골에 써늘한 소름이 돋게 만든다.

곡식 기르던 논밭조차 거저 부쳐 먹어라 해도 손사래친다는 농촌에서 사람 온기 느낄 수 없는 빈집을 누가 쳐다나 보랴! 허공에 붕 떠 있는 도회지의 아파트 값은 기가 막혀 억! 억! 소리가 날 정도로 치솟는데 담벼락 너머로 감나무만 홀로 삐쭉 솟아있는 고향마을의 빈집들은 처치 곤란한 마을의 흉물로 변해가고 있다.

그래도 고향이 고향의 저력을 한껏 과시하는 것은 일 년에 두어 차례 돌아오는 명절 때 뿐일진대 보름달도 구름 뒤에 얼굴을 가린 채 숨죽이며 지켜보아야 했을 만큼 올해 고향의 명절은 유난히 힘겨워 보였다. 출향 인사들의 고향 오심을 환영한다는, 넉넉한 마음을 담은 현수막들이 여기저기 펼쳐져 있긴 하지만, 마을에서 들판으로 이어지는 길목과 담벼락마다 "쌀시장 개방 결사반대"를 외치는 절박한 아우성들이 결사항전의 기세로 매달려 있었다. 쌀만큼은 절대 내놓아서는 안 된다는 간청과 호소는 세상인심의 무관심이란 벽에 부닥치면서 쌀마저 이렇게 빼앗기고 말 것이라는 절망과 분노로 이어지고 있었다.

들판에 누렇게 익은 곡식들은 부끄러워서인지 죄스러워서인지, 아니면 이렇게 천대받는 세월이 참담해서인지 고개를 한껏 숙인 채 아무 말 없이 바람에 이리저리 휩쓸리고 있었다. 농부들이 고개 숙인 저 곡식들을 거두어들일 때 마지막 남은 한 톨의 희망까지 함께 거두어들여야 할 판이다. 그래서 희망의 불씨라도 살려 놓기 위해서 지금 농부들은 한 해 땀 흘려 길러낸 그 귀한 곡식들을 거두어들이는 대신 아예 갈아 엎어 버리고 있는지도 모른다.

이 땅의 통치자 중에서 가난한 농부의 자식임을 자랑스럽게 내세우지 않았던 통치자는 없었고, 그러면서도 가난한 농부들을 배신하지 않았던 통치자들도 없었다. 쌀만큼은 결코 양보하지 않겠다던 민선 대통령들의 단호한 약속은 대통령 선거가 반복될수록 뒷걸음질쳤다. 지금 노무현 대통령의 '참여정부'는 쌀시장 개방은 대세이며, 우리가 국제경쟁력을 갖추고 수출시장을 확대하기 위한 불가피한 선택이라 못을 박고 있다. 그 말은 고향마을을 이제 영영 사람 사는 흔적 느낄 수 없는 황무지로 만들겠다는 말이요, 농본(農本)사회로 반만년을 이어 왔던 우리 민족의 정체성을 포기하겠다는 뜻이다.

반면 기업도시를 건설하는 기업들에게는 농민들의 땅까지 빼앗을 수 있는 권한을 주고, 동네방네 골프마을을 만들어 소비도 진작시키고, 고용도 창출하여 경제를 살려 놓겠단다. 그런데 한나라당은 이런 정부를 엉뚱하게 '좌파정부'라 몰아붙이며 철 지난 '색깔놀이'에 날 새는 줄 모르고 있다. 고향 땅에는 지금 "한 걸음 앞이 보이지 않는/ 슬픔이 물결"(이용악 「고향아 꽃은 피지 못했다」) 치고 있는데…….

『영남일보』 2004.10.3. 영남시론

인구고령화 문제를 바라보는
우리 언론의 시선

10월 2일은 국군의 날과 개천절 사이에 가려져 있어 늘 세상의 주목을 받지 못하는 '노인의 날'이다. 이 '노인의 날'에 우리 사회 한편에 소외되어 있는 노인들을 위해서 사회가 어떤 배려를 했는지는 모르겠으나 이 날 대부분의 언론들은 통계청이 공개한 고령자 통계를 주요기사로 다루면서 우리 사회가 급속하게 고령화사회로 치닫고 있다고 강조하고 그에 따른 문제점을 큰 비중으로 보도했다.

한국사회의 연령별 인구분포 불균형이 몰고 올 심각한 사회문제에 대해서는 이미 여러 분야에서 많은 지적들을 해오고 있었고, 특히 농촌 사회의 고령화 문제는 어제오늘의 일이 아니며 갑자기 불거진 문제도 아니다. 게다가 우리 사회는 남녀 성비 불균형이라는 우리만의 독특한 인구문제를 안고 있기도 하다. 하지만 이런 인구분포의 불균형이 몰고 올 미래의 위험부담에 대해서 우리가 지금까지 진지하게 고민하고 해결책을 모색해왔던 것 같지는 않다. 형사처벌이 가능한 엄한 법이 있음에도 불구하고 여전히 남녀 성비의 인위적인 조작이 은밀하게 이루어지고 있고, 외환위기에 이어 경기침체가 상당기간 지속되면서 노령층에 대한 차별과 소외가 더 심해지고 있을 뿐 아니라 오히려 '젊은' 노인들까지 양산해내는 사회구조로 변해가고 있다. 이런 터에 '노인의 날'을 계기로 언론에서 노인문제에 대한 정부의 강력한 대책을 촉구하고 나선 것이다.

그런데 이 날 한국사회의 인구고령화 문제를 보도한 언론의 보도태도는 노인들이 겪고 있는 문제나 피해의 실상에 대해 보도했다기보다는 노인들 때문에 우리 사회 전체가 입고 있는 피해에 더 큰 초점을 맞추고 있었다. 즉 "독자적 생존 능력이 없는"[1] 노인들이 "향후 젊은 세대에 조세 부담을 급증"시키는 한편, "노인 부양" 때문에 "성장잠재력이 약화"[2] 됨으로써 노인계층이 미래에 '재앙'[3]이 될 수 있다고 경고하고 나선 것이다. 이 '노인문제'란 말을 정확하게 표현하면 급격하게 변화된 사회경제적 환경 때문에 노인들이 겪고 있는 문제나 피해이지만 노인들 스스로는 해결할 수 없는 문제들이라고 보아야 한다. 하지만 언론은 우리 사회에 여러 가지 문제를 일으키면서 사회 전체에 피해를 주고 있는 가해자로 노인들을 둔갑시키고 있는 것이다.

1 「한국, 전세계에서 가장 빨리 늙는 국가」, 『프레시안』, 2004.10.2.
2 「늙어가는 한국, 경제성장 복병」, 『영남일보』, 2004.10.2.
3 사설, 『매일신문』, 2004.10.2.

여기에 『조선일보』는 한발 더 나가 우리 사회에서 49%의 노인이 "노후준비가 없는 노인들"임을 지적하면서, "국가는 최소생활을 보장할 뿐"이므로, "노후준비는 자신이 할 수밖에 없다는 사실"을 깨달아야 한다고 엄중히 지적하고 있다.[4] 이 말은 노후준비가 안 된 노인들이 국가의 발전을 어렵게 하고, 사회 전체에 피해를 주는 가해자라는 말과도 같다. "출산율과 함께 노동인구가 주"는 상황에서 "나 편히 살자고 자식 등골 빼먹는 사회복지는 위험"하니 "내 노후는 내가" 알아서 준비하라고 점잖게 충고하는 언론인도 있다.[5] 하지만 이 시대의 노인들 중에서 과연 젊었을 때 자신들의 노후 보장책을 미리 챙겨놓을 수 있는 환경과 조건이 되었던 사람들이 얼마나 될까?

한국사회가 세계에서 유례를 찾을 수 없을 정도로 초고속 고령화사회로 진행하고 있는 이유는 "한국이 세계에서 유례를 찾을 수 없을 정도"의 "초고속, 압축성장"을 해왔다는 역사적 배경에 그 뿌리가 있는 것이므로, 문제 해결을 위해서라면 우선은 성장일변도의 정책에 대해서 한번쯤은 되돌아볼 필요가 있을 것이다. 그리고 당면한 여러 문제와 미래의 위험부담을 최대한으로 줄이기 위해서는 먼저 복지제도를 강화하고 그 수준을 높일 필요가 있다. 하지만 우리 주요 언론들은 분배나 복지를 강조하는 것에 대해서는 거의 알러지 수준의 반응을 보이면서 오로지 '성장'만이 유일한 해결책임을 내세우며, 복지를 위해서 결코 성장

---

4   「오래 사는 것을 불행하게 만드는 사회」, 『조선일보』 2004.10.4.
5   「제대로 효도받는 법」, 『동아일보』 2004.5.8.

을 희생시킬 수 없음을 단호하게 주장하고 있다.[6] 농촌은 이미 초고령화 사회로 진입하고 있는데 농촌의 고령화 문제는 농촌경제의 붕괴에 따른 이농현상에 그 근본원인이 있을 테지만, 농촌의 완전 몰락을 초래할 쌀 시장 개방은 당연한 시대의 대세인 것처럼 주장하기도 한다.[7]

문제는 정부가 인구의 연령별 불균형이란 현상에 대해 어떻게 접근하고 있는가 하는 점인데 분만비를 전액 국가가 책임짐으로써 출산율을 높이겠다는 것 외에 주목할 만한 정부의 정책은 없는 형편이다. 과연 이런 정책만으로 얼마나 실효를 거둘 수 있을지는 의문스럽다.

우선 단기 대책으로는 노인층에 대한 복지제도를 확충함으로써 병약한 노인들에게는 충분한 의료서비스를 제공하는 한편, 건강한 노인들에게는 일을 할 수 있는 환경과 여건을 조성하는 것이 시급하다 할 것이다. 하지만 정부의 공공의료정책은 공약과는 달리 계속 답보상태이거나 후퇴를 거듭해왔고, 참여정부의 의료정책을 한마디로 표현하자면 '의료의 산업화'를 통해 수익을 창출하는 것이라 볼 수 있다. 주요 언론들이 줄기차게 의료의 산업화를 주장한 것과 맥을 같이 하고 있다. 그런데 의료가 산업화될 경우 최대의 피해자는 진료비는 많이 들지만 소득은 없는 노인들이 될 것이다. 그리고 청년 실업자들에다 일자리에서 밀려나오는 젊은 노인들까지 쏟아지고 있는 형편에 노인들을 위한 일자리 창출이 말처럼 그렇게 쉬운 일은 아닐 것이다.

6　「지금은 성장이 가장 중요」, 『매일경제』 2004.10.2; 「중기 재정운영계획발표 분배분야 평평, 성장분야 찔끔」, 『동아일보』 2004.9.5; 사설 「성장보다 분배 치중한 내년 예산」, 『중앙일보』 2004.9.25.
7　동아광장 「커피와 밥심」, 『동아일보』 2004.9.19.

장기 대책으로는 출산율을 높이는 것이 가장 현실적인 대안이 될 것이다. 그래서 정부도 출산율을 높이기 위한 한 방편으로 분만비 전액을 정부가 책임지겠다고 나선 것일 게다. 그런데 현행 보험제도 안에서도 출산비 자체는 개인에게 큰 부담이 되는 수준이 아니며, 지금 가임기 여성들이 출산을 기피하고 있는 가장 큰 이유는 '출산'의 어려움이나 비용 때문이 아니라 '육아'의 어려움 때문인데, 육아문제에 대해서는 전혀 언급이 없다. 게다가 일선 직업현장에서 출산과 육아와 관련하여 법에 명시된 여성들의 권리조차 제대로 보장되고 있는지조차 의문이다. 특히 경제위기를 핑계로 여성 노동자의 육아문제에 대한 기업의 책임에 대해서는 정부가 거의 눈감고 있는 것은 아닌지 모르겠다. 육아시설을 비롯한 육아 대책에 대하여 정부가 획기적인 대책을 세워 과감한 재정 투입을 하지 않는 이상 출산기피 현상은 갈수록 심해질 것은 틀림없고, 인구고령화 현상이 진행되는 속도는 더욱 빨라질 것이다.

　　출산율이 낮아지는 데에는 가임 여성들의 출산기피가 가장 큰 요인이긴 하지만 또 한 가지, 요즘 성인 남녀의 출산력이 저하되는 것도 결코 무시할 수 없다. 갈수록 심각해지는 환경문제는 여성의 배란장애나 남성의 정자수 감소로 이어져 생식능력을 떨어뜨리고 있다. 아직 한국에서는 이런 분야에 대한 광범위한 역학조사는 없었지만 최근 점점 늘어나고 있는 불임부부의 수를 볼 때 환경문제에 의한 성인남녀의 생식기능 장애도 심각하게 고려해야 한다. 그러나 참여정부는 출범당시부터 환경문제에 대해서는 거의 낙제점 수준으로 평가받은 바 있고, 또 경제위기를 극복하기 위한 대안으로 기업에 대한 규제완화, 기업도시 건설,

골프장의 대량건설과 같이 반환경적 정책을 남발하고 있다. 이런 정책 기조가 계속될 때 환경요인에 따른 출산율 저하도 언젠가는 심각한 사회문제가 될 수 있을 것이다. 하지만 우리 언론들은 환경문제에 대해서는 전혀 고려 없이 일관되게 기업의 규제완화만을 부르짖고 있다.

노인문제는 노인들이 스스로 일으킨 문제가 아니며, 생산활동이나 경제활동에 참여하고 있는 젊은 우리가 선택한 삶의 방식 때문에 노인들이 주변부로 소외되면서 생겨난 현상이므로 노인들에게 책임을 전가하는 것은 문제 해결을 위한 올바른 태도가 아니다. 노인들은 '독자적으로 생존할 수 있는 능력'이 없는 사람들이 아니라 '독자적으로 생존할 수 있는 능력'을 발휘할 기회를 박탈당한 사람들이란 쪽으로 인식 전환을 하지 않고서는 인구고령화에 따른 사회의 위험부담이 분산될 수가 없다. 출산율을 높인다 하더라도 그 효과가 당장 나타나는 것도 아니고, 현재 우리가 느끼고 볼 수 있는 노년의 모습이란 게 이렇게 참담하고 절망스런 것이라면 이 또한 출산을 기피하게 되는 동기로 작용하게 될 것이며, 그럴 경우 악순환은 끝없이 반복될 수밖에 없다.

우선은 노인층에 대한 복지 수준을 높이는 것이 무엇보다도 중요하다. 그리고 언론은 노인문제를 언급할 때 '생산성 없는' 노인들이 젊은 층과 또 우리 사회 전체에 막대한 부양의 부담을 지우고 있고, 사회발전을 가로막고 있다는 식의 표현을 함으로써 노인들을 피해자가 아닌 가해자의 이미지로 둔갑시키는 보도태도를 지양해야 한다. 노인복지의 확충은 단순히 노인들만을 위한 것이 아니라, 바로 젊은 사람들과 그 다음의 미래세대까지의 복지를 위한 것이란 사실을 인식할 필요가 있다. 이

런 공감대를 확산시켜 나가는 것이 인구고령화 시대에 언론이 떠안아야
할 역할일 것이다.

대구MBC 라디오 〈김재경의 여론현장〉 2004.10.6. 방송원고

찬바람은 부는데……

해질 녘이 되면서 찬바람이 옷을 헤집고 속살 깊숙이 파고들기 시작하면, 역 주변에는 후줄그레한 옷차림의 사람들이 옷가지와 생활용품이 담겨 있음직한 까만 비닐봉지를 감싸 안고 이리저리 서성이는 모습들을 쉽게 찾아볼 수 있다. 겨울철로 접어들면서 한 몸 누일 곳 찾기가 쉽지 않은 노숙인들이다. 외환위기 때 일시적 현상일 것으로 생각하던 노숙인 문제는 이제 사회현상의 하나로 고착되어 있고, 요즘 노숙인들의 수는 다시 증가하고 있다.

불황의 끝이 보이지 않으니 실직·가정파탄·노숙의 악순환도 끝없이 반복될 수밖에 없을 것이다. 하지만 우리 사회의 사회안전망에 대한 정부의 투자는 여전히 인색하기만 하고, 자원봉사단체들이 발을 빼버리면 이들을 위한 구호대책은 한순간에 허물어져버릴 정도로 허술하기 짝이 없다. 쪽방에 갇혀 살다 세상 등진 독거노인들의 처참한 주검을 보면 우리가 사는 이 경쟁사회가 얼마나 잔혹한 세상인지를 선명하게 확인할 수 있다.

절대빈곤층에 대한 긴급구호대책은 성장이냐 분배냐를 놓고 책상 앞에서 입씨름이나 하고 있을 문제가 아니라, 우리가 인간이라면 인간으로서 지켜야 할 최소한의 품위를 유지하기 위해서라도 당장 시급히 해결해야 할 과제이다. 특히 의료는 계층과 이념을 떠나 필요한 사람에게는 언제라도 필요한 만큼 제공되어야 하고, 그것은 인간이 만든 세상이 계속되는 한은 절대 변하지 않을 상식이요 원칙이다.

하지만 우리의 현실은 그렇지 못하다. 사방팔방 물 좋다는 길목마다 어김없이 병·의원이 빼곡이 들어서 있고, 죽어가는 사람도 오장육부 갈아끼워가며 얼마든지 살려 놓을 수 있을 정도로 의료의 양과 질에 있어서는 세계 최고 수준이라 자랑하고 있다. 그런데도 의사들은 '죽음의 벼랑 끝'에 내몰려 있다며 아우성이고, 정작 병약하여 돈 없고, 돈 없어 더 병약해지는 그렇고 그런 사람들이 편안하게 진료받을 병원을 찾기란 너무 힘들다.

사회 전체의 건강수준은 과거보다 나빠졌으면 나빠졌지 나아졌다는 증거를 찾기는 어렵다. 분명히 의료의 위기다. 그런데 의사협회가 주최한 행사에 초청된 한나라당 소속의 어느 국회의원은 한국의 의료가 위기에 빠진 원인을 정부가 "사회주의 복지정책을 고집"한 탓이라고 했다. 한 때 정치권에서 저격수로, 폭로전문가로 이름을 날리던 의원의 발언이니 무게를 둘 필요가 없는 습관성 발언인 것 같은데, 의사협회의 진단 또한 그 의원의 진단에서 크게 벗어나지 않는다. 그래서 의료는 정부의 통제와 간섭을 최소화하고, 소비자의 선택권과 시장기능을 강화하는 방향으로 개혁되어야 한다는 것이 의사협회의 일관된 주장이다. 정말 이것이 옳은 진단이요 처방일까?

참여정부의 의료정책은 출범 당시부터 정부의 부담을 줄이는 대신 시장기능을 강화하려는 쪽이었고, 의료를 복지보다는 이윤창출이 가능한 산업으로 육성하겠다는 뜻을 내비쳐왔다. 공공의료 확충이란 공약은 제자리에 머물고 있는데도 최근 정부는 의료시장마저 남보다 먼저 열어 놓겠다는 건지 경제특구에 유치할 외국병원에 대해 내국인 대상의 진료를 허용하는 법안을 국회에 제출했다. 빈곤층의 건강권을 포기하는 대신 고급진료를 선망하는 가진 자의 허영심을 이용하여 외자유치와 이윤창출이라는 두 마리 토끼를 한꺼번에 잡겠다는 것일 게다.

그런데 이 법안에 대해서 시민단체뿐 아니라 치과의사·한의사·약사협회까지도 한 목소리로 반대하고 있는데 유독 의사협회만은 조건부 찬성의 뜻을 밝히고 있다. 의사협회가 제시한 조건이란 게 도대체 무엇인지 의사인 나조차도 잘 모르고 있는데, 언론들도 모두 입을 다물고 있으니 정부와 의사협회 사이에 무슨 흥정이 벌어졌는지 국민들은 알 턱이 없을 것이다. 빚에 찌든 젊은 의사가 세상과 작별하고, 한 봉지의 약을 타기 위해 무료진료소로 노숙인들의 행렬이 이어지고 있는 것이 정말 참여정부의 "사회주의 복지정책" 탓일까? 길거리에서 잠을 청하기에는 지금 부는 바람은 너무 차다.

『영남일보』2004.11.28. 영남시론

연민 없는 세상,
그 삭막함을 상상해 보라

　　맹자는 홀아비·과부·무의탁자·고아, 이 네 부류의 사람들은 사방천지에 의지할 데가 없는 사람들이므로 정사를 펼칠 때 이 네 부류의 사람들을 제일 먼저 배려하는 것이 인정(仁政)의 첫 걸음이라고 했다(『맹자』, 양혜왕). 사회의 약자들에 대한 연민의식과 측은지심(惻隱之心)을 정치에서 실천하라는 맹자의 사상이 근대사회에 들어와 법과 제도의 힘으로 강제력을 가지게 된 것이 바로 의료보험(건강보험)제도라고 할 수 있다.

　　현재 우리나라 건강보험제도에서 보험재정은 국민들이 부담하는 보험료 외에 국가와 기업이 일정부분을 책임지도록 되어 있고, 진료에 있어서는 당연지정제를 도입하여 대한민국의 의사와 의료기관은 예외 없이 의료보험환자를 의무적으로 진료하도록 규정되어 있다.

　　박정희 정권에서 부분적으로 시작된 이래로 불과 20여 년이 지난 노태우 정권 때 국민개보험 시대의 골격이 완성되었으니 전세계에서 유례를 찾기 어려울 정도로 빠르게 정착된 것이 우리 건강보험제도이다.

그런데 건강보험제도의 도입 취지가 군사정권의 취약한 정통성을 보완하기 위한 목적이 더 강했던 탓에 제도의 형식적 틀은 빠르게 정착되었으나(저항이 없었으므로) 그 내용에 있어서는 사회안전망으로서 기능을 하기보다는 기껏 자신의 진료비를 할인받는 수준을 벗어나지 못했다. 무엇보다도 건강보험제도가 사회보험으로 공공부조의 기능을 하기 위해서는 보험료의 공평한 부과로 소득재분배 효과가 있어야 한다. 다시 말해 건강한 사람이 병약한 사람에게, 고소득자가 저소득자에게 지원하는 형식이어야 하는 것이다.

그런데 2007년 대선 과정에서 당시 상당한 재력가로 알려진 이명박 후보의 월 건강보험료가 공개된 적이 있는데 그 보험료가 기껏 1만 6천 원대였다. 이것은 지금까지 정부의 보험료 책정방식이 얼마나 주먹구구식으로 이루어져왔는지를 단적으로 보여주는 사례라고 할 수 있다. 이런 사례들이 공개되면 당연히 건강보험료를 둘러싸고 소득이 투명하게 공개되는 봉급생활자, 특히 고액연봉자들의 불만이 터져나올 수밖에 없다. 여기에 진료비 보장 수준은 언 발에 오줌 누는 정도의 효과밖에 없고, 중증질환에 걸린 가족이라도 나오면 가계파탄까지 이르게 되고 마는 형편이니 건강보험제도에 대한 불만이 증폭될 수밖에 없는 것은 당연하다 할 것이다.

이 불만과 틈새를 겨냥하여 스멀스멀 시장을 키워온 것이 민간의료보험시장이다. 민간의료보험시장은 정확하게 중산층 이상의 봉급생활자와 소득이 투명하게 드러나는 고소득층의 불만과 불안을 겨냥하여 시장규모를 키워왔고, 2007년 현재 그 규모는 약 10조원 정도로 추산하고 있다. 현 건강보험제도에서 당연지정제(병·의원)와 의무가입제(국민)가 유지되고 있는 상태이기 때문에 현재 민간의료보험은 건강보험이 보장해주지 않는 부분만 파고들지만, 만약 건강보험과 민간의료보험의 선택 가입이 가능하게 된다면 중산층 이상은 거의 대부분 민간의료보험으로 이탈할 것이 분명하다. 그렇게 되면 우리 건강보험제도는 오갈 데 없는 저소득층만 남게 되어 보험재정은 한순간에 바닥을 드러내고 말 것이다. 그것은 건강보험제도의 자연사를 의미한다.

문제는 민간의료보험이 의료보장 기능이 있는가 하는 점이다. 최근 마이클 무어 감독이 제작한 다큐멘터리 영화 〈식코〉는 의료보험이 '없는' 4,000만 미국인의 이야기가 아니라, 민간의료보험에 가입되어 있는 미국인의 이야기라는 점에서 시사하는 바가 크다. 건강보험은 그 제도의 취지가 '보장'에 있고, 그러므로 가입에는 차별이 없다. 그러나 민간의료보험은 그 운영목적이 '수익'에 있으므로 무엇보다 가입에 '차별'이 있다. 우리 사회에서 자동차보험은 이미 사보험이라기보다는 공보험의 성격이 강하다. 그러나 자동차보험은 100% 민간영역에서 운영되다 보니 대부분의 자동차보험회사가 보험회사의 수익률을 떨어뜨리는 20대 미혼자의 보험가입을 꺼린다. 민간의료보험 역시 마찬가지라고 보면 될 것이다. 한 예로 치료비가 많이 들면서 치료기간도 길고, 재활치료까지 끝도 없이 병원을 드나들어야 하는 뇌졸중 환자는 아마도 민간의료보험회사의 문턱을 넘어서기 어려울 것이다. 그 문턱을 넘어서더라도 자신이 부담해야 할 보험료는 상상을 초월할 것이다.

그러나 실용을 앞세운 이명박정부는 복지의 축소를 공공연히 발설하고 있다. 신기술의 개발과 노령층의 급격한 증가로 보험재정지출은 갈수록 늘어나는데, 작은 정부를 표방한 이명박정부는 될 수 있으면 정부의 재정부담을 더는 쪽으로 움직일 것이다. 또 국제경쟁력을 내세운 기업들은 공적 부담이라는 규제가 경쟁력의 발목을 잡는다고 이명박 대통령의 핫라인에 대고 직접 아우성치고 있을 것이다. '비즈니스 프렌들리'를 표방한 대통령이 어찌 이를 외면할까? '고소영' 내각과 그 지지자들은 기껏 몇만원 정도의 건강보험료도 아까워하고 있다. 그리하여 보험료가 원천징수되는 봉급생활자의 불만은 하늘을 찌르고 있다. 일부 의사들은 의료보험제도가 사회주의 의료제도라고 몰아붙이고 있다. 건강보험제도가 뿌리째 흔들리고 있는 것이다.

건강보험제도는 인간이면 누구나 가지고 있는 사회적 약자에 대한 연민에 그 뿌리를 두고 있다. 반면 민간의료보험제도는 자본과 주주의 이익에만 목을 매는 제도이다. 건강보험제도가 붕괴되고 민간의료보험제도가 전면 도입된다는 것은 인간에 대한 사회의 연민이 없어진다는 것을 의미한다. 인간에 대한 연민이 없는 세상. 그 삭막함을 상상하는 것만으로도 소름 끼친다.

『대구MBC 사보』 2008년 6월호

무상예방접종 시범사업

    우리나라 의료제도의 제일 큰 문제점은 복지분야에 대한 정부의 투자 부족으로 OECD 국가 중에서 공공의료 비중이 너무 낮아, 어느 누구에게나 반드시 필요한 필수의료조차 제대로 공급이 되질 않는다는 것이다. 이것은 보건복지부도 인정하고 있는 사실이다. 보건복지부는 우리나라의 병상 기준 공공의료 비중을 2002년 현재 18.5% 수준으로 추산하고 있다. 이 수치는 미국이나 일본의 절반 수준에 불과한데, 이마저도 보건복지부가 슬며시 늘려 잡았다는 비판을 받고 있다. 전체 공공의료의 공급 수준은 10%에도 채 못 미친다는 것이 중론이다. 중요한 것은 통계의 정확성이 아니라 우리 사회의 필수의료 공급기반이 너무 취약하다는 것이고, 그로 말미암아 빈부 양극화와 함께 건강수준의 양극화 현상도 점점 더 심각해지고 있다는 점이다. 2005년 5월, 국가과학기술위원회가 발표한 '과학기술예측조사'에는 앞으로 10년 정도만 지나면, 우리 사회는 질병의 고통이 없는 청정구역이 될 것처럼 전망하고 있는데, 이것은 밑바닥의 현실과는 동떨어진 탁상공론에 불과하다.

가족 중에 암환자가 생기면 그 집안 살림이 거덜나고, 제때 적절한 치료만 받으면 얼마든지 살 수 있는 사람조차 죽어가는, 어처구니없는 일이 벌어지고 있는 것이 우리의 현실이다. 한 예로 결핵은 예방접종만 하면 충분히 예방이 가능하고, 감염이 되어 발병을 한다 하더라도 제때 적절한 치료만 받으면 얼마든지 완치가 가능한 병이다. 게다가 진료비가 많이 들어가는 질병도 아니다. 그런데도 우리나라의 연간 결핵 발생률과 사망률은 OECD 가입국가 중에서 선두를 지키고 있고, 최근에는 발생률이 증가하는 추세에 있다. 사정이 이러한데도 법정 전염병에 대한 예방접종률은 70% 선에 머물고 있다. 예방접종 비용조차 부담스러운 계층이 그만큼 많다는 증거일 것이다.

최근 정부는 결핵이나 간염과 같이 반드시 예방접종이 필요한 법정 전염병에 대해 보장수준을 확대키로 하고 시범사업을 추진 중인데, 대구시가 국비 40억원 외에 시·구·군비를 합하여 40억원의 추가예산을 확보하여 시범사업에 참여키로 결정했다. 시범사업이 실시되는 7월 1일부터 주민등록상 대구지역에 거주하는 주민들 중에서 0~12세 범위 내에 있는 연령층의 모든 아동들은 결핵과 B형 간염을 비롯하여 11종의 법정 전염병에 대한 예방접종을 지역의 보건소뿐 아니라 개인 병·의원에서도 무상으로 받을 수 있게 된다.

이 사업에는 광역시 단위로는 대구시가 유일하게 참여하고 있는데,

재정자립도가 취약한 지방자치단체가 공공보건사업에 거액의 예산을 투입하기로 한 것이 결코 쉬운 결정은 아니었을 것이다. 그런 점에서 대구시의 이번 결정은 지역 전체의 건강수준을 한 차원 높일 수 있을 뿐 아니라, 행정기관과 민간의료기관의 연계를 통해 공공의료의 새로운 모델을 창출할 수 있는 계기를 마련했다는 점에서 높이 평가할 만한 것이다. 예산은 물론 행정지원 체계까지 완비된 무상예방접종 시범사업의 성공여부는 이제 민간의료기관과 의사들의 역할에 달려 있다.

참여정부가 추진하는 의료정책의 무게 중심은 의료산업화와 시장 기능에 의한 질서 재편 쪽으로 기울어져 있고, 공공의료를 확충하겠다는 것은 그에 따른 부작용을 최소화하려는 생색내기란 비판을 받고 있다. 의료가 산업으로 육성되면 어떤 결과가 나타날지를 상상하는 것은 그리 어렵지 않으나 여론의 반발이 그다지 크지 않은 것은 의사와 의료기관에 대한 국민들의 불신이 그만큼 크다는 증거이기도 하다. 건강이 상품화되고 시장을 지배하는 자본의 힘이 의료의 질서까지 재편하고 있는 현실에서 국민의 건강권이 보장되기 위해서는 의사들의 역할이 그 어느 때보다 막중하다. 의료가 산업이 되고, 시장판으로 내몰릴 위기에 처한 지금, 의사들은 공익성으로 무장하여 경쟁하여야 한다. 그런 점에서 이번 시범사업은 의사들의 적극적인 참여로 반드시 성공해야 한다.

『영남일보』 2005.6.12. 영남시론

분배와 성장

외환위기를 극복하는 과정에서 불거진 우리 사회의 여러 문제들 중에서 가장 심각한 것이 턱없이 벌어져 버린 빈부격차라 할 수 있을 것이다. 어느 사회에서든 빈부 격차는 있기 마련이고 이를 해소한다는 것이 쉬운 일이 아닌 것은 분명하지만 우리 사회는 의료보장체계가 워낙 취약하다 보니 가난과 질병의 악순환이 끝없이 반복되고 있고, 이로 말미암아 죽음과 자살 행렬이 꼬리를 물며 이어지고 있는 것이다.

지난 대선 과정에서 노무현 대통령은 분배와 복지의 중요성을 강조하고 공공의료를 30%까지 확충하겠다는 공약을 했고, 이 공약은 국민들이 노무현 대통령을 선택하게 된 중요한 기준의 하나였던 만큼 현 정부는 국민들의 건강권, 특히 저소득층이나 취약계층의 건강권을 보장해 주어야 할 의무를 지니고 있다 해야 할 것이다.

하지만 출범 초기부터 보수언론들의 거센 비판과 저항에 시달렸던 노무현 정부는 복지정책과 관련해서는 아무런 성과도 드러내지 못하고 있던 터에 느닷없이 "국민소득 20,000불 시대"라는 구호를 들고 나왔다. 이때 쌍수를 들며 환영하던 보수언론과는 달리 『한겨레』는 '분배와 성장 ― 양 날개로 난다'는 순발력 있는 기획 기사를 통해 분배의 중요성과 우리 사회의 취약계층에 대한 정부의 책임을 다시 한번 강조했다.

그런데 노무현 대통령이 자신의 공약과는 달리 성장위주 정책으로 방향을 바꾸게 된 것은 "상당수 언론과 학계, 경제계에서 줄기차게 강조해온 부분"에 대해 "정부가 귀를 기울"인 결과라는 언론(「분배보다 성장 우선 전환」, 『동아일보』 2003.7.15)의 평가에서 알 수 있듯이 결코 우연이 아니다. 이를 또 다른 측면에서 생각해보면, 분배의 중요성을 강조하는 목소리가 그만큼 약했다는 뜻이기도 하다.

최근 정부는 내년 예산에서 공공의료 확충에 책정된 예산을 90% 이상 깎아 버렸다. 금액으로는 6천억원이 넘는 규모이다. 이를 이라크 재건 분담금과 추가파병에 필요한 천문학적 비용에 견주어볼 때, 추가파병은 국익을 위한 고뇌에 찬 결단이 아니라 벼랑 끝에 내몰린 저소득층의 희생을 담보로 결정된 것이 아닌가 하는 의구심을 가지게 된다.

정작 복지제도의 후퇴나 축소로 말미암아 희생되는 계층들은 저소득층이나 사회의 취약계층이다. 이들은 스스로 여론을 형성해낼 힘이 없을 뿐더러, 고립·분산되어 있기 때문에 정부정책이나 선거에 영향을 미칠 수 있는 정치세력이 되질 못한다. 따라서 언론이나 시민사회에서 이들의 문제를 '줄기차게' 거론하지 않는 이상은 저소득층이나 취약계층을 위한 정책은 늘 우선 순위에서 밀려나기 마련이다.

　게다가 노무현 대통령이 "국민소득 2만불", 국방비 증액을 통한 "자주국방"을 언급할 때부터 복지정책이 후퇴할 가능성이 있었고 『한겨레』도 이를 충분히 예측하고 있었다(『한겨레』 2003.8.28). 이런 상황이었으면 정확한 예측도 중요한 일이겠지만, 좀 더 적극적인 대응이 절실한 과제였을 것이다. 하지만 송두율 교수, 추가파병, 재신임, 대선 비자금과 같이 굵직굵직한 현안들이 지면을 가득 메우는 통에 복지문제는 지면에서 사라져 버렸고, 이 틈에 저소득층을 위한 지원계획은 아예 없던 일이 되고 말았다.

　『한겨레』는 이런 결과에 대해 지극히 객관적인 관찰자의 시각에서 보도하면서, 복지부장관의 퇴진을 요구하는 시민단체의 주장만 짤막하게 전하는 수준에 그쳤다(「의료개혁 수술 무산되나」, 『한겨레』 2003.10.24). 정녕 논평 한 줄 넬 여유조차 없었던가? 보수 성향이 가장 뿌리깊다는 지역의 보수언론조차 복지부를 매몰차게 다그치고(사설 「한심한 포괄수가제 실시 백지화」, 『매일신문』 2003.10.21) 있는데……

『한겨레』 2003.10.31. 한겨레비평

사회안전망과 모금운동

지금 우리 사회는 사회구조의 변화로 가난이 양산되고 있고, 가난은 다시 질병을 불러오는 악순환이 거듭되고 있다. 한계 상황에 내몰린 사람들이 절망 끝에 스스로 삶을 포기해 버리는 데는 몸과 마음을 괴롭혀온 질병이 원인인 경우가 많다. "기업의 기를 살려" 일자리를 창출하는 것이 가난을 극복하는 유일한 대안이라는 성장론자의 주장을 인정하더라도, 질병은 어렵사리 돌아온 일자리마저 감당할 수 없도록 만드는 것이기에 질병의 문제는 분배와 성장을 둘러싼 논쟁의 차원을 넘어 인간이 누려야 할 최소한의 기본권이란 인식이 우선되어야 한다.

하지만 참여정부는 의료를 국가가 보장해야 할 국민의 기본권으로 바라보는 것이 아니라 수익을 올릴 수 있는 산업의 차원으로 육성하려 하고 있다. 이에 지방자치단체들까지 경쟁하듯 의료서비스를 특화산업으로 하는 특구신청을 하고 있는 실정이다. 최근 정부는 인천경제특구에 내국인 진료가 가능한 미국계 병원 설립을 허용할 움직임을 보이고 있는 반면, "공공의료 30% 확충"이라는 대선 때의 공약은 실천할 의지가 있는지조차 의문스러울 정도로 추진 실적이 부진하다.

"정부 간섭을 줄이는 게 진짜 개혁"이라고 주장하는 언론(『동아일보』 2004.5.12)조차 "공공의료를 살려야 한다"(『동아일보』 2004.5.13. 사설)며 의료문제에 정부의 대책을 촉구하고 나설 만큼 참여정부의 의료정책은 시장논리에 편향되어 있다. 그 결과 저소득층은 질병이 곧바로 죽음으로 이어질 수 있는 극한 상황에 노출되어 있는 것이다. 그런데 우리 사회에는 질병만큼은 개인의 문제이고, 그 해결책은 스스로 아니면 가족의 힘으로, 경우에 따라서는 주변의 온정으로 해결해야 한다는 생각들이 널리 퍼져 있고 그런 사고방식을 부추기는 데에는 언론이 큰 몫을 하고 있다.

방송이든 신문이든 우리나라 언론 중에 질병에 시달리는 불우한 이웃들에게 관심을 가지지 않는 언론은 없다. 하지만 우리 언론들은 이런 문제를 정책과 제도를 바꿔 해결하려 하기보다는 불특정인의 온정과 자선에 호소하는 모금운동을 택한다. 『한겨레』는 저소득층이나 소외계층의 질병문제를 사회문제로 격상시키려는 노력을 하고 있다는 점(「건강도 빈부차 심화」 2004.4.1, 「노숙인…」 2004.5.10; 5.15)에서 분명 다른 신문들과 차이가 있지만, 이를 제도와 정책으로 이어지게 만들 수 있는 뒷심이 모자라는지 문제제기는 하면서도 결국에는 다른 신문들처럼 손쉬운 모금운동의 유혹에 빠져드는 것 같다(『한겨레』 5.17~19). 『조선일보』의 '우리 이웃', 『중앙일보』의 '아름다운 가게'와 크게 다르지 않는 『한겨레』의 '나

눔으로 아름다운 세상'이 세상을 얼마나 아름답게 만들 수 있을지 모르겠으나 제도와 정책으로 이어지지 않는, 언론의 반복된 모금운동은 문제의 본질을 은폐시키는 효과도 있음을 알아야 한다.

『한겨레』는 창간 16돌 특집에서 한국인들은 "물질적 풍요보다 사회복지를 우선"하는 나라에 살고 싶어한다는 여론조사 결과를 발표했다(『한겨레』 2004.5.17). 그런데 여기서 눈여겨볼 대목은 복지사회를 위해 세금을 더 내려는 사람은 조사대상자의 18%뿐이고, 오히려 세금을 내리자는 쪽이 무려 43%나 된다는 사실이다. 국민들이 이런 이중적 태도를 가지게 된 데에 우리 언론들은 책임이 없을까? 공공의료 확충과 사회안전망을 구축하기 위해서는 예산의 뒷받침이 있어야 함은 두말할 필요도 없다.

그런데 우리 언론들은 예산 확보를 위한 여론조성이나 조세제도에 대한 문제제기보다는 국민들의 눈물샘을 자극하는 사례들을 발굴하여 고만고만한 우리 이웃들의 쌈짓돈을 터는 모금운동에 더 힘을 쏟는다. 그 결과로 "불우이웃돕기 성금도 꼴찌가 강남구"인 반면 쌈짓돈을 턴 "준빈곤층이 가난한 노인"을 돕는(『한겨레』 2004.5.18) 기막힌 현실이 벌어지는 것이다. 이런 기막힌 현실을 바로잡고 조세제도의 개혁을 통해 세금에 대한 국민들의 이중적 태도를 개선할 수 있는 대안을 『한겨레』는 가지고 있으리라 믿는다.

『한겨레』 2004.5.21. 한겨레비평

외자 유치와 국민건강권

재경부는 지금(2004년) 인천과 같은 경제자유구역에 진출할 외국계 병원이 내국인을 대상으로 하는 진료도 가능토록 한 경제자유구역법 개정안을 마련해 놓고 여론조성 작업에 한창이다. 그런데 국민들은 병원과 의사들에 대한 불신이 워낙 뿌리 깊어서인지 외국계 병원이 들어오든 말든 아무 관심도 없는 분위기다. "차라리 잘됐다"는 반응이 아니면 다행일 것 같다.

야당인 한나라당은 총리의 말[1]을 트집 잡으며 2주 동안 하는 일 없이 소일하다 마지못해 국회로 들어가긴 했으나, 무작정 "온몸으로 막"거나, "싸우러 들어"가는 판이니 이 개정법안에 대한 당론이나 대안이 있을 턱이 없다. 의약분업 때문에 온 나라가 뒤집힐 지경에 이르렀을 때도 대책 하나 내놓지 않고 수수방관하며 반사이익만 챙기던 정당 아니었던가?

게다가 '국민의 정부' 시절부터 참여정부에 이르기까지 툭하면 버스 대절하여 과천정부청사 앞에 모여들어 세 과시를 하던 의사들이 이번만큼은 놀라울 정도로 '조용하게', '오로지' 진료에만 전념하고 있다. 정부의 어떤 의료정책이든 초지일관 "결사반대"만을 주장하던 의사협회가 이번에는 "조건부 찬성"으로 획기적인 발상의 전환을 한 상태다. 참여정부와는 임기 내내 도저히 화해할 수 없을 것 같은 『조선일보』까지 경제자유구역법 개정건만큼은 진작부터 열과 성을 다해 재경부를 거들고 있었으니 이번 개정안은 재경부의 뜻대로 통과될 가능성이 높을 것 같다.

개정법안에 대한 재경부의 설명은 이렇다. "우리 경제가 성장을 지속하여 동북아중심국가로 우뚝 서기 위해서는 세계 첨단기업들이 앞다투어 투자를 해야 하는데, 지금 우리 경제특구의 환경이 '세계 첨단기업의 임원과 가족들에게 걸맞는 정주환경'이 아니기 때문에 투자를 망설인다. 그래서 외국투자자들에게 '매력적인 투자환경'을 만들기 위해서는 우선 양질의 의료·교육 서비스를 제공할 필요가 있다. 하지만 국내 병원들의 의료 서비스 수준이 낮아 이들을 만족시킬 수 없으므로 유명 외국병원을 유치할 수밖에 없다. 경제자유구역이 성공하기 위해서는 다

---

1   2004년 10월 28일, 정기국회 대정부 질문 과정에서 이해찬 국무총리는 "'조선'·'동아'는 역사의 반역자", "한나라당은 국민들이 다 알듯이 지하실에서 차떼기하고 고속도로에서 수백억을 받은 당 아니냐"며 한나라당의 불법대선자금 문제를 끄집어낸 뒤, "다수의 위력으로 대통령 탄핵까지 한 당"이라고 발언했다. 한나라당이 이에 반발, 국무총리 사퇴를 주장하고 나섰다. 총리가 사퇴를 거부하자 한나라당은 2주간 등원거부를 하였다. 「이해찬, "한나라, 국민들 다 알듯 차떼기당"」, 『프레시안』 2004.10.28. 기사 참조.

소 문제가 있더라도 유명 외국병원을 유치하고, 또 이들의 요구대로 내국인 진료를 허용해줄 수밖에 없다"는 것.

내 나라 내 백성들은 어떤 진료를 받든 아랑곳하지 않고 외국 투자자들에게는 한 치의 불편함도 없게 하려는 재경부 관료들의 세심한 배려가 눈물겹기도 하지만, 개정법안의 골자를 한마디로 말하면 사회보장제도로서 의료가 가지는 기능을 포기하는 대신 의료를 완전히 시장 기능에 내맡기겠다는 것이다.

현재 우리나라 의료체계의 가장 큰 문제는 보장기능이 매우 취약하고 이 때문에 의료의 양극현상이 갈수록 심해지고 있다는 데 있다. 그리고 의료에도 시장과 자본의 힘이 커지면서 의사들은 의사들대로 과당경쟁과 과잉투자의 늪에 빠져 허덕이고 있고, 그 피해는 국민들에게 돌아가고 있다. 해법은 의료의 공공기능을 확대하는 것이고, 이것은 정부가 해야 할 당연한 의무이기도 하다.

헌법에 명시된, "모든 국민은 건강할 권리"라는 뜻은 돈 없다고 해서 최소한의 치료조차 받지 못하는 사람이 없도록 하는 것이 정부가 해야 할 의무임을 헌법에 규정해 놓은 것이다. 그러나 역대 어떤 정부도 국민의 건강권과 관련된 의무를 제대로 수행한 적이 없었다. 참여정부가 다른 정부보다 의료정책에 있어 기대가 높았던 것은 "공공의료 30% 확충"이란 대선 당시의 공약이 있었기 때문이다. 그런데 참여정부는 공약을 포기했을 뿐 아니라 외자 유치를 위해서 그 누구도 생각지 못했던 외국계 병원을 포함한 영리법인의 의료시장 진출을 허용하려 하고 있다. 그렇게 되면 지금도 허울뿐인 건강보험제도가 붕괴될 것은 불을 보

듯 뻔하다. 지금 정부는 '동북아중심국가 건설'이란 명분으로 국민들의
식량주권에 이어 건강주권마저 포기하려 하고 있다. 이런 정부를 두고
좌파네 우파네 시간 가는 줄 모르고 싸우고 있는 우리의 현실이 참담하
리만치 서글프다.

『영남일보』 2004.11.24. 영남시론

의료산업과 건강

우리 국민들은 건강을 위해 한 해 도대체 얼마나 많은 의료비를 지출할까? 2003년을 기준으로 국민건강보험공단에서 지출한 진료비는 거의 15조원에 이른다. 그런데 아파서 병원에 가본 사람이면 누구나 경험한 일이겠지만 우리 보험제도에는 초음파검사를 비롯해서 보험혜택을 받지 못하는 항목들이 지천으로 널려 있어 환자가 직접 부담해야 하는 본인부담률은 다른 OECD 국가와 견주어 볼 때 턱없이 높다. 공단에서 지불한 진료비에는 환자의 본인 부담금이 빠져 있기 때문에 환자가 직접 부담한 진료비까지 포함하게 되면 보험제도 틀 안에서 한 해 지출되는 의료비는 족히 20조원은 될 것으로 추산할 수 있다.

높은 본인부담률 때문에 의료보험의 보장기능이 취약하다 보니 그 틈새를 노린 민간보험시장이 그 영역을 점점 넓혀가고 있다. 암보험과 같은 건강과 관련된 민간보험의 규모는 지난해 이미 6조원을 넘어선 상태이며, 앞으로 그 비중은 갈수록 커져갈 것이다. 게다가 음식과 약을 같은 것으로 생각하는 우리 민족의 습속에 기대어 건강기능보조식품 시장도 가파른 속도로 성장하고 있다. 건강기능보조식품은 그 개념이나 정의조차 불투명하여 시장의 규모를 정확하게 예측하기는 어렵지만, 의사협회의 한 관계자는 지난해 어떤 월간지와의 인터뷰에서 건강기능보조식품의 시장 규모를 대략 15조원 규모일 것으로 추정한 바 있다. 그 외 병·의원을 이용하는 과정에서 지출될 수밖에 없는 간접비용까지 더하면 우리나라에서 의료비로 지출되는 비용이 어느 정도 규모일지는 어림짐작조차 하기 어려워진다.

하지만 이런 고비용 저효율의 낭비형 의료체계가 국민건강에 어느 정도 도움이라도 된다면 다행이겠으나 현실은 정반대다. 국민들이 의료인이나 의료기관을 바라보는 시선은 불만의 차원을 넘은, 체념의 상태라 해도 무방할 것이다. 높은 본인부담률 때문에 암이나 뇌졸중 같은 중증질환에 걸린 저소득층은 치료를 포기하거나 치료과정에서 가계파탄을 감수할 수밖에 없고, 장기이식술을 비롯한 첨단시술은 소수만이 그 혜택을 누릴 수 있는 특권과도 같은 시술이다. 대학병원 화장실마다 어김없이 장기를 팔겠다는 낙서가 등장하는 것은 우리 의료체계의 불평등 구조를 단적으로 드러내는 것이라 볼 수 있다.

그렇다고 해서 그 많은 의료비를 의사들이 다 챙겨갔냐 하면 그것도 아니다. 의사들 다 굶어 죽게 생겼다며 병원 문 걸어 닫고 정부청사로 몰려간 것이 어디 한두 번인가. 이런 형편임에도 정부는 늘어나는 보험재정을 감당할 재간이 없다며 꽁무니 **뺄** 궁리만 하면서 엉뚱한 처방을 내놓고 있다. 정부는 우리나라 의료제도가 국민건강에 대한 기여도가 낮은 이유가 "공공성을 지나치게 강조하여 의료가 고부가가치사업으로 발전할 가능성"이 차단돼 왔기 때문이라며, 의료를 "고도 소비사회가 요구하는 서비스"를 제공하는 전략산업으로 육성하겠다는 계획을 발표했다.

교육도 산업이라고 주장하는 정부가 의료를 이윤창출이 가능한 산업으로 육성시킨다 해서 그리 놀랄 것도 없지만, 의료의 공공성을 지나치게 강조했다는 평가만큼은 쉽게 수긍하기 어렵다. 노 대통령이 후보 시절에는 의료의 공공성을 '지나치게' 강조했을지는 모르겠으나, 참여정부 출범 이후 사회보장제도에 대한 정부의 역할은 '지나치게' 축소되어 왔음을 분명히 기억하고 있기 때문이다. 한 치 앞의 내일을 기약할 수 없는 중증환자들에게 의료는 테마여행이나 즐기면서 소비하는 상품이 아니라 생존을 위한 필수재이다.

그러므로 고도 소비사회가 요구하는 의료서비스란 국민의 건강을 위한 것이라기보다는, 졸부들의 건강염려증을 자극하는 건강상품을 팔아 이익을 챙기겠다는 뜻의 세련된 표현일 뿐이다. 정부는 가난 때문에 병든 자식을 방치하여 숨지게 한 아비를 잡아 창살 안에 가둘 줄은 알아도[1], 정작 건강권은 정부가 책임져야 할 국민의 기본권이라는 사실은 무

---

1 2005년 6월, 경찰은 인천의 한 병원에서 뇌사상태로 치료 중이던 생후 6개월 된 아들을 임의로 퇴원시켜 자신의 집에 방치하여 숨지자 야산에 그 시신을 유기한 아버지를 살인 및 사체유기 혐의로 구속했다. 그는 막노동으로 생계를 꾸려왔으나 치료비가 없어 아들의 치료를 포기했고, 아들이 사망하게 되자 양심의 가책을 느껴 자수

시하고 있다. 의료산업으로 건강상품을 만들 수 있을지는 몰라도 건강
은 만들어서 시장에서 사고팔 수 있는 게 아니다.

『영남일보』, 2005.5.1. 영남시론

를 했다(「뇌사상태 아들 방치해 숨지게 한 아버지 영장」, 『한겨레』 2005.6.9). 2007년에도 이와 유사한 일이 일어
난 적이 있다. '진행성 근이영양증'을 앓아온 1급 중증장애인인 아들이 화장실에서 머리를 크게 다쳐 의식불명상
태가 되자 아버지가 아들의 인공호흡기를 떼어내고 수동식 호흡기를 부착한 뒤 집으로 데려왔다. 집에 온 후 아들
은 바로 사망했다. 경찰은 아버지를 살인 혐의로 불구속 입건했다.

창궐하는 암과 정부의 책임

    질병은 겉으로 드러나지 않게 사람의 몸속으로 은밀하게 깃드는 것이지만, 한 사회에 만연하는 질병의 속성과 그 질병에 대한 집단 전체의 대처방식은 그 사회의 수준을 들여다볼 수 있는 잣대가 되기도 한다. 창백해 보이는 결핵 환자에게는 헐벗고 굶주리며 살아온 고달픈 삶의 흔적들이 은근히 묻어난다. 한 사회에 결핵이 창궐하고 그로 말미암아 무수히 많은 사람들이 죽어간다면, 그 사회가 안고 있는 고민거리는 의학기술의 수준이라기보다는 바로 '가난'일 것이다.

    지금 우리나라의 의료수준은 질과 양 두 측면에서 과거와는 비교할 수 없을 만큼 성장했다. 과거에는 상상조차 할 수 없었던 시술이 이루어지고 있고, 특히 복제술과 같은 첨단시술은 선진국과 어깨를 겨루며 선두자리를 다투고 있을 정도이다. 그 잘난 기술로 이제는 소모적인 복지보다는 이윤을 창출하겠노라며 지방자치단체마다 앞 다투어 의료특구를 건설하려 하고 있을 정도다. 그러나 가난과 불결의 대명사처럼 여겨지던 결핵 환자의 발생률은 OECD 가입국가 중에서 당당하게 선두를 지키고 있다. 이 사실은 우리 사회의 가난 문제가 여전히 미해결인 상태로 남아 있고, 의학기술의 수준이 그 사회의 건강을 보장해주는 것이 아님을 설명해주는 증거다. 결핵은 잊혀진 질병이라고 볼 수도 있다. 풍요가 넘쳐흘러 음식이 쓰레기통에 버려지고 있는 이 화려한 세상에 어처구니없게 결핵으로 죽어가는 사람들은 한쪽 귀퉁이로 밀려난 소수의 문제라고 볼 수도 있다. 한 해에 6만명이 넘는 목숨을 죽음으로 몰고 가는 암에 견주어 보면 결핵은 분명 잊혀진, 의학교과서에만 기록된 역사의 질병이라고 볼 수도 있다.

지금 우리나라에는 한 해 11만명이 넘는 암 환자가 발생하고 있다. 게다가 어린아이에서부터 노인에 이르기까지 남녀노소를 가리지 않고 있다. 누군가가 지병을 앓다 세상과 작별했다는 부고를 받았을 때 그 사연을 굳이 캐묻지 않더라도 대충 암으로 사망했을 것으로 짐작하면 될 만큼 암이 창궐하고 있다. 인류의 역사에서 어떤 질병이 창궐할 때마다 권력은 분주해졌다. 동아시아권과 달리 천인상감설(天人相感說)을 신봉치 않았던 서구사회도 마찬가지였다. 질병이 창궐할 때 권력이 손수 모든 수단을 동원하여 병자들의 구휼에 나섰던 것은 질병이 대규모 재앙으로 번지게 되면 권력의 기반이 흔들릴 수밖에 없기 때문이다.

그런데 온갖 암이 창궐하고 있는 이 시대의 권력은 느긋하기 짝이 없다. 의·과학의 발전으로 질병의 속성이 낱낱이 드러나면서 질병은 병자의 몸 안에 갇히게 되었고, 그 대신 통치권력은 질병의 책임으로 벗어날 수 있게 된 탓인지도 모른다. 암이 창궐하는 이유는 아직 탐구의 대상으로 남아 있을 뿐 아직 뚜렷한 답이 없다.

암을 묻혀 오는 이 시대의 삶의 양식에 대해 근본적인 의문을 던지는 것은 문명과 진보를 부정하는 불경한 짓으로 간주되기에 암의 원인을 찾는 시선은 줄곧 사람의 몸속에만 갇혀 있다. 사람의 몸속을 끝도 없이 파고들던 의학자들의 시선은 이제 유전자에 고정된 채 암을 유발하는 유전자를 찾아내기에 혈안이 되어 있다. 그 결과 의학자들의 의도와는 무관하게 암의 원인은 잘못된 유전자가 장착된 몸을 가진 개인의 문제로 인식되기에 이르렀다.

이와 함께 "집에서", "피 한 방울로" 암을 진단하고, "주사 한 방"이나 "유전자 치료"로 암을 완치할 수 있다는 환상을 팔아 이익을 챙기는 생명공학 산업이 21세기의 주력산업으로 각광을 받고 있다. 그러나 생명공학의 발전으로 이윤을 챙겨 가는 사람은 있겠지만 그 이윤이 국민의 건강수준을 높이는 데 사용될 것이란 전망은 불투명하다.

헐벗고 병든 자를 위한 정부의 구휼제도는 완결상태에 있다고 정부는 자신 있게 말하고 싶을지도 모른다. 겉보기에는 그렇다. 민중들의 수백 년에 걸친 투쟁의 결과로 사회보장제도가 완성된 서구사회와 달리 우리는 의료보험제도가 도입된 지 20여 년 만에 전 국민을 대상으로 확대되었고, 일부 극빈층(1종 생활보호대상자)에 대해서는 '극히' 한정된 수준에서 무상진료까지 실시되고 있는 것도 사실이다. 하지만 중병에 걸려 병원에 가본 사람은 안다. 우리나라 의료보험은 알맹이는 없고 껍데

기쁨이라 '언 발에 오줌 누는 효과'밖에 없다는 사실을.

질병에 대한 은유적 표현은 질병과 관련된 그 시대의 문화를 반영한다. '문디(문둥이) 같은 놈'이란 말은 한센병(나병)이 불치의 천형으로 인식되던 시절의 정서와 문화를 고스란히 반영하고 있다. 암이 창궐하는 이 시대에는 '암적 존재'라는 말이 사람들의 대화 속에 불쑥불쑥 튀어나온다. 이 말은 암 환자들이 서서히 자신의 몸을 소진시켜 가는 동안 밑도 끝도 없이 들어가는 진료비 때문에 가정마저 파탄에 빠지고 말더라는 참담한 현실을 반영한 것 아니겠는가? 사람들 입에 '암적 존재'라는 말이 거리낌 없이 사용되는 것 자체가 우리 사회의 사회보장 수준을 드러내는 것이라 볼 수 있다.

2004년 한 해 동안 보험재정은 1조 이상의 흑자를 냈지만 정부는 쓸 곳을 정하지 못한 채 곳간에 꽁꽁 묶어두다가, 최근 암 환자에 대한 지원 확대를 약속했다. 암 환자들과 그 가족들에게는 가뭄 뒤에 쏟아지는 단비 같은 소식일 것이다. 하지만 비급여진료에 대한 개혁 없는 지원 확대는 진료비를 조금 더 깎아주는 생색내기에 그칠 가능성도 있다. 암 환자의 진료비가 다른 질환과 달리 온 재산을 탕진할 정도인 것은 유난히 보험 적용이 되지 않는 비급여진료가 많기 때문이다.

창궐하는 질병을 구제하고, 백성을 구휼하는 책임은 정부에 있다. 그것은 동서고금의 진리다. 지금 창궐하고 있는 암은 개인의 문제가 아니라 이 사회가 만들어낸 병이다. 당연히 정부가 책임을 져야 한다. 그 책임을 떠맡는 것이 정부가 존재하는 이유이기도 하다.

『평화뉴스』 2005.5.2.

지방분권의 그늘

참여정부가 출범한 이후 스스로 가장 중요한 치적이라고 내세우고 있는 것 중의 하나가 권력을 놓아버렸다는 것이다. 온갖 권력을 틀어쥔 독재정권의 횡포에 짓눌려 왔던 기억을 가진 국민들로서는 정권이 스스로 권력을 놓아버렸다는 사실은, 하나의 사건으로 받아들일 만큼 놀라운 변화인 것은 분명하다. 하지만 정당한 절차에 의해 국민들이 위임해 준 권한과 책임마저 놓아버린다면 선거에서 표출된 국민의 뜻을 배신하는 것이라 비판해도 달리 할 말이 없을 것이다.

참여정부가 정권의 명운을 걸다시피 하면서 추진하고 있는 것이 지방분권이다. 그런데 지방분권이 중앙정부에 집중된 권한을 지방으로 분산시킴으로써 중앙정부에 대한 견제와 함께 우리 사회 전체의 균형을 잡으려는 목적이 아니라, 정부가 떠맡아야 할 책임을 민간이나 지방자치단체로 떠넘기는 수단으로 이용된다면 문제는 심각해진다. 그런 우려가 현실로 드러나고 있는 것 중의 하나가 보건복지 분야이다.

참여정부의 보건복지 분야의 정책 기조는 한마디로 '권한과 책임의 민간·지방 이양'으로 표현할 수 있다. 지난해(2004년) 말부터 최근(2005년 5월)까지 국회를 통과했거나 정부가 추진하고 있는 법률을 보면 정부는 보건복지와 관련된 정부의 책임을 하나 둘씩 털어내고 있음을 알 수 있다. 경제자유구역 내 외국투자기업의 영리병원 설립과 내국인 진료를 허용함으로써 의료시장개방의 토대가 마련되었고, 또 공공의료기관이나 요양기관에 대한 민간투자를 허용하는 민간투자법이 국회를 통과했다. 그리고 지역보건법과 지방의료원 설립에 관한 법률을 개정하여 관할 지방자치단체장의 권한을 강화하는 한편, 정부의 예산지원 의무조항을 임의조항으로 바꾸어버렸다.

하지만 지방자치단체들은 경쟁하듯 지역개발에 목을 매고 있기 때문에 정부로부터 보건복지와 관련된 권한을 이양 받았다고 해서 지역주민들을 위한 의료나 복지사업에 정책의 우선 순위를 두지는 않을 것이다. 또 의지가 있다 하더라도 재정자립도가 열악한 자치단체는 복지사업에 눈을 돌릴 여력이 있을 리 없다. 한 예로 보건복지부에서 관할하던 쪽방 거주자와 노숙자 의료지원사업이 올해(2005년)부터 지방으로 이양되었다. 하지만 대구시는 지금까지 예산편성을 차일피일 미루고 있어 노숙자와 쪽방거주자에 대한 의료지원사업은 그 규모가 축소되거나 일부 중단되어 있는 상태다.

2005년 5월 2일, 기획예산처는 앞으로 국민의 기본적 생활과 관련된 공공서비스는 될 수 있으면 민간시장에 맡기고, 국가의 재정부담은 최소화하여 꼭 필요한 계층에만 역량을 집중하는 것을 원칙으로 하는, 정부의 '전략적 재원 배분 방향과 원칙'을 발표했다. 5월 10일, 기획예산처가 내년 말부터 건강보험 지역가입자에 대한 정부의 재정지원을 전면 중단한다는 방침을 발표한 것은 "무차별적 가격보조를 지양"한다는 "재원배분 원칙3"에 따른 것으로 판단된다. 이 방침이 아무런 수정이나 보완 없이 그대로 집행되게 되면 도시 영세 자영업자들은 말 그대로 가만히 앉아서 '핵폭탄'을 맞게 되는 셈이고, 일정 수준 이상의 소득을 가진 계층은 실효가 없는 건강보험에서 이탈하여 자연스럽게 민간보험으로 이동하게 될 것이다. 그 결과는 국민건강보험제도의 해체로 이어지게 될 것임은 불을 보듯 뻔하다.

사회보험의 성격을 가진 건강보험은 건강한 사람이 아픈 사람을, 부자가 가난한 사람을 돕는 공동체 구성원들 사이의 연대의 성격을 가지고 있는 것이고, 그런 연대의 책임에는 당연히 정부가 감당해야 할 몫이 있다. 건강보험제도가 제 기능을 하지 못하고 있는 것은 역대 정부가 한결같이 정부가 감당해야 할 책임을 회피해왔던 탓이 크다. 그런데 정부는 지금까지 생색내기에 불과했던 책임마저 내팽개치려 하고 있다. 정부와 집권여당은 권한의 분산과 지방 이양이 참여정부 최대의 치적이라 자랑하고 있을지는 모르겠으나, 그것이 정부가 감당해야 할 책임을 회피하는 방향으로 진행된다면 최대의 실정으로 기록될 수도 있을 것이다.

『영남일보』 2005.5.15. 영남시론

경제위기와 건강수준

한 국가의 경기가 침체국면에 접어들면, 또 그것이 장기화될 때 전체 국민의 건강수준은 어떤 영향을 받게 될까? 게다가 의료보험제도를 비롯한 사회보장체계마저 제대로 구축되어 있지 않는 국가라면? 우리가 10여 년 전에 겪었던 외환위기 때의 기억들이 아직 고스란히 남아 있으니 이 질문에 대한 해답은 보통 사람들의 상식으로도 쉽게 찾을 수 있을 것이다.

그런데 우리 지역의 『매일신문』은 느낌표까지 덧붙일 정도의 확신에 찬 목소리로 "국민건강은 경기와 반비례한다!"고 주장하며 보통 사람들의 상식을 일거에 뒤집어버리고 있다(『매일신문』 2008.10.11). 『매일신문』의 이런 확신은 〈연합뉴스〉가 인용 보도한 『뉴욕타임스』 기사에 근거를 두고 있다. 정말 "실업률이 1% 상승하면 사망률은 0.5% 하락"하는 것이 사실이라면, 정리해고를 일삼으며 실업률 상승을 부추기는 사업주들은 지탄의 대상이라기보다는 국민건강수준 향상에 기여한 공로로 표창 대상이 되어야 할 것이다.

그렇다면 정말 『뉴욕타임스』가 국민건강수준이 경기와 반비례한다고 주장했는지를 살펴볼 필요가 있을 것이다. 『매일신문』이 인용한 것은 『뉴욕타임스』 2008년 11월 7일자 건강(Health)면에 게재된 경기와 건강과의 상관관계를 묻는 기사(「Are Bad times Healthy?」)였다. 그런데 그 기사에는 개인의 건강(Individual's health)과 국민 전체의 건강(Population's overall health)을 구분하고 있고, 국민 전체의 건강수준은 장기적인 경제성장과 관련이 있음을 분명히 하고 있다.

『뉴욕타임스』가 제기한 문제는 경기침체 국면에서 개인의 건강에 어떤 변화가 올 것인가 하는 점이었으며, 그에 대한 결론도 "놀라울 정도로 뒤섞여 있다"(surprisingly mixed)는 것이었지, "국민건강"은 물론 개인의 건강조차 경기에 반비례한다는 결론은 어디에도 없다.

경기침체 국면에서 실업이 '개인'의 건강에 긍정적인 영향을 미치는 경우도 있긴 하다. "이제 읽고 싶었던 책도 읽고, 못했던 운동이나 여행도 좀 하고, 심심하면 대학에서 강의나 하고, 가족들과 함께하는 시간도 많이 늘렸으면 한다"라고 불황시대의 퇴임 또는 실업의 소회를 밝히는 사람들이 있다. 그들은 누구인가? 거액의 퇴직금과 종신연금을 챙겨 나오는 기업의 CEO, 고급관료들, 그리고 헛발질하다 실업자가 된 정치인들이다. 그들이 무위자연과 전원생활을 찬미하며 건강을 챙길 때, 그 농촌마을에서 쫓겨나와 도시 변두리 쪽방에서 하루하루를 연명해야 하는 도시빈민들의 가슴에는 대못이 박힌다.

　드물게 실업에 따른 절망과 좌절을 이겨내고 재기에 성공하는 사례도 있긴 하다. 그들의 건강수준은 실업 이전보다 더 좋아졌을 것이란 점은 얼마든지 추정 가능하다. 하지만 이런 '벼락에 맞아 죽을 확률'보다도 낮은 사례들을 긁어 모아 불황기에 오히려 건강수준이 향상된다는 증거로 삼는 것은 학자라는 명함을 가진 사람들이 차마 할 짓이 못 된다. 『뉴욕타임스』가 인용한 학자들은 보건학자라기보다는 경제학자들이다. 게다가 그들이 신자유주의에 경도된 학자들이라면 무슨 소리를 못할까? '값싸고 질 좋은 미국산 쇠고기'를 먹으면 한국경제에도 도움이 되고, 국민건강수준도 향상된다고 주장하는 것이 신자유주의에 매몰된 한국의 경제학자들 아닌가?

　『뉴욕타임스』가 불황기에 개인의 건강수준이 오히려 향상된다는 황당한 주장을 인용한 이유는 앞으로 수도 없이 쏟아져 나올 월가의 실업자들을 격려, 위로하려는 충정도 있지 않았나 싶다. 정작 『뉴욕타임스』가 강조하는 대목은 따로 있기 때문이다. 『뉴욕타임스』는 1980년대 페루의 경제위기, 1990년대 일본의 경제위기 때 그 국가에 심각한 공중보건상의 위기가 있었던 사실을 예로 들면서, 미국에는 정부에서 운영하는 의료보장체제(National Health Plan)가 없음을 지적하고 있다. 현재 "4600만명의 미국인이 의료보험이 없고, 4년 전에 비해 의료보험료는 두 배 이상 상승했다. 그래서 의료보험을 가진 1억 7천 9백만명의 미국인들조차 단 한 차례만이라도 중증질환(A single health crisis)에 걸리게 되면 일곱 명 중의 한 명꼴로 파산할 것"이란 전망을 내놓고 있다. 금융대란에 따른 파산행렬에 이어 의료대란에 따른 파산행렬까지 예정되어 있다는 이야기다. 불황으로 오히려 국민건강수준이 향상된다며 느낌표까지 찍을 만큼 흥분한 대목은 어디에도 없고, 사회안전망이 없는 미국사회의 현실을 우려하고 있는 것이 이 기사의 핵심이다.

그렇다면 우리는 지금 어떤가? 미국으로부터 불어오는 불황의 먹구름이 점점 짙어지고 있는데, 정부는 국민건강보험의 근간을 허무는 의료민영화, 의료산업화 정책을 고집하고 있다. 주무부서의 장관은 "감세도 복지의 일환"이라는 궤변을 늘어놓고 있고, 차관은 고대광실에 들어앉아 농민들에게 돌아가야 할 농사직불금까지 호주머니에 챙겨 넣고 있다. 여기에 제동을 걸고 대안을 제시해야 할 언론은 외신을 왜곡하면서까지 불황이 깊을수록 국민건강은 더 좋아진다는, 썰렁한 농담이나 하고 있으니……. 정말 숨통이 턱턱 막히는, 농담 같은 세월이 너무 더디게 지나가고 있다.

『평화뉴스』 2008.10.13.

노름판 자본주의의 운명

    세계 경제를 쥐락펴락하던 미국의 거대 투자은행인 리먼브라더스와 메릴린치가 한순간에 몰락한 뒤, 그 이튿날 한국의 증권시장도 폭락을 거듭하여 그날 하루만 '50조원'이 증발했다고 했다. 주식시장이 어디 붙어 있는지도 모른 채 하루하루 빠듯하게 살아가는 보통 사람들로서는 증권시장에서 하루 만에 사라져버린 50조원이 어느 정도 규모의 돈인지 가늠하기도 힘들고, 어차피 그 돈의 한 푼 부스러기도 내 지갑에 든 돈이 아니었으니 지금 지구촌 금융시장에서 벌어지고 있는 일들을 피부로 체감하기는 어려울 것이다. 미국정부가 시장경제를 신봉하는 자본주의 원조국가라고 으스대던 체면까지 내팽개치고 어마어마한 공적자금을 투입하여 사태를 봉합하긴 하였으나, 더 심각한 문제는 오히려 지금부터 시작이 될 것이라는 전망이 지배적이다.

이번 사태로 증명이 된 것은 OECD 국가를 중심으로 한 선진국들의 풍요라는 것이 결국 신기루에 불과하며, 인류의 복리 증진에 있어 유일한 대안이라고 떠들어대던 '신자유주의'라는 것이 기껏해야 돈 놓고 돈 먹는 '노름판 자본주의'였다는 사실이다. 그 노름판에서 잃어버린 판돈을 정부가 국민의 세금을 끌어다 채워주는 꼴인데, 그 노름판에 얼씬거리지도 않았던 사람들은 도대체 무슨 영문인지조차 모르고 물끄러미 쳐다만 보고 있다. 시장바닥의 가장 단순한 노름판 규칙조차 지켜지지 않고 있는 이 희한한 미국식 노름판 자본주의가 과연 공적 자금으로 연명하며 얼마나 버틸 수 있을지 그것도 하나의 구경거리라면 구경거리일 것이다.

그래서 지금의 금융공황이 "자본주의 붕괴의 서곡"이라는 섣부른 전망도 흘러나오고, "마르크스가 흐뭇해 하고 있을 순간"이라고 주장하는 해외언론도 있다(사설 "Maelstrom in the markets", *Guardian* 2008.9.16). 자본주의가 붕괴하든 말든, 앞으로 얼마나 더 많은 은행이 도산할지 말지 그것은 우리가 상관할 일은 아니다. 중요한 것은, 앞으로 나에게 그리고 고만고만한 내 이웃들에게 닥쳐올 일들─하늘 모르고 치솟게 될 실업률, 줄을 잇는 개인파산, 꼬리를 무는 자살행렬들─은 너무 분명한데 우리는 거기에 아무런 대응수단을 가지고 있지 못하다는 사실이다. 우리가 들고 있는 무기라고 해야 달랑 촛불 하나가 전부였다. 그 촛불마저 권력이 휘두른 폭력에 짓밟히면서 가물가물 꺼져가고 있다.

현실은 비관스럽다 못해 참담하기까지 하다. 금융공황으로 온 세계가 들썩이는데 "나 같으면 펀드라도 사겠다"는 대통령의 발언은 펀드가

뭔지도 모르고 살아가는 대부분의 사람들에게는 참 한가한 이야기로 들렸을 것이다. 하지만 이 정도는 오해라고 해두자. 대통령의 진의에 대해 워낙 오해가 많은(?) 국민들이니…….

정부가 발표한 9·19 주택종합대책이 아무런 수정 없이 집행된다면 우리는 헤어나오기 힘든 수렁에 빠져들게 될 것이다. 지금도 전국의 미분양 주택이 25만 호에 이른다는데 500만 호의 주택을 새로 공급하겠다는 발상이 과연 상식적으로 납득 가능한가? 게다가 그 500만 호의 주택에서 주로 서민들이 이용할 중소형 아파트는 '보금자리'형 주택이라 따로 분류하고 있다. 세상에 보금자리가 아닌 집이 도대체 어디 있을까마는 굳이 서민용 아파트만을 '보금자리'라 이름 붙인 것은 중대형 아파트에는 또 다른 의미가 있기 때문이 아닐까 싶다. 그것은 아마도 재산증식용 아니면 최소한 신분과시용일 게다.

미국에서부터 시작된 금융공황이 부동산 거품에서 비롯된 것임을 모르는 사람은 없을 것이다. '조·중·동'만 열심히 들여다보는 사람들이라도 금방 알 수 있는 일이다. 그런데 부동산거품에서 비롯된 금융공황이 온 세계를 휩쓸고 있는 이때 또 다시 부동산거품을 부추기는 정책을 펼치는 이 정권 아래에서 과연 우리의 운명은 어떻게 될까?

"(일본이) 못 가도 몇백 년은 갈 줄 알았다." 미당 서정주가 자신의 친일행적을 변명하며 늘어놓은 말이다. 그러면서도 표현의 대가답게 자신은 친일파(親日派)도 부일파(附日派)도 아닌, 종천순일파(從天順日派)라고 했다. 지금 우리 사회는 미국경제가 "못 가도 몇백 년은 갈" 것으로 믿고 있는 종천순미파(從天順美派)들이 권력을 장악한 채 끝도 없이 추락하고 있는 미국의 경제모델을 열심히 따라가고 있다.

순미를 하든, 친미를 하든 그것은 그들의 선택일 뿐이다. 선택할 수 있는 권한 또한 국민들이 위임해준 것이니만큼 뒤늦게 한탄하는 것도 부질없는 일이다. 다만 한 가지. 어리석은 욕망이 쌓아올린 풍요와 성장은 한갓 거품에 불과하다는 것, 그 거품이 언젠가는 처참한 응징으로 되돌아온다는 것, 그것이 바로 하늘의 뜻이란 사실을 미국의 경제 시스템이 증명하고 있다. 앞으로 돈 놓고 돈 먹는 노름판 자본주의의 운명은 어찌 될까? 그리고 하늘의 뜻을 거스르거나 곡해한 자들의 운명은? 상식을 가진 사람들은 알고 있을 것이다. 다만 입 밖으로 내뱉지 않는 것일 뿐.

『평화뉴스』 2008.10.6.

경제위기와 '메디시티 대구'

　우리 사회에서 '사회안전망'이라는 말이 공론의 영역에서 의제로 떠오른 것은 10여 년 전 외환위기로 온 나라에 스산한 칼바람이 불어닥칠 무렵이었다. '부랑자'나 '행려자'라는 말이 '노숙자'로 대체된 것도 바로 그때였다. 그 시절 노숙자 중의 상당수는 불과 얼마 전까지 정상적인 가정과 직업을 가진 사람들이었다는 점에서 노숙자 문제가 사회에 던지는 충격은 더 강했다.

　사실 외환위기가 닥쳐오기 전까지 사회안전망이란 말은 생소한 개념이었다. 수십 년간 군부독재정권이 유지되는 동안 우리 사회는 온통 '국가안보'라는 정언명령 속에 파묻혀 있었기 때문에 '복지'라는 이야기가 비집고 나올 틈이 전혀 없었다. 별자리 군인들의 복지는 있었어도 국민의 복지는 없었던 캄캄한 시절이 수십 년 지속되었다. 개개인의 복지는 물론 건강문제까지도 가정이라는 울타리 안에서 해결해야 했고, 그렇게 하는 것을 미덕으로 여기도록 강요받았던 것이 우리 사회의 복지문화였다. 그러나 외환위기와 함께 해체되는 가정이 늘어나면서 사회안전망의 구축은 이제 더 이상 미룰 수 없는 과제가 된 것이다.

하지만 국가부도 직전의 상태에서 정권을 넘겨받은 국민의 정부는 '생산적 복지'라는 개념을 도입한다. 외환위기에 따른 경제난 극복을 내세우면서 가장 절박했던 사회안전망을 위한 정부의 예산 지출을 소모적 경비로 간주해버린 것이다. 그나마 지금 수준의 사회안전망이라도 갖추게 된 것은 시민단체를 중심으로 한 민간 차원의 사회연대기구의 활발한 활동과 여론의 공감대가 형성되어 있었기 때문이다.

국민의 정부가 추진했던 '생산적 복지'와 이명박정부의 '능동적 복지'가 어떤 차이가 있는지는 분명하지 않다. 하지만, "좌파정권 10년 동안 과도한 복지예산 지출로 사회양극화가 심화되었고, 경제성장률이 저하되었다"는 정부의 진단만큼은 현 정부의 반복되는 '오해'가 아니라, 믿기 어려운 정말 썰렁한 농담이다. 국민의 정부를 이어받은 참여정부는 "공공의료 30% 확충"이라는 선거공약을 휴지통에 처박아버리고, 의료를 이윤창출과 성장동력으로 삼겠다는 의료산업화 정책을 적극 추진하게 된다. 그 산업화 정책을 이명박정부는 고스란히 계승하고 있다.

현 정부 인사들이 '좌파정권'이라 규정한 국민의 정부와 참여정부가 사회안전망 구축을 위해 투입한 예산은 언 발에 오줌 누는 정도에 불과했다. 사회양극화에 이어 건강양극화까지 고착된 것이 바로 참여정부 때의 일이다. 그 눈곱만큼의 예산마저도 이명박정부는 낭비성 예산으로 보고 있는 모양이다. 당장 내년부터 저소득층의 최저생계를 위한 기초생활보장사업비를 비롯해서 장애인을 위한 예산이 대폭 줄어든다.

10월의 경제무대에서 주식과 환율이라는 두 주연배우가 펼치던 역동적인 활극의 1막이 끝이 났다. 11월부터 펼쳐질 2막의 내용이 어떠할지 아무도 그 시나리오의 얼개조차 알지 못하고 있다. 하지만 주식 한 주, 달러 한 푼 없는 대부분의 사람들에게 폭풍우를 쏟아부을 먹구름은 점점 더 시커멓게 짙어지고 있다. "외환위기 때보다 더 어렵다"는 대통령의 발언이 정말 이번만큼은 '오해'였으면 좋을 정도로 당장 한 치 앞의 내일이 불안한 것이 보통 사람들이 살아가는 오늘의 현실이다. 그런데 더 심각한 것은 "외환위기 때보다 더 어려운" 경제위기 상황에서 10년 전과 달리 사회안전망에 대한 논의가 아예 자취를 감춰버렸다는 사실이다. 야당은 지리멸렬한 상태에 놓여 있고, 시민단체들마저 정치지형이 바뀌면서 자신들의 조직을 추스르기도 바쁜 모양새다.

2008년 10월 15일 대구시는 대구경북병원협회와 공동으로 '의료산업 육성'과 '대구경북 병원 경쟁력 강화'를 위해 공동브랜드를 확정 발표했다. 이름하여 '대한민국 의료특별시, 메디시티 대구'.

'의료특별시 메디시티 대구'에 감동할 시민들이 얼마나 될지 의문이지만, 이 사업에 공감하고 적극 동참할 의사들은 또 얼마나 될지도 의문이다. 경제위기가 주식과 환율이 펼치는 연극이 아니라 점점 현실이되어가면서 가장 먼저 타격을 받고 있는 것이 여행관광업이라는데, 이런 형편에 '의료관광사업'으로 대구의 성장동력을 이끌겠다는 대구시의 생뚱맞은 발상을 도대체 어떻게 이해해야 할까? 코앞에 있는 일본으로

가는 정기노선조차 확보하지 못하고 있는 대구공항을 끼고 도대체 어떤 외국인 환자를 유치하겠다는 것인지 상식선에서도 납득하기 어렵다. 그러나 지역사회 어디에서도 이의를 제기하는 목소리는 들어보기 어렵다.

　한국은 OECD 가입 29개국 중 결핵 발생률에 있어 부동의 1위 자리를 차지하고 있다. 외환위기 당시 늘어난 결핵환자의 발생추이가 10년이 되도록 변하지 않고 있는 것이다. 그 당시 결핵환자가 늘어난 것은 급격하게 늘어난 노숙자와 연관이 있었던 것으로 판단하고 있다. 꼬리를 물고 이어지는 자살과 서울 고시촌 방화살인 사건과 같은 증오범죄가 반복되는 것은 우리 사회의 열악한 사회안전망이 낳은 괴물이다. 경제위기가 점점 현실화될 때 정부는 물론 지방정부가 제일 먼저 무엇을 해야 하는지를 알려주는 교훈이기도 하다. 하지만 어찌하겠는가? 역사의 교훈을 바로 새기지 못할 뿐 아니라, 그나마 확인된 역사적 사실조차 정권의 입맛에 따라 얼마든지 뜯어고칠 수 있는 나라인 것을.

『평화뉴스』 2008.11.2.

2

과학기술과
환경, 생명, 윤리

한민족의 생명문화

우리를 한민족이라 부르는 것은

땅은 생명이 순환되는 곳이다. 모든 생명은 땅으로부터 생겨나 땅으로 돌아간다. 세상 만물의 지배자 자리를 차지한 사람도 땅에서 생산된 생명들로부터 생명줄을 이어갈 수 있는 힘을 얻는다. 그리고 죽어서 혼은 하늘로 올라갈지라도, 그 육신은 땅으로 돌아가 한 줌 흙이 되어 새로운 생명을 키우고 지키는 자양분이 된다.

이 땅에서 살아가는 우리를 한민족이라 부르는 것은 한반도라는 지도상의 위치에 살고 있기 때문만은 아니다. 아주 오랜 옛날 올망졸망한 산들과 계곡을 흐르는 물, 들판 사이로 갖가지 생명들이 절묘하게 조화를 이루고 있는 이곳으로 사람들이 하나 둘 모여들어 살기 시작했다. 사람들은 들판에서, 골 깊은 산 어귀에서, 고산 준령의 바위 틈새에서, 속살 깊은 곳까지 드러내는 맑은 물 속에서 온갖 생명을 얻을 수 있었다. 그리하여 이 땅에 뿌리내린 사람들의 생명은 반만년의 세월을 이어오면서 한없이 풍요로워질 수 있었다.

사람들의 생명이 단절되지 않고 지금까지 이어져 온 것은 다른 생명들의 끝없는 순환과 땅의 다산성에 있었다. 사람들은 그 생명들을 배려하기 위해 이름을 붙여주고, 그들과의 관계 속에서 서로 견제와 균형을 이루며 삶을 가꾸어왔다. 가을걷이 끝난 뒤 볏짚을 모아 초가지붕을 잇고 흙을 다듬어 기와를 만들어냈다. 산과 들에서 자라나는 갖가지 생명들을 정성스레 보관하기 위해 흙을 빚어 그릇을 만들었고, 뭇 생명들이 피고 지며 남기고 간 흔적들을 모아 생활의 도구를 만들었다. 백두대간의 첫 머리에서 세상을 내려다보던 백두산 호랑이는 절제와 겸양의 미덕을, 한라산 중턱의 겁 많은 노루들은 약자에 대한 배려와 보살핌의 미덕을 사람들에게 가르쳤다. 이 좁은 땅덩어리에서 사람들은 하늘과 달과 별을 생명의 주재자로 섬기며, 많은 생명들과 공생관계를 이루면서 '문화'를 일구어내었다. 그 문화는 다른 어떤 민족도 흉내낼 수 없는 독특한 문화이다. 그런 문화 속에서 길러져온 우리들의 인간됨과 아름다운 심성을 바탕으로 우리 민족을 한민족이라 부른다.

상식을 짓밟는 전문가의 지식

지금 이 땅에서 살아가고 있는 사람들을 한민족이라고 부를 수 있는 증거는 한반도에 살고 있다는 것 한가지뿐이다. 과거로부터 모든 것이 단절되고, 다른 생명들과의 관계로부터도 단절된 채 살아가는 이 시대 사람들의 삶에서 한민족의 흔적을 찾아보기란 쉽지 않다. 무엇보다도 우리가 한민족임을 증명할 수 있게 했고, 한민족의 정체성을 드러내던 생명의 문화가 달라지게 되었으니 더 이상 우리가 한민족임을 주장하기도 어려워졌다.

구수한 된장에 호박잎, 풋고추, 배추김치로 푸짐하던 밥상이 마요네즈, 케첩, 스프, 햄, 소시지로 '세계화'되었기 때문이다. 우리 민족의 정서가 고스란히 담겨 있던 떡 대신 이름도 생소한 피자와 햄버거가 주인자리를 차지하고 있다. 땅으로부터 생명을 거두어들일 일꾼들은 땅을 버리고 떠나가고 있다. 애써 땀 흘린 대가에 대한 보상은 바랄 수도 없지만 차마 생명을 버릴 수 없어 거두어들인 곡식들조차 사람들이 먹기를 않는다. 이 시대 사람들이 음식을 선택하는 기준은 편리함과 영양가, 그리고 순간적으로 혀끝을 자극하는 가벼운 맛이다.

게다가 땅이 사라지고 있다. 땅이 사라지고 있으니 생명들도 사라지고 있다. 땅이 파뒤집힌 자리에는 육중한 콘크리트 구조물들이 빼곡이 들어선 채 사람들의 숨통을 틀어막고 있다. 가재들의 발놀림까지 투명하게 보이던 실개천에는 어김없이 시커먼 기름덩어리들과 결코 순환되지 못하는 쓰레기만 떠다닌다. 산이 깎여져나가고 휑하니 뚫린 아스팔트 도로에는 인간이 만든 무생물들이 주인이 되어 사람들의 생명을 짓이기며 지나다니고 있다. 자신들의 방식대로 살아가던 많은 생명들은 의지처로 삼을 만한 한 뼘의 땅도 얻기 어려워졌다. 그래서 언제부터인가 이 땅을 지켜오던 생명들이 하나 둘 사라지기 시작했다. 사람들의 오만함을 꾸짖으며 한민족의 얼을 지켜주던 백두산 호랑이는 신화 속에서만 흔적을 찾아볼 수 있다. 여치, 베짱이, 방아깨비, 고추잠자리가 사라지면서 곤충채집이 아이들의 방학숙제에서 사라졌다. 강가에서 아이들이 깔깔대며 몰아대던 송사리와 피라미도 사라지고, 아이들은 컴퓨터라는 무생물과 대화를 나누며 시간 가는 줄도 모르고 놀고 있다.

더 이상 우리가 발 붙이고 사는 땅은 생명을 키우지 않는다. 다만 사고 팔아 돈을 키우는 상품일 뿐이다. 그리고 사람들은 생명을 땅에서 얻지 않고 돈으로 산다. 살 수 있는 것이면 먼 나라에서 오는 것이든, 과학자의 실험실에서 만들어진 것이든 상관하지 않는다.

한국사람은 미국에서 60년을 살아도 쉽게 미국인이 되지 못하는데 얄궂게 생긴 남의 나라 소는 돈 주고 사들여 와 이 땅에서 6개월만 키우면 우리 소가 되어버리는 희한한 세상. 그러니 남의 나라 오징어, 꼴뚜기, 명태, 조기도 우리 돈으로 산 것이고, 이웃나라 콩이야, 팥이야, 감자, 고구마인들 사들여 오기만 하면 우리 것 아닌가? 다만 우리가 해야 될 일은 땅 팔고, 집도 팔고, 사람까지 내다 팔아 '돈'을 모아서 무엇이든 살 수 있는 '경쟁력'을 확보하는 것뿐이다. 그래도 부족한 양식은 생명공학자들이 사명의식을 가지고 만들어낸다. 그 식품의 효능은 전문가들이 보증한다. 유전자를 '조작'한 것이 아니라 '변형'시킨 것이므로 보통의 음식들과 전혀 다를 바 없고, 오히려 벌레가 먹지도 않고 아무리 오래 보관해도 썩지 않는 우수한 음식이라고 전문가들은 자신있게 말한다. 벌레가 먹지 못하는 음식은 사람도 먹지 못하고, 썩어 분해되지 않는 음식은 사람의 몸에서도 분해되지 못한다는 것이 여태까지 알고 있던 보통 사람들의 상식이다. 그런데 지금은 보통 사람들의 상식이 전문가들이 가진 지식의 힘에 내몰리고 있는 시대이다. 지구촌 곳곳에서 굶주림으로 죽어가는 사람들을 먹여 살릴 수 있는 '유일한 대안'이라는 전문가들의 인도주의 정신 앞에서 오히려 진한 감동을 느끼며 숙연해지는 것이 보통 사람들의 모습이다.

생명공학자들의 야망

실험실에서 곡식의 유전자를 조작하여 대량생산하는 길만이 식량위기를 극복할 수 있는 유일한 대안이라는 전문가의 진단에 보통 사람들의 상식이 끼어들 틈은 보이지 않는다. 그렇지만 전문가의 지식이 결코 절대 진리가 아닌 이상, 보통 사람들의 상식으로 받아들일 수 없는 전문가의 지식은 괘변일 수도 있다.

우리들 주변에서 먹지 않고 버려지는 음식이 도대체 얼마나 되는가. 맥도날드 햄버거를 만들기 위해 소들이 먹어치우는 곡식들이 얼마나 되는가. 도시의 화려함으로 뒤덮이면서 사라지는 논밭은 한 해에 얼마나 되는가. 얼마나 많은 도시의 배설물들이 땅의 생산성을 갉아먹고 있는가.

샤르댕은 다른 동물과 견주어서 사람이 뛰어난 이유는 '되돌아볼 줄 아는 힘'이 있기 때문이라고 했다. 그러나 생명공학자들은 되돌아볼 줄 모른다. 되돌아볼 필요도 없고, 되돌아볼 시간도 없다고 한다. 인류의 행복과 복지 증진을 위해 그저 묵묵하게 연구만 할 뿐이라고 겸손하게, 때로는 자랑스럽게 이야기한다. 그러나 그들의 연구에 필요한 자본은 누가, 무슨 목적으로 지원하였는지에 대해서는 침묵한다. 유전자조작 식품을 개발한 이들은 한 해에도 수천명씩 굶어 죽어가는 아프리카의 과학자들이 아니다. 오히려 영양 과잉으로 제 몸조차 제대로 가누지 못하는 비만인들이 즐비한 선진국의 과학자들이다. 밀폐된 실험실에서 현미경과 핀셋으로 만들어낸 음식이 수천 년 동안 사람들의 입과 몸으로 검증되어온 먹을거리와 똑같다고 주장하는 뻔뻔스러움은 제쳐두고서라도, 특허권을 보장하라는 가당치도 않은 말을 내뱉는 생명공학자들을 어찌 묵묵히 연구만 하는, 인도주의 정신으로 충만한 과학자라 말할수 있을까?

그들의 관심은 아프리카 흑인들의 굶주림도 아니며, 사라져가는 생명체에 대한 안타까움도 아니다. 그들이 묵묵히 연구만 하는 유일한 이유는 '세계 최초'가 되기 위한 것이다. 묵묵히 입을 다물고 있지 않아자칫 비밀이 새어나갈 경우 '세계 최초'는 물거품이 되고 만다. 이들에게 '두 번째'는 아무런 의미가 없다. 특허는 항상 '최초'에게 주어지는특권이며, 어떤 누구도 나누어 가지자고 요구할 수 없는, '최초'만이 소유할 수 있는 권리이다. 땅도 필요 없고 농부도 필요 없는 실험실에서만든 곡식으로 특허를 받아 온 인류의 생명줄을 거머쥐겠다는 파렴치한발상을 가진 자들에게 식량위기의 해결책을 기대할 수는 없다. 이런 형편에 그들이 만들어낸 먹을거리들의 유해성 여부를 가지고 논쟁을 하는것은 한가한 지식인들의 음풍농월에 불과한 것일지도 모른다. 전세계인구가 먹고 살아야 할 식량의 70% 이상을 독점하고 있으면서도 가장 많은 유전자조작 식품을 생산하는 부자나라 미국. 정작 그 나라의 농부들은 절대 빈곤으로 허덕이고 있다. 하물며 가난에 찌들 대로 찌든 제3세계의 농부들이야 더 말해 무엇하리! 실험실의 배양접시에서 식량이 대량 복제 생산되어 나올 때 농부들은 수천 년을 이어오며 무수한 생명을 살려내던 땅을 황무지로 내버려둘 수밖에 없다. 그들이 할 수 있는 것은 버려진 땅에 대규모 아파트 단지나 도시인들의 휴양지가 들어서게 되어 몇 푼의 돈을 만지게 되는 돼지꿈을 밤마다 꾸어보는 것뿐이다.

지속되어야 할 생명의 역사

생명들이 하나 둘씩 사라지게 되자 사람들은 '자연보호'를 외치기 시작했다. 누가 누구를 보호한단 말인가. 사람들이 오늘날까지 그 질긴 명줄을 이어올 수 있었던 것은 자연으로부터 끝없는 보호와 배려를 받을 수 있었기 때문임을 잊은 채 주제넘는 소리를 내뱉고 있는 것이다. 분수를 넘은 사람들의 과대망상증은 사라진 생명체들을 복제해내겠다는 만용으로 이어졌다. 고향마을을 지켜오던 황소들이 하나 둘 사라지기 시작하자 실험실의 배양접시에서 '영롱이'를 만들어냈다. 사람들이 박수를 치자 의기양양해진 생명공학자는 백두산 호랑이를 복제하여 생태보전에 앞장서겠노라며 큰소리를 치더니, 광우병으로 온 지구촌이 떠들썩하자 광우병에 걸리지 않는 소를 만들어내겠다고 소매를 걷고 나섰다.

광우병은 소가 미친 것이 아니라 사람이 소를 미치도록 만든 것이

다. 그러므로 치료의 대상은 소가 아니라 사람이다. 그런데 치료의 대상
조차 잘못된 이 작업을 '비밀리에' 해왔다고 한다(『영남일보』 2001.2.8). 세
계 각국의 내로라하는 학자들이 서로 머리를 맞대어 몇 년씩 고민을 해
도 해결책을 찾지 못하고 있는 마당에 '비밀리에' 연구를 하다니……
그렇다면 연구의 목적은 결코 사람들에게 안전한 고기를 제공하기 위한
것이 아니라 '세계 최초'가 되고자 함일 것이다. '세계 최초'가 됨으로
써 특허를 얻고 그리하여 '엄청난 부가가치를 창출하는 축산혁명'을 일
으켜 돈방석 위에 올라앉겠다는 뜻일 게다.

　식량이 절대 부족하므로 유전자조작 식품을 생산하는 것 외에는 대
안이 없다는 생명공학자들의 말은 온 인류를 대상으로 하는 사기극이
다. 그들은 원인과 결과를 분석할 줄 모른다. 왜 식량이 부족하게 되었
는지, 왜 소들이 미쳐 날뛰게 되었는지, 왜 사람들의 생식능력이 줄어들
고 있는 지에 대해서는 관심도 없고, 그로 말미암아 다가올 세상의 모습
이 어떻게 될지에 대해서는 예측할 수 있는 능력도 없다. 다만 드러난
현상을 손재주로 해결하려드는 해결사들일 뿐이다. 그러므로 그들의 손
재주는 현란할지 몰라도 내뱉는 말은 진실과 거리가 멀다.

　지금의 상황이 위기라면 그 해결책을 몇몇 생명공학자들의 손재주
에 의지할 수는 없다. 이 좁은 땅에서 우리 민족이 반만년을 버티어올
수 있었던 힘은 갖가지 생명들이 공생하며 살아갈 수 있도록 배려해준
땅의 풍요로움에 있었다. 설령 곡식이 부족하여 기근이 들 때라도 십시
일반의 공동체 정신으로 어려움을 이겨냈던 지혜로운 민족이다. 지금의
위기는 손재주가 부족해서가 아니라, 생명의 원천인 땅이 생명이 살지

않는 땅으로 변해가고 있기 때문이다. 땅의 생산력을 복원하는 데 있어 생명공학 기술은 아무런 도움이 되지 않는다. 우리가 진정으로 지금의 위기를 심각하게 받아들인다면 땅의 생산력을 복원하는 데 모든 힘을 모아야 한다. 한반도에 생명의 역사가 지속될지 여부는 우리들의 선택에 달려 있다.

대구참여연대 『참여광장』 2001년 7월호

인간, 복제인간, 그리고 인권

인간은 인간뿐 아니라 이 세상에 존재하는 모든 것들과 '관계'하며 태어나고, 또 살다 죽어간다. '인터넷 생존실험'은 '관계' 속에서 살 수밖에 없는 인간의 한계를 전제로 하는 것이고, 인터넷만으로 생존할 수 있음을 입증했다 하더라도 그것은 사람이 살기 위해서는 가상의 세계일지라도 '관계'를 맺어야만 한다는 것을 의미한다. 인간이 생명을 얻게 된다는 것 역시 인간의 성관계가 전제되어야만 한다. 생명공학은 인간이 인간과 '관계' 없이도 생명을 얻을 수 있음을 증명했다. 그러나 이것은 생명공학자들이 증명했다기보다는 그들의 일방적 주장을 극소수 사람들이 자신들의 필요에 따라 수용한 것에 불과하다. 여전히 대다수의 인간은 '관계' 속에서 살아간다. 가족, 또 나아가 사회와 관계가 끊어진 사람들은 한구석으로 조용히 격리되는 것이 세상 이치다.

그런데 앞으로 생명공학자들이 만들어내려 하는 생명체, 복제인간. 인간 사이의 아무런 '관계' 없이 세포의 증식을 통해 인간의 형상으로 만들어질 이 생명체를 우리는 어떻게 받아들여야 할까?

어느 윤리학자는 복제인간에 대해서 생명공학의 발전에 따른 대안적 사고가 필요하다고 주장하며 "생명현상의 범주를 넓혀 생각"할 필요가 있다고 했다(『한겨레』 2003.1.10). 그래서 "복제기술을 통해 태어나는 아기도 하나의 소중한 인류공동체의 구성원으로 받아들여야" 한다고 했다. 나아가 우리는 "그 생명을 지키고 사랑해야 할 새로운 책임 앞에서"야 한다고 했다.

그러나 이 주장이 설득력이 있으려면 복제기술을 통해 태어나는 아기가 우리와 하나도 다를 바 없고, 또 한 치의 결함도 없는 생명체라는 전제가 있어야 한다. 그리고 지금 우리 사회가 생명을 바라보는 시각이 어느 정도 수준인가에 대한 반성이 우선 되지 않는다면, 복제인간 이브 또한 우리와 같은 "고귀하고 아름다운 생명"이라는 주장은 윤리학자의 공허한 말장난에 불과한 것이 되고 만다.

복제소 영롱이를 탄생시킨 황우석 박사(『전통과현대』 2001년 봄호 좌담)는 인간복제에 대해 신중한 접근이 필요하다고 주장하면서 그 이유로 복제된 인간개체에 결함이 있을 경우 "동물처럼 함부로 폐기할 수는 없을 것"이기 때문이라고 했다. 황우석 박사의 말에서 복제 소 영롱이를 생산하기 위해 그가 얼마나 많은 동물들을 "함부로 폐기"했는지 충분히 짐작할 수 있지만 이 부분에 대해서는 아무런 관심도 없이 그저 복제소의 탄생에만 열광하는 것이 우리 사회가 생명을 바라보는 수준이라고 해야 할 것이다. 게다가 생명공학자는 비록 동물이라 할지라도 어떻게 생명을 "함부로 폐기"할 수 있는 권한을 가지게 되었는지 알 수 없는 일이다.

그런데 유독 복제인간만큼은 동물이 아니라 인간이기에 폐기의 대상이 되지 않을 것인가? 외눈박이거나 뇌가 없는 무뇌아로 태어나버린 복제인간을 우리는 아름답고 고귀한 생명의 하나로 인정하고 보살피며 살아갈 것인가? 어림없는 이야기다. 복제 초기과정에서 폐기될 수많은 생명체는 말할 것도 없고, 완성단계에서 결함이 발견된 복제인간 또한 수도 없이 폐기될 것이다. 적어도 "함부로 폐기"되진 않더라도 "신중하게 폐기"될 것이다. 인간복제를 막아야 하는 이유는 공상영화에서나 볼 수 있는 가상의 재앙 때문이 아니라 바로 과학의 발전이란 명분으로 저질러질 이런 살상행위를 막기 위함이다.

결함이 있는 복제인간이 폐기될 것이라는 증거는 이미 우리 사회 곳곳에서 확인할 수 있다. 산전 기형아검사는 살인을 전제로 한 행위이다. 기형아를 훌륭히 키워내기 위한 만반의 준비를 갖추려고 산전 기형아검사를 하는 사람은 없다. 수많은 불임크리닉에서 벌어지는 다태아 수정기술 역시 살인을 전제로 한 행위이다. 실패확률이 높은 수정체를 버리는 것은 양질의 인간을 위해 질 낮은 인간은 희생될 수 있다는 이 시대의 가치관이다. 우리는 지금 이런 시술을 당연한 것으로 받아들이고 있으며 아무런 고민도 하지 않고 있다. 따라서 21세기 생명공학의 공장에서 출시되는 인간들에게 결함이 발견이 될 때 잘못된 전자제품을 버리듯이 아무런 죄의식 없이 그들을 죽이게 될 것이다. 이런 살상행위에 대해서 그 누가 이의를 제기할 것인가?

거리에 어둠이 깔리기 시작하고 사람들이 찬바람을 피하려고 어깨를 움츠리며 종종걸음을 치기 시작할 무렵이면 후줄근한 모습의 사람들이 하나 둘씩 동대구역 한쪽 귀퉁이로 모여든다. 따스한 밥 한 그릇을 찾아 모여드는 사람들이다. 그들은 세상이 쓸모없다고 분류해 놓은 사람들이고, 그렇게 세상 한구석으로 폐기된 채 길거리에서 잠을 자며 한 끼의 식사를 구걸하며 사는 사람들이다. 장애아들은 부모로부터 폐기되고, 늙고 병든 노인들은 자식으로부터 폐기되고 있는 것이 이 시대의 윤리다. 하물며 생명공학자의 실험실에서 출시되는 복제인간의 경우는? 인간은 물론 세상과는 아무런 '관계' 없이 생명공학자의 손기술에 의해 만들어진 생명체의 운명은? 불을 보듯 뻔하지 않은가?

인간의 능력에 끝이 없다고도 하지만 능력과는 관계 없이 인간이 할 수 있는 일과 해서는 안 되는 일이 있다. 인간이 인간을 복제하려는 것은 인간이 해서는 안 되는 일이다. 인간을 복제할 수 있다는 발상 자체가 인간 스스로 자신의 존재를 끝없이 평가절하하는 일이기 때문이다.

대구참여연대 『함께하는 세상』 2003년 8월호

지율 스님이 던진 화두

　지율 스님의 단식이 꼭 100일을 채우고 나서야 끝을 보게 되었다. 경부고속철도가 부산의 천성산을 관통하는 문제를 놓고 벌어진 논란은 어제오늘의 일이 아니었음에도 스님의 단식이 새삼 세상의 관심을 끌게 된 것은 인간의 상식을 뒤집은 단식의 기간 때문일 것이다. 단식이 80~90일이 넘어갈 때도 세상의 관심은 '언제까지'에만 모아졌지, 한 비구니가 단식으로 자신의 생명을 소진해가면서까지 호소하려는 그 '무엇'에 대해서는 시큰둥했다. 이 무한경쟁의 시대에 고작 도롱뇽의 안녕을 걱정하며 국책사업의 진행을 가로막는 비구니의 행위가 쉽게 납득이 가지 않는 사람들도 많았을 것 같다. 그래서 일부에서 '자살을 빙자한 협박'이니 '위장단식'이니 하는 빈정거림이 나오기도 한 것일 게다.

　"안 되는 것은 안 되는 것"이라며 지율 스님의 주장과 호소를 차갑게 외면해오던 정부가 결국 타협안을 내놓은 것은 단식이 길어지면서 정말 스님의 목숨이 위태로운 지경에 이르렀다는 판단이 들었기 때문일 텐데, 극한 상황으로 치닫지 않으면 눈길 한번 주지 않는 정부의 독선과 오만함은 과거 권위주의 정권의 모습들과 하나 달라진 것이 없는 것 같아 씁쓸하다. 어쨌든 정부와 지율 스님 측이 용케 타협점을 찾음으로써 파국을 피하게 된 것은 다행스러운 일이며, 또 한편으로 스님이 살아계심으로 해서 우리 사회의 환경운동과 생명운동은 새로운 전기를 맞게 된 셈이기도 하다.

하지만 앞으로 전개될 상황이 그리 순탄하지만은 않을 것이란 점도 분명하다. 국책사업이 민원인의 저항에 의해 중단되거나 변경되는 선례를 남길 수 없다는 정부의 원칙과, 환경과 자연의 가치를 우선시하는 성직자의 의지가 충돌할 가능성은 여전히 남아 있기 때문이다. 벌써부터 정부정책의 일관성이 이해 당사자들의 저항에 의해 흔들릴 수 있다는 위험성을 경고하는 목소리들이 나오고 있다.

그렇다면 문제 해결의 열쇠는 지율 스님이 목숨을 던져가며 세상을 향해 던진 물음에 대해 우리가 어떻게 대답하는가에 달려있다고 볼 수도 있다. 스님이 감싸 안으며 살리려 했던 것이 단지 천성산의 나무들과 도롱뇽만은 아니었을 것이기 때문이다. 스님이 곡기를 끊고 자신의 생명을 바쳐가면서까지 간절히 지키고자 애썼던 생명들은 천성산의 도롱뇽만이 아니라 아마도 속세의 법률로는 보호받을 수도 없고, 자신들의 힘만으로는 권리 주장도 할 수 없는 우리나라 산천의 모든 초목들이었을 것이다. 속세 인간들의 편익을 위해서라면 언제라도 얼마든지 무참하게 희생될 수 있으며 또 지금까지 그렇게 수도 없이 희생되어 왔지만, 그 숱한 죽음에 누구도 이의를 제기하지 않던 그런 생명들. 수천, 수만 년 동안 인간들과 공생 관계를 유지해왔지만 '개발'이 주는 이익과 그 열매의 달콤함에 도취된 인간들의 전횡에 시달리다 못해 하나 둘씩 자취를 감추고 있는 생명들. 스님의 긴 단식은 그렇게 사라져간 생명들에 대한 속죄의 의미와 함께, 우리들의 미래를 위해서라도 그들과 더불어 살아야 한다는 간곡한 호소가 담겨 있었던 것으로 받아들여야 한다.

사람들은 시대가 변했고 세상이 달라졌다고 말을 한다. 그 변화된 세상이 못마땅하여 땅을 치고 울분을 토하는 사람들도 있다. 그러나 변한 것은 세상을 지배할 수 있는 권력을 획득하는 절차와 그 권력의 자리를 차지한 사람들의 얼굴일 뿐, 세상을 지배하는 가치는 여전히 개발과 성장이라는 구시대 가치에 묶여 있다. 오히려 더 기승을 부리고 있다. 지금 참여정부는 개발과 성장에 정권의 명운을 걸고 있다 해도 지나친 말이 아닐 것이다. 단식을 풀면서 지율 스님이 입을 열었다. 자신은 앞으로 "마른 땅에 심어진 생명의 나무가 자랄 수 있도록 그 영지가 우리와 아이들의 미래가 될 수 있도록" 노력하겠다고……. 스님은 지금 우리 자신들과 우리 아이들의 미래를 위해서 21세기의 우리 사회가 지향해야 할 가치가 무엇이어야 할지를 온몸으로 말하고 있는 것이다.

『영남일보』 2005.2.6. 영남시론

'생명'에 대하여

영욕의 20세기가 저물 무렵 『한겨레』는 21세기를 전망하는 기획기사를 연재한 적이 있다(「21세기 특별기획」, 『한겨레』 1998.11.30~1999.2.8). 기상이변, 식량위기를 비롯해 사회복지안전망과 같은 10개 영역에 걸쳐 『한겨레』가 제시한 21세기의 전망은 어둡다 못해 참혹했다. 21세기 초입에 들어선 지금, 그 우울한 전망이 근거 없는 비관론이 아니라 절박한 현실임이 하나 둘씩 입증되고 있다.

유럽은 폭염으로 수많은 사망자가 발생했던 반면 한반도에는 끊이지 않는 굵은 빗줄기와 유례 없는 강도의 태풍이 몰아닥친 것을 우연한 자연현상으로 보기는 어려울 것이다. 식량위기를 재촉하는 농업의 위기는 발등에 떨어진 불이다. 모든 생명의 근원인 물을 사유화하려는 기업이 나타나는가 하면, 이라크 민중을 미국 군인이 아무런 이유 없이 학살하고 그 땅이 불모의 땅으로 변해가는 것은 석유에너지가 서서히 바닥을 드러내고 있는 속사정과 결코 무관치 않을 것이다. 지구촌 전체로 보면 인구폭발이 걱정이지만 우리 사회는 저출산과 인구의 고령화를 걱정해야 할 지경이다. 21세기 벽두에 유럽은 광우병의 광풍이 휩쓸고 지나갔으며 지금 아시아는 사스의 공포에 떨고 있다. 앞으로 또 어떤 신종질병이 어디서부터 창궐할지는 아무도 모른다. 바다는 오래 전부터 육지 쓰레기의 종말처리장으로 변해버렸고, 생태계가 오염·파괴되면서 우리 몸속에는 환경호르몬이 소리 없이 쌓여가고 있다.

가난과 황폐한 환경은 많은 사람들을 질병과 죽음으로 내몰고 있지만, 국민의 건강은 국가가 책임져야 한다는 종래의 복지개념이 시장의 힘에 휘둘려 맥없이 무너지고 있다. 거리에는 불로장생을 보장한다는 신비의 의술을 자랑하는 병·의원들이 즐비하게 늘어서 있지만 한쪽에는 320여만명의 절대빈곤층이 최소한의 의료서비스조차 제공받지 못하고 있는 것이 우리의 현실이다.

지구는 인간을 포함한 수많은 생명체의 공생이 가능한 환경을 가지고 있었기에 '지구'라 불려질 수 있었을 터인데, 지금 지구는 지구상의 모든 생명체가 절멸의 위기에 무방비로 노출되어 있는 상태다. 그래서 "지속 가능한 지구, 인류의 생존을 위해 우리는 무엇을 해야 할까"라는 그 당시 『한겨레』의 고민은 지금 이 순간 온 인류가 함께 떠안아야 할 고민이며, 여기에 해답을 찾는 일은 줄을 잇는 자살 행렬과 인간의 탐욕에 시달리다 못해 이미 자취를 감추어버린 수많은 생명체에 대한 최소한의 예의이기도 하다.

그 고민의 연장인지는 몰라도 『한겨레』는 매주 수요일 '생명'이라는 주제의 섹션을 발행하고 있다. 그러나 안타깝게도 『한겨레』의 '생명'에는 절체절명의 위기에 빠져있는 생명에 대한 성찰이나 대책은 찾기 힘들고, 독자들의 호기심을 자극하고 의료의 과소비와 상품화를 부추기는 건강정보들이 빼곡이 채워져 있다. 각종 언론매체에서 쏟아져 나오는 건강정보가 의료의 상업주의를 부추기고 의료전달체계를 무너뜨리면서 의료문화까지 왜곡시킨다는 비판은 오래 전부터 있어 왔다. 게다가 특정의료인이나 의료기관, 기업의 광고 수준에 불과한 내용들을 특종 기사인 것처럼 보도하는 태도는 이른바 보수언론이라고 분류되는 신문들에서 볼 수 있는 건강정보와 하나 다를 게 없다.

1998년 『한겨레』는 21세기 전망을 기획하면서 "인류는 스스로 자신을 죽여가고 있다는 역설적인 결론에 도달하게 된다"고 했다. 그 결론이 아직 틀리지 않았다면, 그래서 이 위기상황에서 "우리가 무엇을 해야" 할지를 진정으로 고민하고 있다면 '생명'이란 주제 아래 펼쳐지는 그 넓디넓은 지면을 건강정보로만 가득 채울 수는 없을 것이다. 건강·의학정보는 생활정보지만 뒤져도 어지러울 정도로 쏟아진다.

『한겨레』 2003.9.26. 한겨레비평

장기이식의 윤리
— 미담 뒤에 숨겨진 이야기

　　2003년 9월 30일자 『매일신문』은 사람들이 감동할 만한 미담 한 편 (「법보다 생명이 우선이죠」)을 소개했다. 수감생활을 하는 어느 재소자가 친인척 중의 한 사람이 병이 깊어 간이식이 아니면 삶을 포기해야 할 상태에 놓여 있다는 소식을 듣고, 흔쾌히 자신의 간 일부를 제공하기로 하였고, 검찰은 이런 사정을 감안하여 인도주의적 차원에서 형집행정지 결정을 내림으로써 이식수술을 할 수 있도록 배려했다는 것이다. 이 같은 결정을 내린 배경으로 검찰은 "생명이 무엇보다도 중요하다는 생각에 유연하게 법 해석"을 하였으며, 앞으로도 유사한 사례가 있을 경우를 대비하여 "법무부에 법개정을 요청"할 계획이라고 했다.

　　과거에는 삶을 포기할 수밖에 없었던 많은 중증환자들이 장기이식술의 발달로 새 삶을 얻게 된 것은 20세기 의학기술이 이룩한 최고의 업적이라고 할 수 있을 것이다. 그러나 장기이식술은 수요에 견주어 공급이 턱없이 부족하다는 것이 가장 큰 문제이다. 인체는 쉽게 생산하거나 또 사고팔 수 있는 성격의 물건이 아니고, 인공장기나 복제동물 또는 복제인간을 통해 공급부족을 해소하려는 노력이 있긴 하지만 아직은 실현가능성이 불투명하다 보니 장기이식술에 필요한 장기는 대부분 건강한 사람이 '기증'하는 장기에 의존하고 있는 실정이다.

그러나 주변에 아무리 딱한 사정을 가진 사람이 있다 하더라도, 게다가 뇌사 상태나 사망한 다음이 아닌 살아있는 상태에서 아무런 대가도 없이 다른 사람을 위해 내 몸의 일부를 도려내는 결정을 한다는 것이 환자와 특별한 관계이거나 확고한 신념을 가진 경우가 아니라면 불가능한 일이기도 하다. 그래서 장기기증 사례가 있을 때는 어김없이 모든 언론매체에서 기증자의 숭고한 자기희생 정신을 소개하고, 그런 사례를 통해 우리 사회의 도덕수준이나 공덕심이 한 차원 더 높아지기를 기대하는 기사를 내보낸다.

『매일신문』의 기사 역시 그런 의미를 가지고 있다고 보아야 할 것인데, 더욱 놀라운 것은 그 장기기증자가 극한 환경에서 생활하고 있는 재소자였다는 사실이다. 무기수나 사형수의 경우 더러 죽은 뒤에 시신이나 신체장기 일부를 기증한 사례는 있었지만, 재소자가 살아있는 상태에서 자신의 장기를 기증한 사례는 찾아보기 힘들 것이다. 이식수술이 끝난 뒤 신체의 결함을 안고 다시 수감생활을 해야 하는 기증자의 처지를 생각해본다면 그가 내린 결단은 살신성인의 표본이라고 해도 지나친 말은 아닐 것이다.

하지만 그 재소자가 그와 같은 결정을 내리게 된 과정에 대해서 반드시 짚고 넘어가야 할 문제가 있다. 바로 장기이식의 윤리에 관한 문제이다. 장기이식술은 죽어가는 생명을 살리는 신비의 의술인 것은 분명하지만 반드시 다른 사람의 희생이나 생명을 담보로 하는 기술이기 때문에 양면성을 가지고 있다. 게다가 장기이식술에 필요한 의료비 부담 때문에 그 혜택은 경제력이 있는 소수에게 돌아갈 수밖에 없는 반면, 수요에 비해 장기의 공급이 절대 모자라는 탓에 한계상황에 내몰려 있는 사람이나 절대빈곤층은 쉽게 장기매매의 유혹을 느끼게 된다. 그래서 '장기이식'이라고 하면 으레 '장기매매'가 연상이 되고, 실제로 은밀한 뒷거래가 이루어지고 있는 것도 엄연한 현실이다.

1999년에 제정된 「장기등 이식에 관한 법률」에서는 장기매매 행위를 엄격히 금지하고 있고(제6조), 장기의 적출과 이식은 인도적 정신에 따라 행해져야 하며(제2조 1항), 장기 기증을 하고자 하는 자의 의사는 '자발적인 것'이어야 한다고 규정해 놓았다(제2조 2항). 기증자의 자발적인 의사를 확인하기 위해서는 사전에 의료진으로부터 장기를 기증함으로써 앞으로 기증자에게 생길 수 있는 모든 위험——신체의 건강은 물론 정신, 사회적 건강, 그리고 경제적인 영향에 이르기까지——에 대해 충분한 고지·설명이 있어야 함은 말할 것도 없다.

직계 가족의 동의만으로 장기적출이 가능한 뇌사자가 아니라, 살아 있는 상태에서 장기적출을 해야 할 경우에 의료진의 고지 의무는 한층 더 무거워질 것이며 기증자의 자발적 동의는 필수조건이어야 할 것이다. 그래서 미성년자나 정신질환자, 지체장애자, 마약중독자와 같은 이들은 자유의사에 따른 자발적인 동의를 하기 어렵기 때문에 살아있는 상태에서는 장기적출의 대상이 될 수 없도록 법에 명시되어 있다(제10조 3항). 그렇다면 수감생활을 하는 재소자의 지위는 어떻게 규정해야 할까?

재소자는 범법행위로 말미암아 법적 권리가 제한된 채로 특수시설에 구금되어 있는 사람들이다. 따라서 이들은 자유로운 환경에서 자유로운 의사표현을 하기 힘든 지위를 가진 사람들이기에 자발적인 의지에 따른 동의능력이 없는 것으로 간주하고 특별한 경우가 아니면 장기적출의 대상이 될 수 없다는 것이 생명윤리의 보편 원칙이다. 그러나 우리나라의 장기이식에 관한 법률에는 외국의 사례와는 달리 재소자에 대한 명확한 규정이 없다.

윤리는 법 이전의 문제이고, 특히 생명윤리는 실정법을 따지고 들기 전에 장기이식술과 같은 첨단시술을 하는 의료진이 먼저 자율규제의 지침으로 삼아야 할 규범이다. 자율규제를 기대하기 어려운 상황일 때는 법의 제정이나 개정을 통해 강제력을 동원해야 할 것이다. 그러나 『매일신문』의 기사에서는 장기이식법의 맹점을 지적하는 내용이나 생명윤리를 무시한 의료진에 대한 비판, 재소자를 보호해야 할 정부당국의 직무유기에 대한 비판은 찾아볼 수 없고 화려한 찬사로만 가득 채워져 있었다. 언론이 이러한 측면을 외면하고 있는 한 장기이식술과 같은 첨단의학이 가지고 있는 부정적 측면에 대한 제동장치가 마련되어야 한다는 여론이 형성될 리가 없다.

게다가 검찰은 "유사한 사례에 대비하기 위해 법개정을 법무부에 건의했다"는데 만약 정부가 이 건의를 받아들여 형사소송법을 개정한다면 정부가 앞장서서 형집행정지를 미끼로 재소자들에게 장기기증을 부추긴다는 비난을 피하기는 어려울 것이다.

그리고 "법보다는 생명을 우선" 생각했기 때문이었다는 검찰의 발표에도 신뢰가 가지 않는 것은 우리나라 구금시설의 의료수준 때문이다. 지금 우리나라 구금시설의 의료실태는 어떤 수준인가? "병사(病舍)의 전기난방을 한 시간 연장신청했는데 받아들여지지 않아 그 안에 있던 모든 환자가 감기에 걸"리도록 만드는 것이 재소자들에 대한 우리 정부의 처우 수준이다(「구금시설 의사 한 명이 1069명 담당, 밤·주말 의료공백, 검진 없이 징벌도」, 『한겨레』 2003.12.9).

극한 상황에 처해 있는 재소자가 자신의 신체 일부를 도려내어 죽어가는 생명을 구한 일은 가슴 찡한 이야기임에 틀림없다. 그러나 신체의 결함을 안고 의료의 사각지대나 다름없는 구금시설에서 남은 형기를 채워야 하고, 또 출소하더라도 평생 병원을 들락거리며 후속치료를 받아야 할 이 재소자의 삶은 어떻게 될까? 결과가 선을 지향하는 것이라 해서 의료진은 생명윤리를 무시해도 면책이 될 수 있는 것인가? 이런 의문에 대해서 언론은 입을 닫고 있다.

우리나라 언론매체들은 의학이나 과학기술 분야에 대해서만큼은 아무런 논평이나 비평도 없이 그 결과만을 과대포장하여 발표하는 경향이 있다. 장기이식과 관련된 수많은 미담들이 보도되었지만 그 과정에서 드러난 문제점이나 후일담이 제대로 소개된 적은 없다. 그리고 첨단기술이 만들어낸 결과물에 대해 환호성을 터뜨릴 줄만 알았지 그 기술이 가지고 있는 사회적 함의에 대해서는 무관심할뿐더러 무지하기조차 하다.

2003년 12월 10일, 한 생명공학자가 복제기술로 광우병에 걸리지 않는 소를 생산했다는 소식을 방송을 포함한 모든 언론매체에서 흥분한 목소리로 보도했다. 대통령까지 현장 방문을 했다며 흥분하는 언론의 보도를 보고 있노라면 소들의 품종이 나빠 집단으로 광우병에 걸려 많은 사람들을 죽게 만든 것처럼 착각하게 된다. 소들이 왜 광우병에 걸렸는가? 멀쩡한 소들에게 소가 먹지 못할 사료를 사람들이 먹였기 때문 아닌가? 소가 어떻게 하면 광우병에 안 걸릴지 그것이 궁금하다면 박식한 생명공학자가 아니라 누렁소 몰고 장터 가는 농부들에게 물어보면 더 상세히 가르쳐줄 것이다. 소가 좋아하는 먹이를 먹이면 된다. 복제기술로 광우병 안 걸리는 소를 만들었다고 환호하며 큰소리로 떠드는 언론을 보면 정말 소들이 웃고 지나가지나 않을지 모르겠다.

참언론대구시민연대 '참언론참소리' 2003.12.16.

실용주의와 뉴데탕트 시대

2005년 초 서울의 지하철 전동차에서 방화에 의한 화재가 발생하였다. 이에 지하철노조는 전동차 전체 상황을 모니터만으로는 확인할 수 없는 사각지대가 있기 때문에 승객의 안전을 위하여 전동차 앞뒤로 승무원이 탑승하는 2인 승무제가 필요하다고 주장했다. 대구지하철 참사 이후 안전대책을 마련하는 과정에서도 대구지하철노조가 일관되게 요구했던 것이 바로 2인 승무제였다. 하지만 대구지하철 참사 때와 마찬가지로 서울지하철 노조의 요구는 받아들여지지 않았다. 그 이유에 대해 서울지하철의 한 관계자는 지하철 운행은 "무인시스템으로 가는 것이 세계적인 추세이고, 앞으로 기술이 발달하면 할수록 기관사는 무용지물이 될 것"이기 때문이라고 설명했다.

과학기술의 효용에 대해 거의 신앙 수준의 믿음을 가진 듯한 관계자의 말에서 기술과잉 시대에 살고 있는 우리 인간들의 초라한 모습을 확인할 수 있을 것 같다. 기술의 발전으로 인간이 무용지물이 된다면 그 기술은 도대체 인간에게 어떤 의미를 가진 것일까? 하지만 지하철 경영자의 눈에는 사람의 손길보다는 감정 없는 기술이나 기계가 훨씬 더 실용적인 것으로 비치는 모양이다.

또 한편, 지난 연말 과학기술부는 과학기술분야에 종사하는 사람들의 입이 쩍 벌어지게 만드는 결정을 내린 바 있다. '최고 과학자 연구지원사업'을 새로 제정하고, 국내 최고 과학자를 선정하여 2005년 한 해에만 무려 265억원의 예산을 지원하기로 한 것이다. 선정 대상이 된 과학자는 전세계 과학기술계에 온갖 화제를 몰고 다니는 황우석 박사이다. 공개 선정과정도 없이 특정인에게 엄청난 규모의 연구비를 지원하기로 한 과기부의 결정에 대해 민주노동당이 반발하고 나섰지만, 그 당시 4대 개혁법안을 놓고 승부도 나지 않을 살바싸움만 하면서 목청만 높이던 여야의원들의 아우성에 파묻혀 이 사업은 여론의 관심을 끌지 못했다.

아무리 '선택'과 '집중'이 강조되는 세상이긴 하지만 병원비가 겁나 얼굴 상처를 제 손으로 꿰매는 사람이 있는 세상에서 특정 분야에 대한 지원규모로는 지나치다는 생각을 지울 수가 없다. 게다가 황우석 박사가 과기부 예산의 지원을 받는 분야는 주로 이종(異種) 간 장기이식 연구와 복제·줄기세포 연구에 집중되어 있는데, 이 분야의 연구는 연구가 진행되기 이전에 실정법과 윤리적 논란에서부터 안전성이나 실용가능성에 이르기까지 공개논의를 거쳐 사회적 합의를 이루어야 할 사안이 한두 가지가 아니다.

하지만 지금까지 황우석 박사가 가는 길에 법이나 윤리 따위는 전혀 장애물이 되지 못했다. 윤리나 안전성과 관련된 세간의 우려에 대해 황 박사는 과학에 대한 일반인들의 오해와 무지에서 비롯된 것이며, 자신의 연구는 오로지 "국민을 먹여 살릴 실용과학"이라고 주장했다. 그리고 복제기술은 복제인간을 만드는 것이 아니라 "인간화된 돼지"를 만들어 그 돼지의 장기를 이용하는, "지극히 인간적인 발상"에 뿌리를 두고 있다고 설명한다. 하지만 돼지도 엄연히 돼지라는 생명체로 살아갈 권리가 있을진대 멀쩡한 돼지를 '인간화된 돼지'로 만들고, 그 돼지를 죽여 장기를 도려내는 것이 어떻게 인간적인 발상인지 쉽게 납득하기 어렵다. 또 '인간화된 돼지'의 장기를 사람에게 이식하였을 경우 혹 '돼지화된 인간'이 출현할 위험성은 없는지에 대해서도 아직은 설명이 턱없이 부족하다. 그러나 이런 우려에 대해 답을 하고 대책을 마련해야 할 정부는 복제기술의 경제적 가치와 실용성만 강조하며 안전성에 이의를 제기하는 목소리를 나무라고 있다.

우리는 지금 생명의 존엄성과 인간의 가치가 경제적·실용적 가치에 힘없이 짓눌리고 있는 세상에 살고 있다. 지난 2년 동안 참여정부를 지탱하게 했던 밑천이었던 '개혁'이 아무런 결실도 없는 상태에서 '실용주의'로 바뀌면서 실용적 가치는 더 기승을 부릴 태세이다. 신년 벽두부터 터진 지하철 방화사건은 실용주의 사고로 포장된 '뉴데탕트' 시대가 어떤 모습일지를 예고하는 사건일지도 모른다.

『영남일보』 2005.1.23. 영남시론

광우병과 공장식 축산업

    2004년 우리 사회에 엄청난 혼란을 몰고 왔던 광우병 파동은 미국 정부가 광우병에 걸린 소가 캐나다산이라고 발표한 뒤부터 진정 국면에 접어든 듯하다. 신문 지면을 가득 채웠던 소 이야기는 줄줄이 감옥으로 끌려가는 정치인들의 모습으로 바뀌었고, 어쩔 수 없이 쇠고기를 써야 하는 설이 다가오면 광우병에 대한 우려는 흔적도 없이 사라질 것 같다.

    정말 광우병에 걸린 소가 캐나다산이므로 미국산 쇠고기는 광우병과 전혀 무관한 것일까? 몇 해 전 영국에서 시작된 광우병이 유럽 전역을 공포와 집단 살생의 아비규환으로 몰고 갔을 때 언론은 광우병이 유럽에만 한정된 문제가 아님을 앞 다투어 보도했고, 미국도 예외가 될 수 없음은 물론(「유럽 광우병 전세계 확산 우려」, 『동아일보』 2000.12.25; 「광우병 전염 경로 몰라 공포 더해」, 『동아일보』 2001.1.31) 한국도 결코 안전지대가 아니라는 사실을 경고하고 있었다(「미 "육골분 먹인 소 1천 마리 도축"… '한국 소'는 괜찮나?」, 『동아일보』 2001.2.2; 「한국 소도 동물성 사료 먹었다」, 『동아일보』 2001.2.5).

그 당시 우리나라는 유럽산 쇠고기를 수입하지 않고 있었던 탓인지 언론들은 객관적인 시각에서 광우병사태를 보도했고, 유럽이 문제 해결을 위해 어떤 방식으로 대처하고 있는지에 대해서까지 상세하게 보도를 했다(「소 사육농 보조금 제한… 유기 축산법 적극 권장」, 『동아일보』 2001.2.15; 「환경 친화 유기축산 해법 부상」, 『한겨레』 2001.3.6).

그런데 이번 미국 광우병에 대한 우리 언론들의 보도 태도는 통상 마찰과 유통질서 혼란에만 지나치게 초점이 맞추어져 있었고, 일부 언론은 살코기는 안전하다는 미국의 주장을 일방적으로 전달하는가 하면(「살코기로는 광우병 감염 안돼」, 『조선일보』 2003.12.31), 광우병에 대한 국제 검역기준에 대해 불만을 터뜨리고 있는 미국의 태도를 아무런 비판 없이 그대로 보도하기까지 했다(「미 광우병 검역기준 너무 엄격 불만」, 『조선일보』 2003.12.29).

유럽에서 광우병이 돌기 시작하면서 WHO는 광우병 예방을 위한 소 사육수칙과 검사기준을 제시한 바 있다. 재앙의 규모와는 달리 광우병에 대한 관련 학계의 지식은 아직 터무니없이 보잘것없는 수준이기 때문에 지금 선택할 수 있는 최선의 예방책은 공정한 국제기구에서 제시한 기준을 준수하는 방법뿐이다. 미국 축산업계는 지금까지 이를 무시해왔고 또 미국정부는 미국 축산업계의 이런 행태를 묵인해왔다. 광우병이 발생한 뒤에도 미국정부는 검사기준을 강화하려는 노력을 하기보다는 생우의 원산지를 트집 잡아 책임을 캐나다로 떠넘기며 쇠고기 수입국을 윽박지르고 있는 것이다. 미국에서 어떻게 이런 일들이 가능한지에 대해서 다른 신문들은 입을 다물고 있지만, 『한겨레』(「카우보이 부시, 소뿔에 받힐라」 2003.12.30)와 인터넷신문 『프레시안』(「미축산업계, 부시의 돈줄이자 표밭」 2003.12.29)에서 그 해답의 일부를 찾아볼 수 있다.

그러나 『한겨레』 역시 유럽의 광우병 사태를 보도할 당시의 치열한 문제의식을 이번에는 찾을 수가 없었다. 모든 국민들의 관심이 쏠려있는 광우병을 기획기사로 취급하면서 보통 사람들이 이해하기 어려운 전문 용어들만 장황하게 늘어놓고 해결책은 "동물성 사료를 먹이지 않는 것" 정도로 간단하게 끝내버렸다(「과학으로 여는 세상 ─ 두 얼굴의 프라이온」, 『한겨레』 2004.1.7). 광우병을 그렇게 간단히 해결될 문제로 생각하는 것 자체가 심각한 재앙이 될 수 있다.

문제의 핵심은 공장식 축산업에 있다. "생명을 공산품 취급하는 공장식 축산업"이 계속되는 한 광우병이든 조류독감이든 생명을 집단 살상하고 생매장하는 야만의 행각은 끝없이 반복될 수밖에 없고, 인간에게 닥쳐올 재앙의 규모는 점점 더 커져갈 것이다. 공장식 축산업에 대해 정면으로 문제제기를 하던(「집중기획 / 위기의 유럽 축산업 ─ 가축생명 공산품화 먹거리재앙 직면」, 『한겨레』 2001.3.6) 『한겨레』의 소신은 어디로 가버렸는지 궁금하다.

『한겨레』 2004.1.16. 한겨레비평

광우병과 미국산 쇠고기

　콘돌리자 라이스 미 국무부 장관이 한국을 방문했을 때, 우리 언론들의 관심은 대부분 북핵문제와 6자회담, 그리고 한·일 두 나라 사이에 벌어지고 있는 독도분쟁에 대한 미국의 태도에 모아져 있었다. 반면 미국산 쇠고기의 수입을 금지하고 있는 우리 정부를 향해 단호한 어조로 수입 재개를 촉구한 라이스 장관의 발언에 대해서는 크게 무게를 두지 않았던 것 같다.

　2003년 12월, 미국 축산농가에서 광우병에 걸린 소가 발견된 이래로 지금까지 정부는 미국산 쇠고기 수입을 금지해왔다. 미국에서 광우병에 걸린 소가 발견되었을 때 미국정부는 그 소는 원래 미국산이 아닌 캐나다산이라 발표했고, 그 이후 새롭게 광우병 증세를 보인 소가 미국에서 발견되었다는 소식은 아직 없다. 또 미국에서 현재 인간광우병(변형 크로이츠펠트 야곱병)을 앓고 있는 사람은 과거에 영국에 거주하는 동안 감염된 것으로 추정되는 단 한 명뿐이라고 주장한다. 그렇다면 과연 미국은 광우병의 청정구역이라 볼 수 있을 것인가?

현재 인간이 가진 과학지식은 광우병에 대한 치료방법을 전혀 마련하지 못하고 있을 뿐 아니라 발병기전조차 제대로 설명하지 못하고 있다. 한국의 한 과학자가 광우병에 안 걸리는 소를 만들었다고 온 나라가 떠들썩하게 흥분한 적은 있으나, 그것은 그야말로 잘나가는 과학자의 과대망상임을 알 만한 사람은 안다. 영국에서 시작된 광우병이 유럽 전역을 공포로 몰아갈 때 영국 정부가 내놓은 유일한 대책이라는 게 소들의 대량도살밖에 없었다.

그 이후 세계보건기구는 광우병 예방을 위해 동물성 사료의 사용금지, 검역·검사기준의 강화, 도축과정에서 살코기와 특정위험물질이 섞이지 않도록 할 것, 그리고 소 혈장 성분의 인공분유로 송아지 사육을 금지하도록 하는, 식용 소의 사육·도축과정에서 반드시 지켜야 할 네 가지 지침을 마련한다. 하지만 구속력 없는 국제기구의 권고사항을 미국의 축산업계가 얼마나 충실하게 실천하고 있을지는 의문이다.

미국의 소비자단체는 미국의 축산업계가 송아지의 몸집을 속성으로 키우기 위해 여전히 동물성 사료를 사용하고 있고, 도축과정에서 뇌, 척수, 내장과 같은 광우병의 특정위험물질이 살코기에 섞여 들어갈 수밖에 없는 자동기계를 사용하고 있으며, 갓 태어난 송아지를 소의 혈장 성분으로 만든 인공분유로 사육하고 있다고 지적하고 있다. 그런데도 미국에서 광우병이 눈에 띄지 않는 이유는 도축되는 소의 연령이 다른 나라들과 비교하여 현저하게 어리기 때문이다. 광우병은 긴 잠복기 탓에 감염이 된 후 증상을 확인할 수 있을 때까지는 상당한 시간이 필요하다. 송아지가 광우병의 보균자 상태라 하더라도 도축시점에 외견상 건강하게 보인다면 굳이 엄격한 검역기준을 적용할 축산업자는 그리 흔하지 않을 것이다.

지난 3월 24일, UPI 통신은 미국 국립보건원이 수십 년 동안 보관해왔던 뇌조직 표본들을 관련 학자들의 반대에도 아랑곳하지 않고 대부분 폐기하기로 결정했다고 보도했다. 폐기 대상의 뇌조직은 지금까지 미국에서 광우병과 유사한 증세를 앓은 환자들로부터 채취한 뇌조직이다. 인간광우병의 진단은 뇌조직 검사를 거쳐야만 확진이 가능한 질병이다. 인간광우병에 대해서 엄청난 정보를 얻을 수 있는 귀중한 표본들을 미국이라는 나라는 왜 국가기관이 앞장서서 폐기하는지 쉽게 납득할 수 있는 사람이 있을지 모르겠다.

라이스 장관의 요구에 대해 우리 외교통상부 장관은 "과학적 근거와 절차에 따라 판단하되, 조속히 수입을 재개할 것"이라 답했다. 20~30대의 비만이 폭증하고 있는 우리나라에 미국산 쇠고기를 '조속히 수입'해야 될 절박한 사정은 없다. 대신 꼼꼼히 확인해야 할 것은 미국 축산업계의 소 사육과 도축의 '절차'를 확인하고 국민들에게 공개하는 일이다. 광우병을 예방하기 위해서는 사육과 도축의 절차에 있어 투명성을 확보하는 것 이외에 어떤 대안도 있을 수 없다는 사실은 광우병이 휩쓸고 지나간 유럽에서 충분히 증명된 바 있다.

『영남일보』 2005.4.2. 영남시론

'세계최초'와 한국 언론

　우리는 약소국가로 강대국에 휘둘리며 살아온 서러움이 배어 있기 때문인지 '세계 최초'라는 사실에 필요 이상으로 의미를 부여하고 홍분하는 경향이 있다. 최근 국내 연구진이 사람 난자로부터 배아줄기세포 배양에 성공했다는 발표를 했을 때도 우리 언론들은 그 연구결과가 가진 여러 의미 중에 '세계 최초'라는 사실에 가장 큰 비중을 두고 보도를 했다.

　그런데 다른 경기와는 달리, 생명공학이라는 경기의 결승점에 먼저 도달한다는 것은 인간이 결코 넘어서서는 안될 선을 누군가가 먼저 넘어선다는 의미가 있기 때문에 언론의 화려한 찬사 한쪽에는 늘 깊은 우려가 담겨 있는 불안한 시선들이 자리잡고 있다. 그래서 "세계 과학계의 불가능을 뛰어넘었다"(「황우석 교수 독점기고」, 『조선일보』 2004.2.13)라는 연구자의 자화자찬에도 불구하고 이번 연구결과는 학문의 차원을 뛰어 넘은 하나의 "생물학적 사건"(『중앙일보』 2004.2.12)이기 때문에 이 결과를 바라보는 사회의 시각은 기대와 우려가 뒤섞여 있을 수밖에 없다.

그런데 국내 언론들은 이런 양편의 시각을 전하기보다는 엉뚱하게 발표 과정에 있었던 엠바고 파기 시비에 온 지면을 다 써버리고, 방송까 지 덩달아 엠바고 파기에 대한 진위 여부에 열을 올리고 있었다. 그런 틈새에서 『한겨레』는 기대와 우려의 시각들을 공평하게 전하는 한편(「거 부반응 없는 세포치료 새 전기」, 「복제아기 탄생 현실화 인간 존엄성 논란 재연」, 『한겨 레』 2004.2.13), 같은 날 사설에서는 세계 최초가 될 수 있었던 배경에 사 람 난자를 못 구해 "쩔쩔 매고 있는" 다른 나라들과는 달리 "생명윤리에 대한 우리 사회의 인식이 낮아" 손쉽게 난자를 얻을 수 있는 풍토 때문 은 아닌지를 묻고 있었다. 연구결과가 사회에 끼칠 영향뿐 아니라 연구 실험에 필요한 '도구'와 '과정'의 윤리적 문제까지 제기를 한 것이다.

이 질문에 답하듯 이번 연구의 윤리문제에 대해 『중앙일보』 홍혜걸 기자는 "다 자란 태아를 해마다 60여만명이나 낙태 시술로 죽이고 있 는" 나라에서 '사람'도 아닌 난자 좀 이용했기로 무슨 대수냐는 식으로 대거리를 하면서 줄기세포 연구는 "난치병 환자의 생명이 걸린 절박한 문제"라고 했다(『중앙일보』 2004.2.13. 취재일기).

생명공학 기술을 바라보는 기대와 우려의 균형은 늘 이렇게 난치병 치료라는 대의명분 때문에 무너진다. 하지만 그 기대라는 것은 난치병 의 치료나 질병의 질곡으로부터 해방이라는 고상한 명분과는 거리가 먼 '부가가치 창출'에 대한 기대가 더 강하다. "헌법 정신을 위배한 침략전쟁"이라는 비판에도 불구하고 '국익'이라는 명분으로 파병을 결정한 우리 정부나 국회와 마찬가지로 생명공학자들은 '국가 소속의 산업재산권'을 선취하기 위해, 즉 '국익'을 위하여 "한번 들어서면 앞으로 갈 수밖에 없는 외통수의 길"(「황우석-장회익 테마대담」, 『한겨레』 2004.1.6)을 가고 있는 것이다.

이번 연구결과를 "상업목적에 제공하지 않을 것"이라는 연구진의 공언에도 불구하고(『한겨레』 2004.2.14), 언론에서는 연간 60조원의 부가가치가 창출될 것이라는 기대를 쏟아내고 있다. 하지만 우리는 단 한번도 골고루 나눠 가진 적 없는 '국익'에 대한 막연한 기대로 생명공학의 무한질주를 토끼눈으로 그냥 지켜만 보고 있는 것이다.

정작 난치병 환자의 치료효과에 대해서는 황우석 교수 스스로 "지나친 기대와 환상은 금물"이라고 하고 있다. 지나친 기대와 환상에 젖어 우리 사회의 생명에 대한 가치관을 정립하기 위한 진지한 논의를 차단하고 있는 것은 난치병으로 고통 받는 환자들이 아니라 조그만 성과에도 흥분하고 열광하기 좋아하는 우리 언론들이다. 생명공학이란 말이 우리 입에 오르내린 이래로 『한겨레』의 흥분은 어느 정도 수준이었는지 『한겨레』 스스로 되돌아보았으면 한다.

『한겨레』 2004.2.27. 한겨레비평

학문의 자유와 학자의 의무

처음에는 황우석 교수팀의 의학 연구에 관한 국제 윤리규범 위반 문제로 촉발되었던 시비가 반전에 반전을 거듭하여 언론사의 취재윤리에 이어 이제는 논문의 진위 여부를 둘러싼 다툼으로까지 번지고 있다. 연구자의 연구윤리 위반 문제를 고발했던 방송사 PD들은 여론의 돌팔매를 맞고, 힘들게 만들었던 취재 내용이 결방된 것은 물론, 프로그램 자체가 퇴출될 지경에 이르렀다. 그런데, 정작 연구윤리를 위반해 문제를 촉발했던 당사자는 온 국민의 영웅으로 대접받는 어처구니없는 일이 대명천지에 벌어지고 있다.

취재윤리를 위반한 언론인에게는 엄격하다 못해 잔인하기까지 한 잣대를 들이대면서도 연구윤리를 위반한 과학자에게는 연구실까지 '진달래 즈려 밟고' 가시도록 배려하는 관용의 문화가 어떻게 형성되었는지 쉽게 납득하기 힘들다. 의료윤리의 뿌리가 의학의 발전이라는 명분으로 의사들이 저지른 참혹한 인권유린의 역사에 있다는 사실을 조금이라도 이해한다면 이런 일은 벌어지지 않을 것이다.

전문가집단에 대해 윤리를 강조하는 것은 전문가집단이 가지고 있는 전문성과 폐쇄성 때문에 다른 분야, 특히 일반 국민들이나 시민사회에서 전문가집단의 행위에 대해 가치판단을 하기 어렵기 때문에 자율적으로 정화를 하라는 의미이기도 하다. 여기에는 전문가집단에 소속된 개인의 도덕성과 책임의식을 시민사회가 신뢰한다는 의미도 포함되어 있을 것이다.

하지만 지금까지 우리 사회에서 전문가집단이 스스로 자체 정화 기능을 드러낸 경우는 극히 드물었고, 우리 사회 전체의 보편적 규범에 반하는 전문가집단의 일탈 행위에 대해서도 '관행'이라는 표현으로 용인하고 무시하는 경향이 있었다. 사법부의 전관 예우, 대학교수들의 대학원생 착취, 대학병원의 수련의 착취와 약가 리베이트, 검찰의 밤샘조사, 정치권의 정치자금 수수……. 이 모든 것들이 누구도 함부로 문제 삼을 수 없는 전문가집단의 관행이었고, 이런 관행들이 심각한 불법행위로 증명되었을 때도 사법부는 "지금까지 사회에 이바지한 공로를 인정하여……"라는 이유로 관대한 처분을 해왔던 것도 사실이다.

'세계 최초'라는 황우석 교수의 공로가 "그까짓 의료윤리가 무슨 대수냐"는 여론을 만들어낸 것은 분명하지만, 문제는 그런 여론이 국제사회에서도 통용될 것이냐 하는 점이다. 게다가 지금은 연구윤리는 둘째치고 '세계 최초'라는 수식어가 달린 그 논문의 진위 여부가 논란이 되고 있다. 하지만 해명의 당사자인 황 교수는 긴 칩거에 이어 언제 끝날지 모르는 투병 생활로 접어들었다.

학문의 자유는 보장되어야 하고 생명공학이 계속 발전해야 한다는 사실에는 쉽게 동의할 수도 있다. 특히 학문의 자유가 허용되지 않았던 엄혹한 시절을 겪었던 터라 학문의 자유는 그 무엇보다 소중한 가치임을 잘 알고 있다. 하지만 학문의 자유가 학문의 수단이나 도구를 학자가 임의로 선택하고 학문의 결과까지 검증받지 않을 자유는 결코 아닐 것이다.

정부가 생명공학을 21세기의 성장동력산업으로 육성하겠다는 것은 정부의 정책적 판단인 만큼 이런 정부의 정책은 다른 가치 지향을 가진 정파로부터 비판의 대상이 될 수는 있으나 잘못되었다고 할 수는 없다. 하지만 생명공학 분야를 육성하겠다고 하면서 왜 황우석 교수'만'이어야 하는가 하는 점은 이유가 분명하지 않고, 황 교수의 연구결과물에 대해서는 왜 검증조차 허락되어선 안 되는지는 더더욱 납득하기 어렵다. 선택과 집중이 이 시대 최고의 가치이고, 승자가 모든 것을 독식하는 것이 당연시되는 풍토이긴 하지만, 연구결과물에 대해 검증을 하는 것마저 '과학자의 자존심'을 짓밟는 것이라는 말을 어떻게 아무런 비판 없이 수용할 수 있을까?

지난 1998년 국내의 한 연구진이 인간복제실험에 성공했고, 이것은 복제용 돌리를 만든 로슬린 연구소에 이은 세계 두 번째의 쾌거라는 발표가 있었다(『조선일보』 1998.12.15). 온 세상이 흥분한 것은 두말할 필요도 없다. 하지만 그 흥분은 오래 가지 않았다. 당시 대한의학회 산하 생명복제소위원회는 신속하게 이 연구진의 인간복제실험의 실태조사를 벌였고 학문적 관점에서 검증한 결과 "발표 과정에 신중하지 못한 점이 있었음"을 지적했다. 그 뒤 그 연구결과는 없던 일이 되어버렸다(『조선일보』 1998.12.25).

그런데 당시 실태조사를 벌였던 생명복제소위원회 위원 중에는 지금 우리에게 너무 잘 알려져 있는 서울대 황우석, 문신용 두 교수가 있었다. 이 두 교수는 그 당시에 무슨 이유로, 또 무슨 권한으로 다른 '과학자의 자존심'을 짓밟아가며 실태조사를 했고, 그 결과까지 발표했는가? 그리고 지금은 무슨 이유와 무슨 특권으로 자신들의 연구결과에 대해서만큼은 자존심을 들먹이며 검증을 거부하고 있는가? 게다가 황우석 교수에게 투입된 막대한 연구비는 국민의 세금이다. 국민의 세금을 쏟아 부은 정부는 어떤 법적 근거로 황 교수의 연구결과에 대한 검증이 불필요하다고 주장하고 있는가? 이 질문에 답을 해야 할 사람은 황 교수 본인과 정부이다. 학자에게 학문은 자유의 영역일지는 모르겠으나 황우석 교수가 학자인 이상 연구결과에 대한 검증은 학자의 당연한 의무임을 모르지 않을 것이다.

『프레시안』 2005.12.9.

황우석 논란, 어떻게 볼 것인가

끝없이 증폭되고 있는 황우석 박사 연구팀의 연구윤리 시비에 대해 노무현 대통령이 직접 나서서 '비뚤어진 애국주의'라며 우려의 뜻을 밝히기도 하였지만, 한번 타오른 여론의 불길이 쉽게 잡힐 것 같지는 않다. 하지만 우리가 이 시점에서 분명하게 기억해야 할 것은 '우리' 과학자에 대한 국내 인기나 여론에 따라 국제사회의 평가가 달라지지는 않을 것이란 사실이다. 그리고 의학연구에 있어 연구 당사자가 지켜야 할 윤리문제는 여론이나 과학자의 대중적 인기와도 무관한 것임을 유념해 둘 필요가 있다.

줄기세포 연구뿐 아니라 모든 의학연구나 실험은 인체를 대상으로 하고 있기 때문에 인간을 수단으로 삼는다는 점과, 또 그 대상이 된 인간이 모든 위험을 부담해야 한다는 점 때문에 '인권'이라는 인류의 보편적 가치와 충돌하게 되는 경우가 많다. 그러나 의학연구는 '인류 행복의 증진'이라는 너무나 선명한 명분을 가지고 있기 때문에 피험자가 어느 정도 희생을 감수해야 하는 것은 불가피한 것으로 받아들이는 사회 분위기도 있고, 난치병 환자의 경우 임상실험의 대상이 되기를 자청하는 경우도 있다.

문제는 의학연구에 필요한 피험자들이 고아, 정신지체자, 수형자, 저소득층과 같이 주로 한 사회의 취약계층이거나 권리주장을 할 능력이 없는 사회의 약자들에게 집중돼 있다는 사실이다. 의학연구에 있어 생명윤리를 강조하는 이유는 바로 이런 이유 때문이기도 하고, 최초의 생명윤리라고 할 수 있는 뉴른베르그 강령이 만들어진 것 역시 2차 세계대전 당시 독일과 일본의 의사들이 의학연구라는 명분으로 저질렀던 처참한 인권유린의 역사에 그 배경이 있다.

하지만 생명윤리나 의료윤리는 어디까지나 선언적인 의미이기도 하고, 윤리선언이라는 것이 의사라는 전문가집단의 자율규제를 원칙으로 제정된다는 점에서 구속력이 약한 반면, 눈앞의 성과에 집착하는 연구자의 속성상 윤리조항을 염두에 두고 스스로 자제력을 발휘하기 힘든 측면이 있다. 물론 실정법이 있긴 하지만 의학연구의 피험자나 의료행위의 수단으로 이용된 인격체를 보호하는 법의 기능은 적어도 우리나라에서는 전혀 작동하지 않는다고 보아도 무방하다.

예컨대 장기이식에 관한 법률이 제정되기 전 뇌사자의 장기를 이용한 장기이식은 분명 형법상 살인에 해당하는 중죄임에도 단 한 건도 처벌받은 사례가 없다. 또 의료윤리에서 절대 금하고 있는 것이 살아있는 수형자의 장기적출인데 몇 해 전 대구에서는 살아있는 수형자의 장기제공 사례가 있었고, 언론은 이를 검찰이 행한 미담의 한 사례로 보도한 적도 있다(「법보다 생명이 우선이죠」, 『매일신문』 2003.9.30). 검찰은 여기서 한 발 더 나아가 유사한 경우를 대비해 법 개정을 추진하겠다고 했다. 수형자가 장기기증 의사만 밝히면 형집행정지를 받을 수 있도록 하겠다는 것이다. 이것은 생명윤리를 바라보는 우리 사회의 인식수준을 드러낸 전형적인 사례라고 볼 수 있을 것이다.

물론 여론이 의학연구에 대해 무한정 관대하고 우호적이었던 것만은 아니다. 1998년 우리나라에서 영아원 원생들을 대상으로 수입신약에 대한 임상실험이 있었던 사실을 한 국회의원이 폭로하자 여론의 반응은 싸늘하다 못해 가혹하기까지 했다. 한 신문은 이 사건에 대해 임상실험 과정에 금품이 오고갔다는 주장(연구비로 추정되지만)을 근거로 의학연구가 아니라 "인신매매와 다를 바 없다"고 혹평했다(사설 「영아원생 임상실험」, 『동아일보』 1998.5.15). 부정적인 여론이 확산되자 결국 의사협회도 어쩔 수 없이 해명성 성명을 내놓아야만 했다(「임상시험에 대한 의협의 입장」, 『의협신보』 1998.6.11).

의학연구는 그 특성상 일반인이 접근하기 어려운 대학병원의 연구실에서 이루어지고, 경쟁관계에 있는 연구자를 의식하여 철저한 보안이 유지되는 경우가 많아서 그 실상이 쉽게 드러나지 않는다. 미국과 같은 선진국의 의학연구도 윤리문제에 있어 우리보다 투명하다고 할 수 없다. 미국에서 의학연구 피험자 보호를 위한 벨몬트 보고서가 나오게 된 계기가 가난한 흑인을 실험대상으로 삼아 80% 이상을 죽음으로 몰아갔던 터스키지 매독연구사건 때문이었고, 지난해에는 흑인과 라틴계 고아들을 대상으로 AIDS 치료제의 임상실험을 강제 실시한 사례도 있었다 (「미, 어린이에 에이즈 임상실험」, 『한겨레』 2004.4.6). 그러나 이런 사례들은 의료기관의 자체심사기능에 의해 드러난 것이 아니라 내부고발이나 언론의 탐사보도에 의해 세상에 알려진 것이다. 하지만 황우석 박사팀의 윤리문제에 대해 탐사보도를 했던 우리나라 방송(MBC)은 여론의 몰매를 받고 광고중단이라는 어처구니없는 일을 겪고 있다.

임상실험의 비윤리적 실태가 드러났을 때 세상의 공분을 사는 이유는 실험대상자가 비록 사회 취약계층이긴 하지만 논쟁의 여지가 없는 인격체라는 사실 때문이다. 생명공학분야에서 난자·정자·수정란·배아·태아 같은 실험재료나 대상에 대해서는 다양한 견해가 뒤섞여 있어 이들을 권리의 주체나 인격체 또는 생명체로 쉽게 인정하기 어려운 문제가 있다. 그래서 논쟁이 벌어지는 것이다.

이 논쟁의 틈새에서 생명공학자들은 난자나 수정란, 배아, 태아를 생명체가 아니라고 주장하며 인간의 몸과는 철저하게 분리시킨 채 연구를 진행해왔다. 그 결과로 지금 "그까짓 난자"라는 끔찍한 말이 아무 여과 없이 쏟아져 나오고, 난자 기증자들이 줄을 서는 기현상이 벌어지고 있는 게 아닐까 싶다. 적어도 대한민국에서는 난자가 여성들이 핸드백 속에 수북히 넣고 다니면서 한 달에 한 번씩 쉽게 빼 쓰면서 남에게 선의로 얼마든지 나누어 줄 수도 있는 물건으로 전락하고 말았다. 과연 외국에서는 이런 현상을 어떻게 받아들일까? 그 시선들이 우리가 금이야 옥이야 신주단지 모시듯 하는 '국익'에 과연 얼마나 보탬이 될까?

황우석 박사 연구팀이 안고 있는 윤리 문제는 "그까짓 난자"의 문제가 아니라 여성의 몸과 여성이라는 인격체를 어떤 방식으로 취급했는가 하는 문제이다. 우리 사회가 여성과 여성의 몸을 어떤 시선으로 바라보고 있는가 하는 문제이다. 이 문제는 국내의 인기투표나 여론몰이로 덮어질 수 있는 것은 결코 아니다. 남보다 한발 빠른 결과를 내려는 의학연구자들의 속성과 문화는 동서양의 차이가 없다. 세계의 의사들이 권위를 인정하는 학술지에서조차 연구결과의 절차와 방법의 투명성을 확보하려는 노력이 없다면 의학연구 앞에 '인간의 존엄'이란 말은 거추장스런 수식어가 되고 만다.

황우석 박사 연구윤리에 대한 문제는 황 박사의 논문이 게재되었던 외국의 학술지가 제일 먼저 제기하였고, 여기에 황 박사가 거짓으로 답을 한 것이 화근이 되었다. 그렇다면 국내 과학계 전체가 국제사회에서 관심의 표적이 될지도 모르는 지금, 황우석 박사 연구팀에게 막대한 예산을 쏟아 부은 정부가 해야 할 일이 무엇인가에 대한 답은 너무나 분명하지만 정부는 미봉책으로 일관하고 있고, 여론은 엉뚱한 방향으로 흘러가고 있다. 강대국의 음모론까지 나돌고 있는 형편이다.

노무현 대통령은 황우석 박사 연구팀의 윤리 문제를 취재했던 방송사 프로그램에 대해 '짜증스럽다'는 표현을 했다. 네티즌들이 제기한 공직자의 윤리문제로 여러 차례 자신의 인사권에 흠집이 생긴 대통령으로서 또 다시 윤리문제를 거론하는 언론이 짜증스럽게 느껴질 수도 있을 것이다. 그러나 이번에는 윤리문제를 거론한 언론을 "그까짓 윤리가 대수냐"며 네티즌들이 나서 퇴출시키려는 분위기다. 극에서 극을 넘나드는 이 기막힌 군중심리를 도대체 어떻게 설명해야 하는가?

생명윤리는 어떤 면에서 수의사였던 황우석 박사보다는 의사들에게 더 엄격하게 적용되어야 할 규범이다. 하지만 황우석 박사 연구팀에 소속되었던 의사들은 지금 아무런 말이 없다. 소속 회원들이 자신들이 만들어 놓은 윤리규범을 어긴 사실이 만천하에 드러났는데도 의사협회도 아무런 말이 없다. 난자 채취가 정말 "그까짓 것"에 불과한 것인지에 대해서도 아무런 설명이 없다. 이런 한국을 외국에서는 어떤 시선으로 바라볼까? Dynamic Korea? 과도기에 나타날 수 있는 혼란? 그렇다면 이 혼란을 수습해야 할 책임은 누구에게 있는가?

국내뿐 아니라 국제사회의 수많은 시선들이 우리 국가생명윤리위원회의 결론을 기다리고 있을지도 모른다.

『평화뉴스』 2005.12.1.

염치없는 사회

    몇 해 전 황우석 박사의 사기 행각이 만천하에 드러나면서 그의 연구 성과에 대한 검증 책임마저 끝내 검찰의 손아귀로 넘어갈 즈음, 서울 의대 어느 교수는 그 사건을 두고 "한국 과학계의 국치일"이라고 해도 좋다고 했다. 이에 덧붙여 언론 관련 시민단체는 우리 사회 "주류언론의 국치일"이라고도 했다. 황우석 박사의 거짓신화를 만들어내는 데 일등공신이었으면서도, 황우석 박사의 사기행각을 철저하게 파헤쳤던 MBC 〈PD수첩〉을 향해 독설을 퍼부어대던 '조·중·동'을 겨냥했던 표현이다.

    세월이 흘렀으나 똑같은 일은 거듭 반복되고 있다. 해방 이후 민족과 민중의 이익에 반하는 처신을 한 지식인의 부역행위나 정책책임자에 대한 청산이 이루어지지 못한, 그래서 염치라고는 찾아보기 어려운 것이 우리 사회이니 그리 놀랄 일도 아니다. 미국산 쇠고기의 본질을 파헤친 〈PD수첩〉에 대해 정부와 '조·중·동'이 앞장서서 독설을 퍼붓고, 이들의 주문을 받아 검찰이 수사에 나서는 모양새도 별반 다르지 않다. 다만 황우석 사건 때와 달라진 것이 있다면 광고 압박을 받는 것이 〈PD수첩〉이 아니라 '조·중·동'이고, 그런 '조·중·동'의 사익(私益)을 보호하기 위해 검찰이 소비자의 정당한 권리를 완력으로 제압하고 있다는 것이다.[1] 황우석 사건 때 광고 압박을 받던 MBC를 보호하기 위해 검찰이 나섰다는 이야기를 들은 적이 없다.

그런데 〈PD수첩〉의 가공할 만한 '범죄행위(?)'에 대해 가공할 만한 수사력을 가진 한국의 검찰이 내놓은 중간수사결과 발표는 한마디로 '태산명동 서일필(泰山鳴動 鼠一匹)' 그 자체였다. 피고발자로 수사를 받고 있던 〈PD수첩〉이 해명할 가치조차 없다고 할 정도면 수사결과 내용 속에서 검찰이 〈PD수첩〉의 위법성을 전혀 찾아내지 못했다는 이야기가 될 것이다. 대신 놀라운 것은 검찰이 '진단학'의 새로운 가이드라인을 제시했다는 것이다.

검찰이 진단학의 가이드라인을 제시할 정도가 되었으면 의사협회는 한국 의료계의 국치일이라고 선언해야 될 정도인데, 그 무렵 의사협회의 집행부는 무엇을 하고 있었던가? 미국산 쇠고기가 안전하다면서

---

1   2008년 이명박 대통령의 방미 후 미국산 쇠고기 수입이 결정되자 항의촛불시위가 전국으로 확산되면서, '방송장악·네티즌탄압저지범국민행동', '언론소비자주권연대' 를 중심으로 왜곡보도를 일삼는 '조·중·동'에 대한 광고불매운동이 전개되었다. '조·중·동'에 대한 광고불매운동이 확산되자 검찰은 단체대표를 비롯하여 광고불매운동에 적극 참여한 누리꾼들을 업무방해 혐의로 무더기 기소했다. 1심 재판부도 단체대표와 기소된 누리꾼들에게 무더기 유죄판결을 내린다.

미국산 쇠고기를 구워 먹는 퍼포먼스를 하고 있었다. 의사가 담배를 피우면 담배가 전혀 무해한 기호품이 되나? 의사가 폭탄주 시범을 보이면 폭탄주가 건강식품이 되나? 지난 정권 10년 동안 툭하면 과천정부청사 앞에 모여 의권 수호를 외치던 그 용기들은 다 어디로 갔는지 궁금하다.

140쪽이나 되는 검찰의 수사보고서 중에 코미디 수준의 이야기 두어 가지를 정리해보자. 먼저 검찰은 젖소(dairy cow)라고 번역해야 할 부분을 주저앉는 소가 등장하는 화면과 함께 '이런 소'라고 번역하여 시청자들에게 미국산 쇠고기의 위험성을 과장했다고 판단하고, 〈PD수첩〉에 대해 이에 대한 해명을 요구했다. 그러면 '이런 소'를 '젖소'로 번역하면 상황은 달라질까? 오히려 미국산 쇠고기에 대한 위험성은 더 증폭된다.

광우병의 위험은 젖소에서 시작된다. 영국에서도 초기에 문제가 되었던 것은 젖소였다. 육우와 젖소는 사육목적이 다르다. 고기생산을 목적으로 사육되는 육우는 대부분 어린 나이에 도축되지만, 우유생산을 목적으로 사육되는 젖소는 우유생산이 중단되는 나이까지 사육되게 된다. 똑같이 동물성 사료를 먹이더라도 젖소가 동물성 사료를 먹는 양이 훨씬 많게 되고, 각종 질병에 노출될 확률이 훨씬 더 높다. 그리고 프라이온 병은 프라이온에 감염되면 곧장 증상이 나타나는 것이 아니고, 긴 잠복기를 거치며 뇌와 신경계를 비롯한 주요 조직에 축적이 되면서 서서히 증상이 나타난다. 그렇다면 어린 나이에 도축되는 육우와, 육우보다 훨씬 오래 생존해 있는 젖소 중 어느 소가 광우병에 노출될 위험성이 더 높을까? '이런 소'를 '젖소'로 바꾸어 놓았다면 시청자들의 우려는 미국산 젖소 고기는 물론 젖소가 생산한 유제품에까지 확산되었을 것이다.

또 검찰은 아레사 빈슨이 앓았던 병에 대해 미국의 의사들은 의심된다고(suspect) 했는데, 〈PD수첩〉은 걸렸다고 번역했음을 지적했다. 일견 타당해 보이는 지적이지만 이는 검찰이 '임상적 진단'과 '병리학적 최종진단'의 차이를 모르는 무지에서 나오는 발언이다.

만약 검찰이 제시한 진단학 가이드라인을 따르게 되면, 한국은 알츠하이머 병의 청정구역이라고 해도 좋을 것이다. 알츠하이머 병 역시 뇌조직 부검을 통해 확진되는 병이다. 그러나 살아있는 사람에게서는 뇌조직 검사를 하기 어렵고 사후에도 한국에서 부검을 하는 사례는 극히 드물다. 유족들이 부검으로 얻는 실익이 없고, 시신훼손에 대한 완강한 거부정서가 있기 때문이다. 그러므로 한국에서 알츠하이머 병으로 진단되는 환자는 거의가 최종 병리학적 진단이 뒷받침되지 않는 임상적 진단만을 받은 '알츠하이머 병 의심(suspect) 환자'들이다. 이런 환자를 임상의사들이 알츠하이머 병에 "걸렸다"라고 한다 해서 오진으로 처벌받았다는 사례는 없다. 아레사 빈슨을 담당했던 의사 역시 임상의사였지 병리학자는 아니었을 것이다.

마지막으로 검찰은 CJD와 vCJD를 전혀 별개의 병인 것처럼 이야기하고 있다. 과연 CJD와 vCJD는 별개의 병인가? 영국에서 인간광우병이 발생한 뒤 영국정부는 조사위원회를 구성하고 인간광우병이 소 사육에 있어 동물성 사료를 사용한 것 외에도 도축방식과 관계있음을 밝혀냈다. 이때 영국의 언론은 CJD와 vCJD를 굳이 구분하지 않았다("CJD is

linked to Butchers, 'Butchers' work that spread CJD", *Leicester Mercury* 2001.3.22).
vCJD를 CJD와 엄격하게 구분하지 않았다고 이 신문이 수사 받았다는 이야기는 못 들었다.

우리 사회에는 지금 부끄러움을 모르는 사람들이 너무 많다. 부끄러움을 모르는 사람들이 힘까지 쥐고 흔들어대고 있다. 그러니 온 나라가 염치없는 나라가 되어가고 있다. 출범 6개월 만에 백골단 뒤에 숨어 연명해가야 하는 정권. 4년 6개월이 그리 긴 시간도 아닌데, 검찰과 경찰이 휘두르는 물리력에 촛불이 주춤하니 안도감을 느끼는 모양이나 원래 숨어있는 불씨가 더 무서운 걸 모르는 모양이다.

『평화뉴스』 2008.8.4.

한미 FTA 협상과 미국산 쇠고기
―『죽음의 향연』, 『얼굴 없는 공포, 광우병 그리고 숨겨진 치매』

그 누구도 할 수 없는 일

"나 아니면 아무도 한미 FTA 못한다"며 자신만이 가진 특단의 의지를 강조하던 노무현 대통령은 정말 그 누구도 함부로 할 수 없는 일들을 기어코 '저지르고' 말았다. 1년 넘게 협상이 진행되어오던 중에도 사방팔방에서 반대하는 목소리가 터져나오고 있었지만 그 함성은 경찰방패가 새카맣게 둘러친 벽을 넘어서지는 못했다. 협상타결을 알리는 정부의 공식발표와 대통령의 담화가 나온 뒤로 『조선일보』를 비롯한 일부 언론들은 국회비준 동의를 아예 기정사실로 몰아가고 있다. 대다수 국회의원들까지 대통령의 터무니없는 결단에 감탄사와 지지발언을 쏟아내고 있는 형편이니, 한미 FTA 협상안이 국회의 비준 동의를 얻기가 쉽지 않으리라는 일말의 기대 섞인 전망도 어긋날 공산이 큰 요즘의 분위기다.

그런데 한미 FTA가 정식 발표되기까지는 최소 1~2년의 시간이 남아 있지만 미국산 쇠고기는 국회비준과 상관없이 올해 안에는 우리 밥상 위에 오르게 된다. 노무현 대통령은 "FTA 하면 광우병 소 들어온다는 것은 이 나라 진보적 정치인들이 정직하지 않은 투쟁을 하는 것"이라며, "거짓말 하지 말라"고 다그친 적이 있다(「한미 FTA 뜯어보기 299」, 『프레시안』 2007.3.20). 언론보도만을 놓고 볼 때 대통령의 발언이 "미국산 쇠고기가 식품으로 안전하지 않다는 주장이 거짓"이란 뜻인지 그 의미가 분명치는 않다.

다만 미국산 쇠고기 재수입 문제는 협상을 시작하기도 전에 미국정부가 협상 '4대 선결조건'으로 내세운 것을 대통령의 결단으로 덥석 받아들인 것이었으니, 한미 FTA 협상의제도 아니었고, 따라서 국회비준과 상관없이 국내에 들어오게 되어있는 것만은 분명한 사실이다.

문제는 쇠고기를 비롯한 식품수입이 불가피하다 하더라도 이에 대응하여 국내 위생검역기준을 어떻게 강화할 것인가 하는 점이겠으나, 한미 FTA 협상에서 미국의 목표는 관세장벽보다는 한국의 비관세장벽을 철폐하는 데 모아져 있었다는 것은 협상과정에서 잘 알려진 사실이다. "30개월 미만의 뼈 없는 살코기"로 한정했던 미국산 쇠고기 수입기준을, 협상이 타결된 뒤 대통령은 "국제수역사무국의 권고를 존중한 합리적 수준"으로 바꾸어버렸다. 이를 기다렸다는 듯이 FTA 기획단장은 "미국산 갈비까지 수입"하는 것도 모자라는지, 미국산 쇠고기의 수입위험평가절차를 간소화하겠다고 했다. 그러면서 수입하지 않으려면 "과학적 근거가 있어야 한다"고 했다.

　대통령은 담화문에서 "위생검역조건은 한미 FTA 협상대상이 아"니라고 분명하게 밝혔지만, 협상단은 수입 쇠고기 검역절차를 간소화하는 한편, 섬유제품에서 미국의 아주 작은 양보를 얻어내는 대신 유전자조작식품에 대한 국내 위생검역절차까지 거의 무력화시켜 버렸다. 그렇다고 해서 협상단 중에 누가 징계나 처벌을 받았다는 이야기가 들려온 적은 없다. 누가 거짓말을 하고 있는지는 상식을 가진 사람이라면 쉽게 판단하겠지만 우선은 미국산 쇠고기에 대해서 대통령이 생각하고 있는 "합리적 수준"이란 것이 무엇인지, 또 한미 FTA 기획단장이 염두에 두고 있는 "과학적 근거"가 무엇인지 궁금해진다.

광우병 예방의 합리적 수준과 과학적 근거

　광우병과 인간광우병(크로이츠펠트 야곱병)과 같은 프라이온 병의 진행양상은 지금 인간이 가진 지식의 범위를 훌쩍 넘어서 있다. 발병의 원인에 대해서도 지발성 바이러스(Slow Virus) 가설과 프라이온 가설이 맞서 있고, 감염 경로는 여전히 오리무중이다. 21세기 인류 최고의 미스터리라고 해도 지나친 말은 아닐 것이다. 발병하면 치사율은 100%이면서 치료약도 없고 전염성까지 가진 인간광우병에 대한 경고음은 여기저기서 울려퍼지는데 질병의 실체가 우리 앞에 모습을 드러낸 적은 없다. 단지 무엇인가 불길한 조짐이 소리 없이 진행되고 있다는 추측만 나돌고 있었다. 그 추측의 근거를 제공해 줄 만한 책이 잇달아 국내에 번역·출간되었다.

『죽음의 향연』(리처드 로즈, 안정희 옮김, 사이언스북스 2006), 『얼굴 없는 공포, 광우병, 그리고 숨겨진 치매』(콜 켈러허, 김상윤·안성수 옮김, 고려원북스 2007, 이하 『광우병』), 이 두 책의 저자들은 머지않은 미래에 닥쳐올 인류사회의 재앙을 경고하기 위해 책제목부터 상당히 자극적인 표현을 사용했다는 느낌을 받는다. 그러나 막상 이야기 전개방식에 있어서는 막연한 공포감만을 불러일으키는 것이 아니라 지금까지 발표된 프라이온 병과 관련된 방대한 논문과 사실관계, 미국정부문서, 그리고 관련 학자들의 인터뷰를 객관적으로 정리하여 독자들에게 판단의 근거를 제공하는 형식을 취하고 있다. 그래서인지 전문 영역이 서로 다른 두 사람이 쓴 책 내용이 공교롭게도 상당 부분 중복되어 있고 결론까지 같다.

그런데 『죽음의 향연』이 미국에서 출간된 시점은 1997년이고, 『광우병』이 출간된 시점은 미국에서 광우병 증세를 보인 소가 워싱턴 주에서 처음 발견된(2003년 12월) 바로 그 직후인 2004년이다. 미국에서 광우병 발생 사실이 공식 확인되기 전에 출간되었거나 출간과정에 있었던 책이란 것이다. 그래서 의사들도 전공이 아니면 생소하기 짝이 없는 의학용어가 넘치는 이 두 책을 독자들이 상당한 인내를 가지고 다 읽는다 하더라도 정작 미국에서 식용으로 사육되는 소들에게 광우병이 얼마나 만연하고 있는지, 또 인간광우병을 앓고 있는 사람은 얼마나 되는지에 대한 확실한 해답을 얻기는 어렵다. 결국 올해 안에 우리 밥상에 올라올 미국산 쇠고기를(30개월 미만의 뼈 없는 살코기라 하더라도) 정말 먹어도 괜찮은지 여부는 독자 스스로 저자들이 흩어놓은 정보를 조합하여 판단하는 수밖에 없다.

저자들은 뉴기니아 포레족의 식인풍습에서 비롯된 '쿠루'에서부터 유럽의 광우병과 인간광우병 환자들, 그리고 미국에서 만연하고 있는 만성소모성질환의 사례와 관련된 모든 자료와 함께 미국정부의 축산정책까지 꼼꼼히 검토한 뒤 미국은 현재 "가려진 잠재적 공중보건 비상사태"(『광우병』 323쪽)이며, "목숨을 가지고 벌이는 도박판"(『죽음의 향연』 330쪽)이라고 결론 내린다.

21세기 인류의 최대 미스터리로 남아 있는 광우병에 대해 인간의 짧은 지식으로 겨우 밝혀낸 사실은 광우병을 비롯한 모든 프라이온 병은 동종(同種) 식육이 원인이며, 통상 멸균소독법으로는 감염성이 제거되지도 않고, 종(種)간 경계 없이 교차감염이 가능하다는 것, 발병하면 치사율은 100%라는 것, 그러나 질병의 진행은 은밀하여 추적하기조차 힘들다는 것 정도이다.

그래서 세계보건기구(WHO)는 진단도 어렵고 치료법도 없는 광우병으로부터 인류를 보호하기 위한 다음과 같은 "합리적 수준"의 축산정책을 제시한다. 첫째 동물에게 동물성 사료를 먹이지 말 것, 둘째 모든 국가는 적절한 검역시스템을 갖출 것, 셋째 광우병 위험물질은 식용은 물론 사료로도 이용하지 말 것, 넷째 소 혈액성분을 송아지 대체분유로 이용하지 말 것 등이다.

어떤 국가의 축산정책이 이 네 가지 기준을 충족시키지 못하고 있다면 광우병 증세를 드러낸 소(기립불능 소)의 발생 유무와 상관없이 그 나라는 광우병 청정국가라고 볼 수 없다. 노무현 대통령이 생각하는

"합리적 수준"이 어떤 수준인지는 우리가 확인할 길이 없다. 그렇다면 미국의 축산정책은 과연 합리적 수준일까?

미국의 축산정책과 공중보건상태

영국을 중심으로 유럽에서 광우병이 확산되고 인간광우병 환자까지 나타나자 미국 식품의약청은 1997년 6월 5일, 포유류의 단백질을 소·양·염소의 사료로 이용하지 못하게 하는 법을 공표한다. 그러나 그 법은 혈액·혈액생산물·돼지와 말의 단백질과 같은 감염위험성이 높은 물질들을 금지목록에서 제외하여 "영구차의 행렬이 통과해도 될 만큼 예외의 구멍이 큰 금지조치"(『죽음의 향연』 350쪽)였다. 그나마 축산업자들이 "금지조치를 이행하는지 여부를 감시하는 시스템은 전혀 없었"고(『죽음의 향연』 302쪽), 10년이 지난 지금도 마찬가지다.

그리고 1995년 "실험을 포함하여 현대화된 육류검사 시스템"을 강제하는 법이 마련되었으나 "뉴트 깅리치와 밥 돌이 이끄는 공화당이 장악한 하원은 (…) 소위 규제완화 조항에서 그 법을 제외하기를 거부"했다(『죽음의 향연』 313쪽). 현재 미국에서 사육되는 소는 1억 마리에 가깝지만 광우병 검사를 거치고 식용으로 유통되는 소는 1%에도 못 미친다. 최근에는 그 수도 너무 많아서 더 줄이겠다는 것이 미국 농무부의 방침이다.

또 미국 축산업계는 살코기와 위험물질의 분리가 불가능한 도축기계를 사용하고 있다. 그래서 절대 식용으로 유통되어서는 안되는 광우병 위험물질이 미국에서는 가공식품에 사용되고 있는 것이다. 미국 회계감사원은 2000년 현재 미국의 28개 도축장에서 기계작업으로 추출된 쇠고기만 2억 5천 7백만 파운드나 되는 것으로 추정하고 있다. "2000년 미국 농무부가 다진 쇠고기를 무작위로 조사했을 때, 다진 쇠고기의 35%에서 인정할 수 없는 정도의 뇌조직이 포함된 것으로 발견했다."(『광우병』 298쪽)

송아지 사육방법 역시 WHO가 권고하는 합리적 수준과는 거리가 멀다. "소와 양의 혈액을 다른 송아지와 새끼 양에게 주는 관습은 송아지고기산업에서 우유 대체제로 허울 좋게 포장되면서, 송아지를 빨리 성장시키기 위해 막무가내로 먹이고 있"(『광우병』 300쪽)는 것이 미국 축산업계다. 미국정부 지금도 여전히 이를 모른 체하고 있다. "공중보건과 육가공업계 이윤 간의 공리주의적 타협"(『죽음의 향연』 330쪽)이 이루어져 있기 때문이다.

미국 축산업계의 사정이 이렇다 하더라도 미국에서 사육되는 1억 마리 중에서 광우병이 발생한 것은 3건밖에 없지 않느냐고 되물을 수도 있다. 학계에서는 광우병의 잠복기가 소의 경우 5년에서 8년, 사람의 경우는 20년에서 30년 정도로 추정하고 있다, 그런데 미국 축산업계는 송아지에게 동물성 사료와 성장호르몬을 투여하여 조기 숙성시켜 보통 "생후 2년이 되기 전에" 도축한다. 광우병이 "잠복해 있을 수도 있으나 아직 증세를 나타내기 전에 도축되는 것이다(『죽음의 향연』 308쪽). 정말 '섬뜩한' 축산정책이 집행되고 있는 미국에서 확인된 광우병 발생 건수가 겨우 3건에 불과한 이유가 바로 이 때문이다.

미국산 쇠고기 수입재개를 결정하기 전에 현지 실사를 다녀온 우리 정부 조사단은 미국 축산업계의 어떤 실태를 조사했는지 궁금하다. 조사단이 돌아와서 한 말은 "30개월 미만의 살코기는 안전하다"는 것이었지만 이 주장은 어떠한 "과학적 근거"도 가지고 있지 않다. 근육(살코기)에도 감염성 프라이온이 존재한다는 사실은 이미 2003년에 유명 의학학술지(*New England Journal of Medicine* 2003년 Vol.349, 1812~20쪽)에 보고된 적도 있다. 학자들은 "알고 있지만, 육류산업의 로비에 의해 아직 대중에게는 제대로 전달되고 있지 않"을 뿐이다(『광우병』 236쪽).

그렇다면 미국정부와 축산업계가 정말 광우병 사태에 대해 태평스럽게 손을 놓고 있는 것일까? 미국에서는 1960년대 중반부터 수천 건의 가축도륙사건들이 일어났다. 난도질 당한 동물들은 정교한 기술을 가진 누군가에 의해 뇌, 안구, 눈, 코, 귀, 혀, 생식기, 항문과 같은 장기들이 도려내 없어진 채 처참하게 죽은 시체로 발견되었다. 그러나 이 이 연쇄사건에 대해 "체계적으로 수사가 진행된 경우가 많지는 않다". 그런데 죽은 동물들의 없어진 장기들은 하나같이 병원성 프라이온이 많이 축적되는 장기들이다. 이 연쇄 가축도륙사건에 대해 『광우병』의 저자 켈러허는 강한 의혹을 제기한다.

명백한 증거가 있는 것은 아니다. 그러나 누군가가 미국에서 1960년대 말부터 소에서 발생하는 스크래피(양 광우병) 유사 질환의 가능성에 대해 관심을 가지고 국가 음식공급체계를 감시하는 프로그램을 진행하고 있다는 강한 정황을 제공한다. 누가 이런 감시를 하고 있는지는 현재로서는 미지

수다. (『광우병』 284쪽)

그래도 미국 사람들은 미국산 쇠고기를 잘만 먹고 잘만 사는데 한국의 시민단체들만 과학적 근거도 없는 거짓말을 해대고, 이를 근거로 이른바 "진보적 정치인들이 정직하지 않은 투쟁"을 한다고 나무라는 말들이 나돈다. 과연 미국의 공중보건상태는 "잠재적 비상사태"에 불과한 것일까?

미국 질병관리본부의 공식통계를 근거로 『광우병』의 저자 켈러허는 1979년부터 2002년까지 미국에서 알츠하이머 병으로 사망한 환자의 수가 8,902% 증가했다고 분석했다(『광우병』 224쪽). 20여 년 만에 단일 질병의 발생률이 9,000%까지 증가한 것을 어떤 이론으로 설명할 수 있을까? 현재 미국에서 알츠하이머 병을 앓고 있는 사람은 공식 집계된 인원만 400만명이 넘는다. 알츠하이머 병은 보건당국에 신고의무가 있는 질병이 아니란 점을 감안한다면 그 수를 얼마나 더 늘려잡아야 할지는 아무도 모른다. 인간광우병은 치매 증상과 같이 여러 신경학적 증상을 보인다는 점에서 뇌조직검사 없이 외견만으로는 알츠하이머 병과 구별이 불가능하다. 살아있을 때 알츠하이머 병으로 진단되었던 환자의 시신을 부검하였더니 최고 12% 정도가 인간광우병이었다는 연구논문이 발표된 것도 오래 전의 일이다(*British Journal of Psychiatry* 1991년 Vol.158, 457~470쪽).

프라이온은 통상 멸균법으로는 소독되지 않기 때문에 인간광우병이 의심스러운 시신의 부검을 위해서는 특단의 시설이 필요하고 비용이 많이 든다. 또 시술 과정에 의료진이 감염될 우려가 있기 때문에 의료진이 부검 자체를 기피하고 있다. 그래서 미국의 부검 건수는 날이 갈수록 줄어들고 있는 형편이다. 국내에도 알츠하이머 병 환자들은 늘어나고 있고, 그 연령층도 낮아지고 있는 추세다. 하지만 국내에는 시설도 시설이지만 시신 훼손에 대한 완강한 거부정서로 말미암아 부검이 아예 불가능한 것이 현실이다. 국내에는 인간광우병을 앓는 환자가 정말 없을까? '없다'가 아니라 '모른다'고 해야 옳은 답이다.

시간이 많지 않다

우리 사회가 '선진경제대국'으로 발돋움해야 한다는 주장을 트집잡고 싶지는 않다. 그러나 그 수단이 온 국민의 생명을 담보로 한 것이라면 이야기는 달라진다. 우리 시대에 광우병이 창궐한다면 이것은 당대의 문제만이 아니라 다음 세대의 삶의 기반마저 무너뜨리는 일이다. 그런 결과가 뻔히 들여다보이는 일들이 지금 우리 눈앞에서 벌어지려 하고 있다. 『광우병』의 저자 켈러허는 "아직 너무 늦지 않았다"며 미국 시민들에게 희망을 불어넣고 있다.

하지만 우리에게는 시간이 많지 않다. 광우병의 병태생리를 이해한 뒤에 행동에 나서도 될 만큼 느긋한 상황이 아닌 것이다. 미국산 쇠고기를 실은 배가 인천항에 닻을 내리는 순간 우리의 미래는 벼랑 끝으로 밀려나게 된다. 미국산 쇠고기가 이 땅에 들어와도 될 "과학적 근거"는 어디에도 없다. 미국의 축산정책이 '합리적 수준'으로 개선되지 않는 한 미국산 쇠고기는 그 어떤 이유에서도 이 땅에 들어와서는 안된다. 우리 자신만이 아니라 다음 세대의 미래를 위해서라도.

『녹색평론』 2007년 5-6월호(통권 제94호) 서평

국익을 위한 행진곡

나라 전체가 부도 위기에 내몰렸을 때 그 위기를 벗어나기 위해서는 군살을 도려내어 국가경쟁력을 높이는 길 외에는 달리 대안이 있을 수 없고 그것은 국익을 위한 어쩔 수 없는 희생이라는 간절한 호소에 많은 사람들이 길거리로 떠밀려 나왔다. '절체절명의 국가 위기' 상황에서 장롱 속에 꼭꼭 넣어두었던 아기 돌반지까지 꺼냈던 사람들도 끝내 구조조정의 칼바람만은 막아내지를 못했다. 절망의 늪에서 허덕이던 사람들 중에는 한 줌의 희망을 찾아 이승의 경계를 넘어 일찌감치 피안의 땅에 정착해버린 사람들도 있다. 어렵사리 살아남은 자들은 '비정규직'이라는 벼랑 끝 한 뼘의 땅에 겨우 매달려 언제 천 길 나락으로 떨어질지 알 수 없는 하루하루를 살아가고 있다.

'국익'이 되살아나는 그날이 오면 뿔뿔이 흩어졌던 가족들이 다시 모여 도란도란 이야기꽃 피우며 살 수 있으리란 기대 하나로 버텨왔던 사람들에게 '그날'은 아직 오지 않았다. 지금 이 순간에도 희망의 끈을 놓아버린 육신이 이곳저곳 아파트에서 툭툭 떨어지고 있다. 반면에 자유로운 기업활동을 방해하는 것은 국익에 전혀 보탬이 되지 않는다는 정부의 통치철학에 힘입어 기업들은 이제 정부의 입김과 손길이 닿지 않는 기업해방구 건설을 눈앞에 두고 있다.

식량주권을 포기하더라도 수출시장을 넓히는 것만이 국익에 도움이 된다는 말에 한 농민운동가는 민족의 혼이 담겨 있는 쌀시장만큼은 개방할 수 없다며 먼 이국 땅에서 자신의 심장에 칼을 꽂았다. 분노의 함성과 애도의 흐느낌도 잠시, '국익을 위한 행진'은 거침없이 앞으로만 달려가고, 농업은 21세기 대한민국의 직업군에서 사라질 위기에 놓여 있다.

국회에서 탄핵안이 가결되던 그날, 국민들은 이것은 주권의 위기이며 민주주의의 위기요, 나아가 국가의 위기라는 사실을 직감했다. 그러고는 촛불을 들고 거리로 쏟아져 나왔다. 밤을 밝힌 촛불의 힘은 주권이 탈취될 뻔했던 위기를 막아냈다. 국민들은 선거를 통해 주권을 위임하고 다시 일상으로 되돌아왔다.

주권을 위임받음으로써 정권의 위기를 넘긴 국민의 대표들이 한자리에 모여 축배를 들며, '님'의 뜻을 받들고 기리는 행진곡을 목청 높여 불렀다. 그런데 안타깝게도 그들이 숭배하고 신봉했던 '님'은 촛불로 타오른 국민의 뜻이 아니었다. 광주의 원혼도, 박종철도 아니었고, 만해 한용운이 결코 "보내지 아니하였으나" "차마 떨치고 갔던" 그런 '님'도 아니었다. 그들이 숭배했던 '님'은 무력으로 세계질서를 재편하려는 '제국의 힘'이었으며, 그들이 신봉했던 '님'은 경쟁에서 밀려나온 이들을 가혹하게 죽음으로까지 내모는 '시장의 힘'이었다. 그들의 건배는 제국의 힘과 시장의 힘만이 국익을 창출할 수 있다는 믿음을 확인하고, 그 힘에 대한 예속과 굴종을 다짐하는 결연한 의지의 표현이었던 셈이다.

정권의 위기를 막아준 국민들에게 그들이 너무나도 당당하게 내던진 첫마디는 부동산 원가공개라는 약속은 절대 지킬 수 없으며, 주택문제는 시장원리에 내맡기는 것이 바람직하다는 말이었다. 그 대신 제국의 병사들이 살 집은 고스란히 국민의 혈세를 털어 지어 바침으로써 시장원리는 비켜갔다. 그리고 국익을 위한 흔들림 없는 진군은 끝내 한 젊은 목숨을 끔찍한 죽음으로 몰고 갔다. 그들이 숭배하고 신봉했던 '님'을 위한 행진곡은 국민들의 귓가에는 장송곡이 되어 울려퍼진 것이다.

정부와 집권여당은 국민들에게 한 약속은 어길 수 있어도 국제사회의 약속만큼은 국익을 위해서 반드시 지켜야만 한다고 주장하고 있다. 어떤 희생이 뒤따르더라도 국익을 위한 진군은 절대 흔들림이 없을 것이라 주장하고 있다. 그러나 역사는 선명하게 기록하고 있다. 인류의 역사에서 국익은 단 한 번도 골고루 나눠진 적이 없으며 희생의 부담만은 언제나 힘 없는 국민들 몫으로 모두 돌아왔다는 사실, 그리고 평화와 재건은 결코 총칼의 힘으로는 이루어낼 수 없다는 사실을.

『영남일보』 2004.7.11. 영남시론

국익 앞에 점점 무기력해지는 우리들

　'국익'이란 무거운 낱말이 지금 우리들의 가슴을 무겁게 짓누르고 있다. 모든 생각들과 판단의 귀결점이 '국익'으로 모아지고, 언론매체에는 국익을 최우선으로 생각하는 애국자들이 그들 나름의 숭고한 사명감에서 우러나오는 열변들을 토하고 있다.

　침체된 경제를 살리기 위해서는 남의 나라에 더 많은 자동차와 휴대폰을 팔아야 하므로 농업의 구조조정은 '불가피한' 선택이라는 데도 불구하고 한 농민의 죽음을 빌미로 쌀 수입개방을 반대하며 도로를 점거하고 상여를 앞세워 시위를 벌이는 농민들은 도대체 어떤 사람들인가? 김순덕 『동아일보』 논설위원은 이들에게 국익에 보탬이 되는 길을 가르친다(『동아일보』 2003.9.19. 동아광장). "고인의 시신을 방패처럼[1] 내세운대도 예정된 쌀 개방은 뒤집히지 않"으니 "손바닥만한 땅을 암만 파봐야 남는 게 없는" (늙은) 소농들은 농사은퇴연금(이건 누가 주나?)을 받으며 따뜻한 아랫목에서 편안히 쉬어주시는 게 "여러 사람 살"려주는 길이라고.

주머니 속 작은 지갑에 칸칸이 꼽힌 채 지갑 주인의 능력을 과시하게 만들던 신용카드가 살인과 범죄의 카드로 변해버린 지 오래이지만 이 또한 내수 진작을 통해 경제를 살려 '국익'을 드높이려던 '불가피한 선택'이었으니 카드 남발에 따른 부작용은 국익을 위해 우리 사회 전체가 '불가피'하게 떠안아야 했던 작은 희생 아니겠는가? 이 사소한(?) 부작용을 트집 잡아 신용카드 규제조치를 말한다는 것은 국익에 반하는 것이기도 하고, 언론학자의 견해를 빌리면 "자유무역과 영업의 자유"를 부정하고, "경제의 국가 통제"를 주장하는 좌파들의 주장이 된다(『동아일보』 2003.9.18. 최정호 칼럼). 그래서 신용카드 부양책을 비판하는 목소리에 대해 경제 부총리는 지금 "신용카드 완화책을 쓰지 않으면 우리 경제가 결단" 난다며 국익에 기대어 호소하고 있다.

산업·경제 발전을 위해 값싼 전기가 안정적으로 공급되어야 하는 것은 상식에 속하는 일일 테고 그러기 위해서는 원자력발전이 계속되어야 하는 것은 우리 현실에 비추어 '국익을 위한 불가피한 선택'인데, 원자력발전소를 가동하다 보면 방사선 폐기물이 발생하는 것 또한 불가피한 과정일 터. 그러면 방사선 폐기물을 처리하기 위해서 특정지역을 선

---

1   2003년 9월 10일 멕시코 칸쿤의 제5차 세계무역기구(WTO) 회의장 앞에서 한국의 농민 이경해 씨가 농업 개방 반대를 주장하며 자결하는 사건이 있었다. 농민단체가 그의 상여를 앞세우고 항의시위를 펼친 사건을 가리키는 것이다.

정해야 하는 것은 '국익을 위해서 불가피한 선택'임에도 이를 정면으로 거부하고 집단 행동을 일삼는 부안 군민들의 행동은 철저히 국익에 반하는 행동인 이상 공권력을 동원하여 다소 무리하게 진압을 한 것 또한 국익을 위한 불가피한 선택이었을까? 정부 정책은 물론 대통령의 생김새까지 트집을 잡던 야당이 국익을 위한 정부의 '불가피한 선택'에 대해서는 한결같이 입을 다물고 있다.

'국익을 위한 불가피한 선택'의 완결판은 아마 이라크 파병일 것이다. 파병의 명분을 둘러싸고 온갖 고담준론들이 펼쳐지고 있는데 가장 뚜렷한 반대 명분은 "왜 우리 젊은이들이 명분도 없는, 남의 나라 전쟁판에 끌려가서 목숨을 잃어야 하는가" 하는 것일 테고, 이 물음에 자신 있게 답을 할 수 있는 사람은 없을 것이다. 여기에 해결사로 자처하고 나온 사람이 바로 김종필 자민련 총재이다. "원래 군인은 사상(死傷)의 위험이 있다. 그렇지 않으면 뭣 하러 군인이 되느냐?"(『프레시안』 2003.10.8)

김종필 총재는, 만삭의 배를 감싸쥐고 퉁퉁 부어오른 다리를 끌며 열 몇 시간씩 비행기를 타고 원정출산을 가는 산모들이 "뭣 하러" 그 짓을 하는지 진정 모르지 않을 것이다. 이 땅의 대다수 젊은이들에게 군인의 길은 '선택'이 아니라 '의무'이며, 누구나 피할 수만 있다면 피하고 싶은 의무인 것을 "뭣 하러" 군인이 되었냐고? 실체도 없는 '국익'을 내세우며 벌써 퇴출되었어야 할 노(老) 정객이 젊은이들에게 죽으러 가라고 등 떠미는 세상에 살고 있다.

지금 '국익' 앞에 우리는 한없이 작아지고 있다. 많은 자칭 애국자들이 다른 선택의 여지를 차단해놓고 '국익'이란 몽둥이를 휘두르며 선

택하라고 강요하고 있다. 불가피한 선택? 선택이란 표현을 쓰기 위해서
는 최소한 두 가지 이상의 대안을 열어놓아야 하지 않은가?

인도주의실천의사협의회 『뉴스레터』 16호(2003.10)

진군의 북소리도 없이……

　기어코 가버렸다. 가려거든 "우리를 밟고 가라" 했더니 보라는 듯이 짓밟고 가버렸다. 2004년 3월의 밤하늘을 밝혔던 그 수많은 촛불들을 한 숨에 훅 불어 꺼버리고 떠나버렸다. 죽음의 땅으로 떠나는 전사들은 꼭 살아 돌아오라는 눈물 섞인 배웅 한번 제대로 받지 못했고 진군의 북소리와 나팔소리조차 듣지 못했다. 군 통수권자인 대통령과 여당의 의장, 그리고 많은 국민들까지 가마솥 더위를 피해 느긋한 휴가를 즐기고 있는 틈에 병사들은 새벽 공기에 몸을 숨긴 채 먼길을 떠나고 말았다.

　그렇게 보낼 수밖에 없었다면, 살려 달라 몸부림치던 한 젊은이의 간절한 호소를 싸늘하게 외면하며 테러에 결코 굴복하지 않겠노라 객기를 부리던 그들에게, 정작 "테러를 응징하러" 떠나는 전사들의 모습은 왜 이렇게 비굴하고 초라해야만 하는지 소상히 설명을 들었으면 좋겠다. 대한민국이 전범국가의 대열에 들어서는 치욕을 감수하면서까지 그들이 신주단지 모시듯 챙기려 했던 '국익'의 실체가 무엇인지를 이제는 좀 자상하게 설명해주었으면 좋겠다. 그러나 우리는 이 순간에도 아무것도 볼 수도, 들을 수도 없다. 대통령도, 집권여당의 대표도 말이 없다. 염천의 하늘 밑에서 목숨을 건 단식을 하다 쓰러진 소수 야당 대표의 간곡한 면담요청에 대해 청와대는 아무런 대꾸도 하지 않았다. 정부·여당과 사생결단을 낼 듯이 싸우던 언론들도 정부의 보도자제 요청 한마디에 다소곳이 꼬리를 내리면서 상생의 관계로 태도를 바꿨다. 그리하여 국익의 실체는 여전히 짙은 안개 속에 휩싸인 듯 도무지 그 모습을 종잡을 수 없는데, 정작 지금 우리 앞을 가로막고 서 있는 현실은 죽음의 위협이요, 점점 깊어지는 절망의 골이다.

이슬람의 무장세력은 맨몸인 대한민국 국민들의 목을 사방팔방에서 겨누고 있다는데 청와대와 정치권은 허깨비 같은 유신의 망령과 싸움질만 해대고 있다. 그러나 어처구니없게도 시대는 유신으로 거슬러 올라가고 있다. 여행의 자유가 제한되고 보도 통제가 이루어짐으로써 국민의 알 권리가 무시되고, 파병 반대의 목소리는 경찰 방패에 가로막혀 있지 않은가? 헌법재판소는 유신시대 때나 들을 수 있을 법한 '통치행위'라는 이유로 우리 헌법이 부정하고 있는 침략전쟁을 강행한 대통령의 결정에 손을 들어주었다.

그런데 이런 정부·여당이 과거 청산을 부르짖고 있다. 자신의 임기 중에는 일본에 대해 과거사 문제를 거론치 않겠다는 대통령의 아량과는 달리, 집권여당의 의원들은 군부독재시대는 물론 일제강점기의 친일문

제까지 청산하겠다며 소매를 걷어붙이고 있다. 일제의 침략전쟁을 미화
하고 이에 부역하며 우리 민족을 핍박했던 이들의 죄상을 단죄함으로써
뒤틀린 역사를 바로잡겠다는 것이다. 혼란스럽다. 국민들의 생명을 벼
랑 끝으로 내몰면서까지 미국의 침략전쟁에 부역하고 있는 이들이 무슨
명분으로 일제 침략전쟁의 부역자들을 단죄하겠다는 것인지 정말 혼란
스럽다. 그들의 과거사 청산 의지가 진정으로 올곧은 역사의식에 뿌리
를 두고 있는 것일까? 그렇진 않은 것 같다. 일본 총리를 만난 집권여당
의 대표는 친일청산법은 순전히 국내용일 뿐이라고 설명했다. 일본에
이어 중국까지 한반도 역사를 노략질하고 있는 이 다급한 상황에서, 여
당 대표는 이국 땅에서 국내와 국외의 역사를 구분하는 외교수사를 늘
어놓고 있다. 국내에 청산되어야 할 과거사가 있다면 그 뿌리는 국외까
지 뻗어 있다는 사실이 우리 역사의 비극 아니겠는가? 그 뿌리를 제대
로 잘라내지 못했기에 국외에서 불어오는 침략전쟁의 광풍에 우리가 휩
쓸려가고 있는 것이다. 총 한 자루에 목숨을 의지한 채 전쟁터로 떠나는
병사들을 위해 진군의 북소리 한번 울려주지 못했던 것은 그래도 부끄
러운 일인 줄은 알았기 때문일까? 부끄러운 줄 안다면 더 이상의 희생
이 생기기 전에 돌아오게 해야 한다. 그것이야말로 진정한 과거사 청산
의 첫 걸음이다.

『영남일보』 2004.8.28. 영남시론

국익(國益)과 인의(仁義)
— 지금은 철군을 이야기해야 할 때다

　　노무현 대통령이 기어이 '추가파병'을 결정하고 말았다. 럼스펠드 장관이 뜨악한 표정을 지으면서도 한국정부의 결정을 존중하며 감사의 뜻을 표현한 것에 대해 참여정부의 탁월한 외교력의 성과라고 자찬하며 이 정도 수준에서 미국과 합의를 이루어낸 것을 다행으로 여길 수 있을 지는 아직 불확실하다. 미국의 부시 대통령이 이라크 과도정부 구성과는 무관하게 이라크에서 떠나지 않겠노라고 분명히 선언한 이상(「부시, "미군 이라크 안 떠난다"」, 『매일신문』 2003.11.18), 상황에 따라 한국정부에 대해 또 다른 추가 조치를 요구할 가능성은 얼마든지 있다. 만약 미국이 몇 개월 뒤 또 다른 요구를 해온다면 노무현 대통령은 국민들에게 또 어떤 이야기를 늘어놓을지. 그리고 파병된 우리 병사들은 언제쯤, 어떤 방식으로 안전하게 철수할 수 있을 것인지, 철수 과정에서는 미국의 눈치를 살피지 않아도 될 것인지…….

이번 추가파병 결정으로 제동장치 풀린 자동차가 가파른 경사길을 구르며 가속도가 붙듯 우리는 부도덕한 침략전쟁의 늪 속으로 깊숙이 빨려 들어가기 시작했다고 보아야 할 것이다. 하지만 "국익을 위한 불가피한 선택"이라고 호소하는 정부의 딱한 처지도 이해 못할 바는 아니다. 약소국가의 업보라고 자학하며 참아 넘길 수도 있다. 그러나 내 입에 들어갈 떡 한 덩어리를 위해 남의 상처에 소금가루를 뿌려대는 야박한 심성으로 챙기고자 발버둥치는 '국익'이란 것이 도대체 어떤 것인지 종잡을 수가 없다. 국익을 최대한 고려하여 신중하게 결정하겠다던 대통령도, 최선의 국익을 위해 국론을 한 방향으로 모아 대규모 파병을 하자고 부추기던 일부 언론들도 '국익'의 실체가 무엇인지에 대해서는 아무런 설명 없이 '미국'이라는 환영에 대해 막연한 공포감만을 조성하고 있다. 진정 이슬람 저항세력의 테러 위협을 감수하면서까지 사지(死地)에 우리의 젊은 병사들을 몰아 넣어야만 하는 이유가 무엇인가?

미국에 진 부채를 갚기 위해서인가? 양상훈 『조선일보』 논설위원은 우리나라는 미국이 제공하는 공짜 점심을 먹으며 성장해온 나라이기에 그 빚을 갚기 위해 당연히 파병을 해야 한다고 주장한다(「공짜 점심은 끝났다」, 『조선일보』 2003.9.16). "미국이 막대한 피와 돈을 들여 만든 안보우산 아래서 우리 시장 문은 닫아건 채 외국 시장엔 우리 물건을 소나기식으로 내다 팔아서 먹고 살"았고, 외교도 "미국을 시쳇말로 빽으로 활용"해온 터에, 미국이 이제 공짜 점심에 대한 대가로 "이라크 한 지역을 맡을 수 있는 사단급 전투부대" 파견을 요구하고 있으니 지금까지 먹은 공짜 점심값을 지불하는 것이 당연하지 않느냐는 것이다. "미국을 빽으로 활용"하며 미국이 주는 '공짜 점심'을 얻어먹은 사람들이 얼마나 되는지는 몰라도 우리 국민을 전부 거지로 보지 않는 이상 이런 글은 차마 쓰지 못한다.

1950년 한국전쟁에서 가장 많은 피를 흘린 사람들은 한국인이었고, 전쟁이 끝난 뒤 미군이 던져주던 공짜 껌이며, 초콜릿, 캔디, 씨레이션을 얻어 먹던 아이들은 자라서 청년이 된 뒤 베트남 정글에서 수도 없이 죽어갔으며, 살아 돌아온 이들은 아직도 절뚝거리며 이 병원, 저 병원을 헤매다니고 있다. 우리 물건 내다 팔아 몇 푼 건진 덕택에 반만년 한민족의 역사와 전통을 지탱해오던 농업은 처참하게 무너지고 농민들은 빈사상태 빠져 허덕이다가 낯선 이국 땅에서 스스로 목숨을 끊는 지경에까지 이르렀다. 무슨 빚이 더 남아 있다는 것인지 알 수가 없다. 50년의 세월이 넘도록 주권국가의 영토에 제멋대로 철조망을 쳐놓은 채 돈 한 푼 내지 않고 활개 치며 사는 것도 모자라 알토란 같은 여중생 둘을 장갑차로 깔아뭉개 죽여도 낯빛 하나 변하지 않는 미국에 대해 한국사람들이 받아야 할 빚은 천만금으로도 모자란다.

미국의 공짜 점심을 얻어먹고 미국의 '빽'으로 호가호위(狐假虎威)하던 사람들이 그 빚이 마음의 짐으로 남아 있다면 성전(聖戰)에 참여하기 위해 사지를 제 발로 찾아가는 이슬람 전사들을 본받아 스스로 짐 싸서 총 들고 떠나면 될 터이다. 공짜점심 먹은 사람들은 따로 있는데 왜 애꿎은 젊은이들이 증오와 분노로 눈빛이 이글거리는 이라크 저항세력의 총알받이가 되어야 하나?

한발 더 나아가 방형남 『동아일보』 논설위원은 우리 젊은 군인들의 생명과 국민의 세금을 재벌기업의 비자금 수준으로 착각하고 있는지 국내 선거판의 추악한 관행을 미국의 대선에까지 원용하려 한다(「부시 재선 도박」, 『동아일보』 2003.10.30). "우리가 부시의 가장 큰 골칫거리인 이라크 문제 해결을 위해 화끈하게 나섰는데 그가 재선에 성공하면 왜 논공행상이 없겠는가"라고 하면서, "불안한 조짐이 없는 것은 아니지만 대세는 부시의 승리 쪽으로 기울고 있"으니, "어차피 도박이라면 유리한 쪽에 거는 법"이라며 미국의 입맛에 맞는 대규모 전투병 파병을 선동질하고 있다. 방 논설위원의 눈에는 한국의 젊은이들이 도박판의 판돈 정도로 보이거나, 한국정부가 미국 선거판의 브로커 정도로 생각되는 모양이다. 게다가 그가 주장하는 부시대세론조차 정확한 것이 아니다. 논설위원이 자기 회사 신문도 제대로 살피지 않고 글을 쓰는지 같은 날짜 『동아일보』 국제면에는 부시 대통령이 재선 실패의 위기에 처해 있다는 기사(「부시 또 다시 가문의 악몽」, 『동아일보』 2003.10.30)가 큼지막하게 실려 있었다.

『중앙일보』는 현지 미국인을 동원하여 "사단 규모의 파병은 국제사회에서 한국의 위상을 획기적으로 높"이는 한편, 국제사회에서 한국이 글로벌플레이어(Global player)로 부상할 수 있다"(「파병 큰 그림 놓치면 안된다」, 『중앙일보』 2003.11.16)며 정부를 유혹하다가, 추가파병이 3천명 수준으로 결정이 되자 군부를 향하여 "권력이 한마디 하면 꼼짝 못하고 벙어리"가 되는 나약한 집단은 "정치에, 권력에 예속"될 수밖에 없으므로 60만 대군의 최고책임자인 국방부 장관이나 합참의장이 물러남으로써 군인으로서 명예가 무엇인지를 후배들에게 가르치라고 일갈하고 있다(문창극 「국방장관은 물러나야」, 『중앙일보』 2003.11.17). 군통수권자인 대통령에 대해 군의 항명을 부추기고 있는 것이다.

다 좋다. 그러나 장황한 주장들 그 어디에도 '국익'의 실체는 보이지 않고 "감히 미국의 요구를 거부하려 하다니……" 수준 정도의 내용밖에 찾을 수가 없다. 그 미국의 요구란 것이 도대체 무엇인가. 아무 명분도 없는 부도덕한 침략전쟁에 동참하라는 일방적인 강요 아닌가.

부시 대통령은 얼마 전 "이라크서 도망치지 않겠다"며 결의에 가득 찬 발언을 했다(「부시, "이라크서 도망치지 않겠다"」, 『조선일보』 2003.11.5). 반면 이라크 저항세력은 결코 "물러서지 않겠다"는 표현을 쓰고 있다. '도망'이란 표현과 '물러서지 않는다'라는 표현의 차이에서 이라크 전쟁의 성격은 분명하게 드러난다. 불의에 저항하고 있는 것은 이라크의 저항세력이고 도망이란 표현을 써야 할 만큼 긴박하고 옹색한 처지에 내몰려 있는 것이 바로 미국이며, 부시 대통령 스스로 '도망'이란 말을 입에 올린 것 자체가 이 사실을 인정하고 있다는 말일 것이다.

이런 부도덕한 침략전쟁에, 아무런 명분도 없는 전쟁에, 언제 끝날지 앞날을 예측조차 하기도 힘든 전쟁에 헌법 정신과 국제법을 위반해가면서까지 파병을 하려 하는 노무현 대통령의 깊은 뜻을 도무지 헤아릴 길이 없지만, 이를 비판하며 말리지는 못할 망정 막무가내로 대규모 파병을 주장하는 언론들은 도대체 어느 나라의 언론인지 묻지 않을 수 없다. 게다가 이라크 파병이 헌법 정신에 위배된다는 의견서를 제출한 사법 연수원생들의 행동에 대해 "세상이 법대로 된다면 법이 있을 필요

가 없겠지……"라고 빈정대며 헌법을 재활용 쓰레기통에 버려진 헌책
에 괴발개발 적힌 내용 정도로 여기는 언론이 있을 정도이니(『매일신문』
2003.11.13. 관풍루).

> "왕께서는 어째서 이(利)에 대해서만 말하십니까? 진정으로 중요한 것은
> 인의(仁義)가 있을 뿐입니다."

이 말은 양나라 혜왕이 맹자를 접견하고서 맹자처럼 유명한 석학이
먼 길을 찾아 양나라에 와 주었으니 앞으로 양나라에도 엄청난 이익이
있지 않겠느냐는 혜왕의 질문에 대한 맹자의 답이다. 럼스펠드 장관이
태평양을 건너 이역만리 길을 마다 않고 한반도를 찾아왔다. 그가 방한
함으로써 우리가 어떤 이익을 챙기게 되었는지는 관심사항이 아니다.
이(利)를 좇다 인의(仁義)를 저버림으로써 인류의 역사에 부끄러운 기록
을 남기기 전에 노무현 대통령은 추가파병 계획을 철회하고 지금 이라
크 현지에 남아 있는 우리 젊은이들을 불러들일 차비를 해야 할 것이다.
대통령이 그렇게 집착하고 있는 그 이(利)가 무엇인지조차 제대로 설명
하지 못하고 있는 상황에서…….

참언론대구시민연대 '참언론참소리' 2003.11.19.

침략과 진출의 차이

    아프가니스탄에서 인질로 잡혀 있던 한국인들 가운데 풀려난 두 명의 여성이 귀국했다. 저승 문턱에서 다시 이승의 문을 열고 되돌아온 상황이지만 마냥 기뻐할 수도 없는 그들의 처지가 안쓰럽다. 이미 허망하게 두 젊은 목숨이 희생된 데다가, 아직 아프가니스탄에 남아 있는 동료들의 운명이 어찌될지 가닥을 잡을 수 없는 형편이니 고국의 하늘 아래 안착했으면서도 속은 여전히 시커멓게 타들어가고 있을 것이다.

    몇 해 전 이라크에서 납치 살해되었던 김선일 씨 사건과 달리 정부가 적극적으로 대응하여 지금까지 더 이상의 희생이 생기지 않도록 한 것은 다행스러운 일이다. 하지만 앞으로 진행될 탈레반과의 협상에서 정부가 선택할 수 있는 수단이 그리 많지 않고, 시간이 흐를수록 한국인 인질의 문제는 국내외에서 꼬리를 물고 일어나는 여러 사건들 중의 하나로 묻혀버릴 가능성이 높다. 사건의 장기화는 납치·억류되어 있는 사람들은 물론 가족들에게는 가장 절망적인 상황이 되는 셈이다. 사실 두 여성이 생환한 뒤로 국내 언론매체에서 아프칸 인질 문제에 대한 보도비중이 확연히 줄어들었음을 분명히 느낄 수가 있다. 지난 주말 탈레반이 인질의 추가살해 가능성을 언급한 것은 국내의 이런 분위기를 감안한 압박이 아닐까 싶다.

그런데 지금 아프가니스탄에 납치·억류되어 있는 한국인의 무사귀환이란 지상의 목표를 달성하기 위해서, 그리고 또 다른 납치사건이 재발하지 않도록 하기 위해서는 무엇보다 왜 한국인들이 국제 분쟁지역에서 납치의 표적이 되고 있는가를 살펴야 할 것이다. 물론 현지 사정과 지역주민의 정서를 고려치 않은 무모한 선교 활동에 대한 개선책을 마련하는 것은 기독교계의 몫이겠지만, 국제 분쟁지역 곳곳에 우리 군대가 파병되어 있다는 사실을 무시할 수가 없다.

세계문화유산으로 등재되어 있는 원폭 돔에 나란히 붙어 있는 히로시마평화기념관에는 일제의 한반도 '강점'이 한반도 '진출'이라고 분명히 기록되어 있다. 우익세력이 편찬한 교과서도 아니고 국제적 관광명소로 자리매김된 히로시마평화기념관에 붙어 있는 설명이다. 게다가 핵폭탄 피폭으로 말미암은 피해 사실만 줄줄이 늘어놓았을 뿐, 전쟁 중에 일본군대가 저지른 만행과 가해의 흔적은 어느 한 귀퉁이에도 전시되어 있지 않다. 또 일본은 그들이 도발한 태평양 전쟁에 대해서는 서구 열강의 침략으로부터 아시아 여러 국가를 보호하기 위함이라고 설명하고 있다. 여기에 식민지 근대화론까지 받아들인다면 일본은 한국에 대해 침략전쟁을 도발한 가해국가가 아니라 은혜로운 국가가 되고 만다. 우리 국민들 중에 이런 일본의 역사관과 전쟁관을 받아들일 사람이 얼마나 될까?

정부는 이라크에 파견된 자이툰 부대는 전투를 목적으로 하는 것이 아니라 치안유지가 목적인 평화유지군이며, 아프가니스탄에 파견된 동의부대 역시 전투를 하는 것이 아니라 재건활동과 의료구호활동을 펼치고 있음을 강조하고 있다. 그러나 이라크 파병 당시 파병반대 여론을 무마하기 위해 정부는 국익을 위한 결정이라고 해명하면서, 그 국익에는 이라크 재건사업에 국내기업의 진출을 돕기 위한 목적도 있음을 분명히 했다. 이런 진출을 이라크나 아프가니스탄 현지인들이 은혜로운 국가의 '진출'로 받아들일지, '침략'으로 받아들일지는 지난 일제강점기 때 우리의 아픈 역사를 되돌아보면 쉽게 알 수 있을 것이다.

탈레반 지도자 물라 오마르가 다시 성전을 독려하고 나섰다. 납치되어 있는 한국인 인질의 목숨이 다시 위태롭게 되었지만 현지에 파견되어 있는 우리 젊은 장병들의 안전도 장담할 수 없는 형편이 되어버렸다. 연말까지 아프가니스탄에 파견되어 있는 동의부대를 철군한다는 정부의 약속은 반드시 지켜져야 할 것이고, 이라크를 포함한 여러 분쟁지역에 파견되어 있는 한국군의 철군 역시 서둘러야 할 것이다. 이라크전을 도발한 미국 내에서조차 철군 압력이 거세지고 있는데 뚜렷한 명분도 없이 침략전쟁에 동참한 한국정부는 무고한 국민들의 희생이 잇따르고 있는데도 철군 문제에 대해서만큼은 태평스럽기 짝이 없는 것 같다.

『국제신문』 2007.8.22. 시론

3·1절 기념사와 과거사

　　86주년 3·1절 기념식에서 노무현 대통령이 일본정부에 대해 한·일 양국의 과거사에 있어 "진심으로 사과하고 배상할 일이 있으면 배상하라"고 요구하자, 일본정부는 한국의 정치상황을 고려한 '국내용' 발언일 것으로 짐작한 것 외에 별다른 반응을 보이지 않고 있다. 일본의 침략전쟁으로 한국 국민이 입은 피해에 대해서는, 보통 사람들이 쉽게 알아듣지 못할 애매한 표현이긴 하지만 몇몇 총리뿐 아니라 일본 왕까지 나서서 두루뭉술한 유감의 뜻을 밝힌 바 있고, 또 1965년에 한일협정이 체결되면서 '보상'까지 할 만큼 했다는 게 일본정부의 일관된 태도이다. 그런데 노무현 대통령은 역대 대통령과는 달리 일본이 저지른 전쟁범죄를 분명히 지적하는 '배상'이란 표현을 했다.

　　일본은 왕의 부름을 받아 왕을 위해 죽는 것을 영광으로 알고, 그리하여 왕의 나라를 확장하기 위한 전쟁에서 죽어간 수많은 전몰자들을 정부는 물론이요, 온 국민이 신(神)으로 떠받들어 모시는 나라다. 무려 246만여 명이 되는 전쟁의 신들을 모셔놓은 야스쿠니 신사에는 태평양전쟁의 A급 전범자들까지 합사되어 있고, 야스쿠니 신사는 이 전범을 '연합국 측에 의해 일방적으로 처형된 순난자(殉難者)'로 표현하고 있다. 일본인의 의식세계에서 일본은 태평양전쟁의 피해자이지 결코 가해자는 아닌 셈이다. 오로지 세계 유일의 원자폭탄 피폭국인 사실만을 안타까워하고 억울해 할 뿐이다.

일왕을 위해 기꺼이 죽음의 길로 내닫던 가미카제 특공대원의 영정 앞에서 눈물을 쏟으며 힘들 때마다 특공대원의 수기를 읽고 마음을 다잡는다는 고이즈미 총리가 한국 대통령의 말 몇 마디에 쉽사리 반성의 뜻을 밝히진 않을 것이다. 게다가 일본정부는 침략 사실 자체를 아예 부정하며 한반도 강점을 진출이라 표현하고 있지 않은가.

대통령의 기념사 중에 또 하나 우리가 주목해야 할 것은 한일협정 체결과정에서 정부의 잘못이 있었음을 대통령이 스스로 인정한 대목이다. 한·일 양국의 과거사를 바로잡는 일은 일본정부뿐 아니라 한국정부의 성의있는 노력도 반드시 필요하다. 일본의 침략전쟁으로 깊은 상처를 안은 채 하루하루 힘겹게 살아가고 있는 전쟁 피해자들의 원한과 분노를 어루만져주어야 할 일차 책임은 우리 정부에 있으며, 이 땅 곳곳에 드리워져 있는 친일 잔재를 걷어냄으로써 주권국가의 자존심을 지켜내야 할 책임 또한 정부의 몫이다. 이런 책임을 방기해왔던 것도 모자라 피해자들의 개별 청구권마저 강탈하다시피 한 한일협정의 내막이 무엇인지가 먼저 철저하게 규명되어야 한다. 도대체 무슨 밀약이 있었기에 일본 대사가 한국의 수도 한가운데서 "독도는 일본 땅"이라는 망언을 대담하게 거침없이 할 수 있는지도 속속들이 밝혀져야 한다. 대통령이 정부의 잘못을 인정했으면 그 잘못을 국민 앞에 고백하고 바로잡는 일은 정부·여당의 몫이다. 이것은 일본정부의 반성과는 별개의 문제다.

하지만 정부·여당은 과거사진상규명법을 지난해 12월에 반드시 처리하겠다는 약속을 뒤집고 올 2월 임시국회로 미루더니, 이번에는 경제사정을 핑계로 미적거리다가 야당이 행정도시특별법을 통과시켜주는 대가로 또 다시 4월로 미뤄버렸다. 야당을 어르고 달래는 흥정 수단으로 과거사를 이용하고 있는 것이다. 4월에 가서는 또 무슨 핑계를 만들어낼까. 일본 총리가 노 대통령의 발언은 국내용일 것이라며 큰 무게를 두지 않았던 이유가 과거사를 정쟁의 수단으로 삼고 있는 한국 정치인들의 행태를 미리 간파하고 있었던 탓일지도 모른다. 여기에 우리 외교부장관은 "한일협정 재협상은 비현실적"이란 발언을 하여 그들의 판단에 힘을 실어주고 있다. 우리 국민으로서는 기약도 없는 일본정부의 반성과 사과를 하릴없이 기다리기보다는 과거사를 놓고 정쟁이나 흥정을 일삼다 못해 국회에서 난투극까지 벌이는 국회의원들의 진심어린 반성과 참회를 촉구하는 것이 더 시급한 과제일 것 같다.

『영남일보』 2005.3.5. 영남시론

일본의 망상과 자신감

1945년 8월 15일, 태평양전쟁의 주범인 히로히토 일왕은 종전 선언을 하고 난 뒤 그로부터 한 달이 채 지나지 않은 9월 초순에, 공습을 피해 산 속에 피신해 있던 아키히토 왕자에게 종전의 이유를 설명하는 편지를 써 보낸다. 그 편지에서 히로히토는 패전의 원인을 군부의 무능과 거만함 탓으로 돌리면서, 자신은 "세 가지 신기(神器)를 보존"하는 한편, 일본 국민을 구하기 위하여 "눈물을 머금고" 전쟁을 멈출 수밖에 없었다고 했다. 사실 일본은 태평양전쟁에서 연합국 측에 항복하지 않았다. 히로히토의 종전 선언문은 "예외적인 조치를 동원하여 현 상황을 안정"시킨다는 말로 시작하여, "모든 신민은 먼 장래를 내다보면서 강토의 영속성에 대한 굳건한 믿음"을 가지자는 호소로 마무리된다. 항복이나 패배란 표현은 그 어디에도 없다.

일왕이 말한 예외적인 조치는 현실로 나타난다. 히로히토는 전범으로 기소조차 되지 않았고, 천수를 누리다 1989년에 세상을 뜬다. 악명 높은 731부대의 지휘관이었던 이시이 시로 준장은 전범으로 처벌받기는커녕 전후 일본의 각종 연구소와 대학에서 교수로 활약하다가 암으로 삶을 마감했다. 전범으로 기소되어 사형이 집행된 사람은 도조 히데끼 수상을 포함하여 겨우 7명에 불과하다. 2차 세계대전에서 일본군이 저지른 만행에 비추어볼 때 미국의 전후처리 과정은 히로히토의 말처럼 "예외적인 조치"였던 것은 분명하다. 그 덕택에 히로히토는 악독한 전쟁범죄를 저질렀음에도 아무런 처벌도 받지 않고 '세 가지 신기'를 그의 아들에게 온전히 대물림할 수 있었다.

일왕의 세 가지 신기는 태양의 신 아마테라스 오미카미의 자손이라는 일본의 1대 진무왕의 적통을 이어받고 있음을 증명하는 구슬〔曲玉〕과 청동거울〔銅鏡〕과 칼〔七枝刀〕이다. 그런데 이 유물들은 일본사람들이 믿고 있는 것처럼 하늘(?)에서 내려온 것이 아니다. 곡옥은 신라와 백제의 장신구를 보면 어지러울 정도로 주렁주렁 매달려 있으니 한반도에서 건너간 것이 틀림없음을 알 수 있을 것이다. 또 일본의 고분에서 청동거울이 발굴될 때 백제 유물이 함께 쏟아져 나왔다 하니 이 역시 백제에서 건너간 것으로 보아도 무리는 없을 것이다. 신성한 칼이라 하여 한 번도 일반에 공개되지 않았다는 칠지도는 백제 근초고왕의 하사품이다. 근초고왕으로부터 칠지도를 하사 받아 일본을 정벌하여 백제의 속국으로 만들고 통치자의 위치까지 오른 사람은 백제계 왕족으로 알려져 있다. 그렇다면 일왕의 정통성을 증명하는 신기를 처음 내려준 인물이 누구일지는 쉽게 짐작할 수 있다. 하지만 일본은 칠지도가 백제가 일본의 속국이 되면서 백제왕이 헌상한 것이라 거짓주장을 하고, 곡옥을 일본말 '마가 다마'라는 고유명사로 만들어 일본만이 가진 세계 유일의 고미술품이라 떠든다. 일본의 역사는 고대사부터 이처럼 거짓으로 가득 채워져 있다.

이런 일본에 대해 우리는 어떻게 대응해왔는가? 영·호남을 갈라놓고 반사이익을 누려왔던 군사독재정권의 실력자들이 백제의 역사를 의도적으로 무시한 적은 없었던가? 일본은 항복한 적도 없고 패배를 인정하지도 않았는데, 우리만 일본의 항복으로 해방되었다며 들떠 있었다. 일제의 식민지가 된 것은 축복이었다고 떠들어대는 교수를 명예교수로 떠받들어 모시던 대학도 있다.[1] 국민의 혈세로 녹을 받는 국립대학 교수가 정신대는 자발적인 매춘행위였다고 당당하게 주절거릴 수 있는[2] 곳이 바로 일본으로부터 해방되었다는 한국이다.

일본은 지난 60년 동안 그야말로 '예외적인 조치'를 통해 전쟁을 잠시 멈추었을 뿐 팔굉일우(八紘一宇)의 망상을 포기한 것이 아니었다. 죽은 히로히토의 망령이 흔들어대는 칠지도가 다시 한국을 겨냥하고 있다. 일왕의 충성스런 신민들은 자신있는 모습으로 너무도 당당하게 한국의 영토를 또 다시 침탈하려 하고 있다. 일본 관동군 헌병 출신에 김

---

1   2005년 3월 한승조 고려대 명예교수는 "일본의 한국에 대한 식민지 지배는 불행 중 다행이며, 오히려 축복해야 할 일"이라는 요지의 글을 일본의 우익 성향 월간지 『세이론(正論)』 4월호에 게재하여 국내에 큰 파문이 일어난 적이 있다.
2   2003년 10월 경, 서울대 경제학부 이영훈 교수가 한 방송사 토론 프로그램에서 공개적으로 "일제시대 정신대가 조선총독부의 강제동원이 아니라 한국인의 자발적인 참여로 이뤄진 상업적 공창"이었다는 발언을 하여 큰 파문이 일었다.

구 선생 암살 배후로 지목되고 있는 인물을 국립묘지에 모셔 두는 나라를 일본이 왜 두려워하겠는가?

『영남일보』 2005.3.19. 영남시론

피폭 60년, 그 아득한 세월

2004년 말 원폭피해자 실태에 대한 국가인권위원회의 조사가 막바지에 이르렀을 때 대구적십자병원에 입원해 있던 할머니 한 분이 조용히 숨을 거두었다. 뇌졸중으로 수족을 움직이지 못하던 그 할머니는 아침저녁으로 만나는 의사에게 저승꽃이 활짝 핀 얼굴을 찡그리며 힘없는 웃음을 지어 보이는 걸로 늘 인사를 대신하곤 했다. 말문까지 닫혀버린 것이다. 병실을 지키던 며느리는 발을 동동 굴렀다. 일본 히로시마에서 할머니와 함께 피폭 당한 할아버지는 일찌감치 세상을 떠났고, 늙고 병든 할머니는 말문까지 닫혀 자신이 피폭자인 사실을 누구에게 이야기조차 할 수 없는 상태에서 그 생명은 밑바닥까지 타 내려간 촛불처럼 하늘거리고 있었기 때문이다. 결국 할머니는 원폭피해자로 살아온 60년의 아득한 세월을 자신의 가슴 속에만 담아놓은 채 세상을 하직하고 말았다. 역사의 증인이 또 한 사람 사라진 것이다.

2005년 현재 국내에 생존해 있는 피폭자들은 2천2백여 명. 1945년 히로시마와 나가사키에 원폭이 투하된 이후 당시 재일 조선인 중에서 가까스로 목숨을 구하여 귀국한 사람의 수는 2만3천여 명으로 추정하고 있다. 2만명 이상의 피폭자들이 일본정부는 말할 것도 없고, 한국정부로부터도 아무런 도움을 받지 못한 채 온갖 병마에 시달리다 비참하게 숨을 거둔 셈이다. 살아남은 사람들도 이제는 모두 60~70을 훌쩍 넘긴 나이에 갖가지 병고에 시달리며 인생의 황혼길에 접어들고 있다.

지금 이 순간에도 어딘가에서 세상과 작별을 하고 있는 원폭피해자들이 있을 것이다. 그런 병약한 노인들에게 일본정부는 "피해배상이 아니라 인도주의 차원"에서 배려를 할 테니 현해탄을 건너오라며 배짱을 부리고 있다. 이런 일본정부의 태도에 대해 우리 정부는 입을 꾹 다물고 있다. 정부 내에 원폭피해자 문제를 담당하는 전담 부서 하나 마련해 놓고 있지 않다.

피폭 한국인들의 참담한 삶에 대해 한국원폭피해자협회 곽귀훈 회장은 '징용으로 끌려가서, 피폭 당해서, 그리고 우리 정부가 방치함으로써' 3중의 고통에 시달려왔는데, 그 중에서도 제일 서러웠던 것은 피폭으로 만신창이가 되어 귀국한 사람들에게 한국정부가 아무런 조치도 하지 않음으로 인해 국적 불명의 미아상태에 놓여 있었던 것이라 했다. 광복된 지 60년의 세월이 지난 지금 정부는 원폭피해자들에 대해 어떤 조치를 하고 있는가? 여전히, 아직도 아무런 조치도 하고 있지 않다. 그나마 일부 피폭자들이 일본의 피폭자 원호법에 의해 건강수당을 받고 있는 것은 전적으로 일본정부를 상대로 한 원폭피해자들의 피나는 투쟁과 노력의 결과물일 뿐, 여기에 우리 정부는 아무런 역할도 하지 않았다.

그런데 원폭피해자들이 겪어야 했던 고통의 세월이 당대의 고통으로 끝나는 것이 아니라 소리 없이 대물림되고 있음이 여기저기서 드러나고 있다. 징용으로 끌려갔다 피폭으로 전신화상과 시력상실 상태로 귀국한 남편을 저 세상으로 먼저 보낸 뒤 온갖 풍상을 겪다가, 느닷없이 시력과 청력을 잃어버린 아들까지 수발하고 있는 한 할머니는 굵은 눈물을 뿌려가며 자신의 삶에 있어 마지막 남은 소원 하나를 이렇게 말했다. "나 죽고 나면 누가 있어 아들에게 밥이라도 떠 먹여 주겠냐?"며 자신이 죽기 전에 "아들이 먼저 죽어주는 것"이 소원이라고. 하지만 하늘은 할머니의 마지막 남은 소원마저도 쉽게 들어줄 것 같지 않았다. 할머니의 연세는 80 턱밑에 꽉 차 있기 때문이다.

더 이상 지체할 시간이 없다. 여기서 머뭇거리는 것은 쉼없이 흘러가는 세월의 강물에 전쟁 범죄의 흔적들이 하나 둘씩 떠내려가기만을 기다리고 있는 일본정부의 태도에 동조하는 꼴이 된다. 기다릴 만큼 기다렸고 그렇게 기다려온 세월이 60년이다. 일본의 침략전쟁으로 우리 민족이 입은 피해에 대해서 이제는 정부가 나서야 한다.

『영남일보』 2005.2.20. 영남시론

일상 속의 전쟁문화

　　우리는 '전쟁'이란 말이 결코 낯설지 않은 세상에 살고 있다. 보통 사람들이 발붙이고 살아가는 삶의 현장을 전쟁터라 부르고 하루 일과는 늘 전쟁에서 시작되어 전쟁으로 끝이 난다. 그래서 출근전쟁, 입시전쟁, 취업전쟁 등 여기저기서 '전쟁'이란 말이 쏟아져 나와도 별다른 거부감을 느끼지 못하고 있다. 미국의 언론이 참혹한 전장의 모습을 현지 중계함으로써 전쟁을 안방에서 TV를 보며 즐기는 오락수준으로 만들어버렸듯이, 우리는 온갖 언론매체에서 쏟아내는 '전쟁'이란 말에 익숙해지면서 전쟁을 흥미진진한 게임이나 불의와 폐습을 척결하기 위한 '결단' 정도로 착각하며 살아가고 있다.

　　독자들의 시선을 사로잡고 흥미를 유발하는 데는 '전쟁'이란 말만큼 매혹적인 말은 없는 듯하다. 거의 모든 언론매체의 스포츠면 기사는 전쟁용어로 도배되어 있고, 선수들은 늘 목숨을 걸고 전쟁터로 나서는 '전사'들로 표현된다. 한 낙농기업인의 성공사례를 '우유전쟁'이란 제목으로 연재하는가 하면(2003년 『중앙일보』 연재기사 「나의 우유전쟁」), 철거반과 세입자 사이에서 발생한 충돌을 전쟁으로 표현하는 것은 둘째치고(「상도동 철거반 세입자 살벌한 전쟁」, 『조선일보』 2003.11.29), 스스로 절제하고 보살핌으로써 얻어질 수 있는 건강마저도 전쟁으로 묘사할 정도이다(「콜레스테롤과의 전쟁이 시작됐다」, 『조선일보』 2003.10.22). 올해 입시 '전쟁'은 또 다른 양상의 한판 '전쟁'이 펼쳐질 모양이다(「눈치전쟁 더 치열, 고3 허탈」, 『조선일보』 2003.12.3).

『한겨레』 역시 '전쟁'이란 말의 유혹만큼은 쉽게 떨쳐내지 못하는 듯하다. 불법 오락실에 대해 검·경이 무기한 단속에 나서자, "검경 오락실과 전쟁 선포"라 보도했고(『한겨레』 2003.11.10), 서울교육청이 강남지역 학원들의 불법 영업을 강력 단속하겠다고 나섰을 때도 전쟁이란 제목을 달아 보도했다(「서울교육청도 강남학원과 전쟁 선포」, 『한겨레』 2003.11.14). 불법 과외를 전쟁하듯 다루어서 근절되리라 기대하는 사람은 아무도 없다. 오죽했으면 언론에서 세금이 아깝다고 빈정대기까지 하겠는가?(사설 「학원단속에 낭비하는 세금이 아깝다」, 『조선일보』 2003.11.29)

그뿐 아니다. 영화를 소개하는 기사에서는 부제를 내용과는 어울리지도 않게 "이혼전쟁 불붙다"로 붙이고, 조연배우의 역할을 '지원사격'이라고 표현했다(「이기적인 프랑스, 인간적인 미국?」, 『한겨레』 2003.11.21). 일부 신문사들의 불법 판촉행태를 고발하는 기사에도 '은밀한 전쟁'이란 제목이 붙어 있다(「신문지국 상품권 뿌리며 은밀한 전쟁」, 『한겨레』 2003.11.28). 노동자대회와 총파업을 둘러싼 보수언론의 보도 경향을 비판하는 기사에서는 어느 토론회에서 발제자가 분석한 내용을 소개하는 형식이긴 하지만 작전을 설명하는 군인의 삽화까지 곁들여가며 전쟁상황임을 암시하는 제목을 붙여 보도했다(「'고립-분열-섬멸' 군사작전?」, 『한겨레』 2003.11.14).

　이렇게 언론매체들이 전쟁용어를 남발함으로써 우리는 알게 모르게 전쟁에 대한 내성을 키우고 있다. 취업 '전쟁'과 입시 '전쟁'에서 패배한 젊은 생명들이 스스로 목숨을 끊는 일이 벌어져도, '전쟁'에서 일부의 희생은 당연하면서도 불가피한 현실로 받아들이듯 이들의 죽음에 큰 관심을 가지는 사람은 드물다. 이라크 현지에서 한국인 노동자들이 피살을 당하는 지경에 이르러서도 이라크 저항세력이 송전탑을 파괴하려는 과정에서 발생한 '우연한' 사건으로 몰고 가며, "파병 방침에는 변함이 없다"고 강변하는 정부를 우리가 무덤덤하게 쳐다볼 수 있는 것은 언론이 우리들의 일상을 전쟁문화 속에 가두어버렸기 때문은 아닌가.

『한겨레』 2003.12.5. 한겨레비평

군대의 전설

나의 입영이든, 친구의 입영이든 이 땅 젊은이들의 입영 전날 밤이 서럽고 비장했던 것은, 매캐한 담배 연기 속에 휩싸인 막걸리 잔들이 그토록 슬픈 맛이었던 것은, 마지막 노랫자락을 끝내 눈물로 그칠 수밖에 없었던 것은 단지 20대의 꿈과 사랑, 그리고 열정까지도 잠시나마 접어둘 수밖에 없는 아쉬움 때문만은 아니었을 것이다. 군문(軍門)으로 들어서는 발걸음이 그리도 무거웠던 것은 연방 헛기침해대며 다그치는 아버지도 아랑곳 않고 눈물만 쏟아 붓는 어머니가 불쌍해서만도 아니었을 것이다.

표정 없는 위병들의 눈빛이 소름끼치도록 무서웠던 것은 혈육들과 헤어진 채 홀로 남게 되었다는 외로움 때문만도 아니었을 것이다. 굶기지 않고 하루 세 끼 꼬박꼬박 밥 먹여주고, 옷 입혀주고, 적어도 얼어죽지 않을 만큼의 잠자리까지 마련해주는 군대. 운만 좋으면 늘씬한 연예인들의 라이브 공연도 공짜로 구경할 수 있는 군대. 남자가 인간이 되려면 반드시 갔다 와야 한다는 군대. 보름달 뜰 때 소리 죽여 "엄마……" 불러만 봐도 두 눈에 눈물이 주룩 흐르지만, 그래도 국방부 시계는 돌아가기에 '언젠가는'이라는 희망을 가질 수 있는 군대. 그런 군대가 이 땅의 젊은 가슴들을 무겁게 짓눌러 왔던 이유는 군문을 들어선 이들이 모두 신성한 국방의 의무를 마치고 무사히 건장한 모습으로 되돌아 나오는 것은 아니더라는 전설 같은 이야기들이 떠돌아다녔기 때문이다.

친구들과 〈이등병의 편지〉를 부르며 입영 전날 밤을 보내고 "부모님께 큰 절 하고 대문 밖을 나섰을" 여덟 명의 젊은 생명이 지금 피투성이 몸이 되어 그 부모들 앞에 널브러져 있다. 만져도 보고, 안겨도 보고, 업어도 보고 싶었던 엄마가 바로 곁에 있지만 말 한마디 건넬 수 없는 몸으로 그렇게 누워 있다. 잠시 접었던 젊은 날의 꿈들을 다시는 펼쳐볼 수 없는 상태로 말없이 누워 있다. 죽은 자 스스로도 무엇을 위한 죽음인지, 누구를 위한 죽음인지도 모른 채 그렇게 눈을 감고 있다. 전설 같은 이야기가 현실이 되고 말았다. 아니 오래 전부터 젊은이들 사이에서 전해져 오던 그 전설은 전설이 아니라 사실이었을지 모른다. 다만 겉으로 드러나지 않았을 뿐.

덧없이 죽어간 그 젊은 생명들을 향해, 한 지붕 밑에서 생사고락을 같이하는 동료들에게 총질을 해대고 폭탄까지 던진, 그 불쌍하리만치 잔인한 증오심이 불러온 이 참극을 향해 "오냐오냐하며 자라난 세대들이 양보하고 인내할 줄 몰라 생긴 참극"이라고 속 편하게 말할 수는 없다. 물론 내 자식은 남과 달라야 한다며 자식들을 오냐오냐하며 키우는 부모들이 있긴 있다. 하지만 적어도 그 부모들은 군문으로 걸어 들어가는 자식들이 눈앞에서 사라질 때까지 발돋움을 하고 서서 손을 흔들며 눈물 흘리던 그런 사람들은 아니다. 알토란 같은 자식을 미국사람 만들기 위해 국적포기 신고서를 들고 출입국관리사무소에 길게 줄을 서 있던 똑똑한 사람들이다. 그 부모들은 지금 무릎을 치며 자신의 선택이 옳았음을 기뻐하고 있을 것이다.

죽은 병사들, 진저리 치는 기억에 평생 가위눌리며 힘겹게 살아가야 할 살아남은 병사들, 그리고 주체할 길 없는 증오심으로 동료의 삶과 자신의 삶마저 스스로 망쳐버린 김 일병까지. 그들 모두 군 입대를 피하기 위해 조국을 버릴 정도로 염치없는 세대는 아니었음을 인정해야 한다. 지금 젊은 병사들은 "양보하고 인내할 줄" 모르는 게 아니라 남녀평등사회를 지향한다는 대의명분 때문에 청춘을 바친 대가마저 포기하도록 강요받았던 세대들이다. 젊은 병사들이 스스로를 자랑스러워하지는 못할지라도 절망만은 하지 않게 하고, 오늘의 이 참극을 먼 훗날 정말 믿어지지 않는 전설 같은 이야기로 만들어야 할 책임은 전적으로 군에 있다.

『영남일보』 2005.6.25. 영남시론

전쟁과 핵공포가 없는 세상을 위하여
— 한국사회의 원폭에 대한 인식과 원폭피해자 대책을 중심으로

1945년 8월 15일과 2005년 8월 15일

인류의 운명을 한순간에 절멸의 위기로 몰아갈 수 있는 원자폭탄의 괴력이 일본 히로시마와 나가사키 두 도시에 끔찍한 모습을 드러낸 지 일주일 남짓 지나서 일본 천황의 종전 선언이 있었습니다. 종전 선언이 있었던 1945년 8월 15일의 의미는 지금 한·일 두 나라 사이에 가로 놓여 있는 간격만큼이나 차이가 큽니다. 1945년 8월 15일, 그날을 일본에서는 종전기념일로 기념하고 있는 반면, 한국에서는 내선일체(內鮮一體)를 강요당하며 한국인(당시 조선인)들의 몸과 마음을 꽁꽁 묶어두었던 일본 군국주의의 사슬에서 풀려나 해방된, 광복의 날로 기억하고 있습니다.

인류 역사상 최초로 원자폭탄에 피폭된 국가로서, 그리하여 '탈아입구(脫亞入歐)'에 이어 '팔굉일우(八紘一宇)'라는 원대한, 한편으로는 망상

에 가까운 꿈을 자신들의 뜻과는 무관하게 접을 수밖에 없었던 일본으로서 그날의 기억이 몸서리쳐지는 아픔으로, 회한으로 남아 있으리라는 점은 충분히 짐작할 수 있습니다. 하지만 저는 일본이 지금까지 태평양전쟁 도발 국가로서 마땅히 감당해야 할 책임은 뒤로 한 채 오히려 피폭의 아픈 상처만 드러내 보이면서 세계 유일의 원자폭탄 피폭국으로 스스로를 자리매김해왔던 것은 아닌지 하는 의문을 가지고 있습니다. 평범한 인간도 자신이 행한 가해의 기억은 지워버린 채 피해의식만 가슴 한구석에 새겨놓고 있다면 결국에 그것은 더 강한 보복심리로 표출될 수밖에 없을 것입니다. 하물며 한 국가 차원의 이야기라면 더 말할 나위가 없을 터입니다.

불과 10년 남짓한 시간 만에 전쟁의 폐허를 딛고 일어선 뒤 "이제는 전후가 아니다"라고 자신 있게 말할 수 있었던 일본이었습니다. 인근 국가에서 바라보는 전후 60년의 일본 분위기는 왠지 자신감이 넘쳐 보입니다. "경제대국과 정치소국이라는 불균형을 해소하기 위해 평화헌법을 개정해야 한다"는 주장[1]이나, 전범문제를 다룬 동경재판은 "승자가 패자에 대해 내린 복수이며 법정이라기보다는 연합국 측 정치권력의 도구"에 불과했다는 주장[2]에서 가해자의 죄의식을 찾아보기는 어렵습니다. 오히려 일본이 이제 경제대국의 수준을 넘어 군사력으로 재무장하여 다시 국제사회에 영향력을 가지겠다는 뜻이 아닌가 하는 의구심마저

---

1   『산케이신문』 2005.8.15. 사설.
2   『요미우리신문』 2005.8.15. 사설.

생깁니다. 인근 동아시아 국가들의 반발에도 불구하고 야스쿠니 신사 참배의 뜻을 굽히지 않는 고이즈미 총리의 소신에서도 그런 움직임을 충분히 느낄 수 있습니다.

주변국가를 의식치 않는 일본의 이런 자신감과 1945년 8월 15일에 비로소 일본 군국주의 사슬에서 해방되고 광복되었다고 환호성을 지른 지 60년이 지난 한국사회의 모습은 뚜렷하게 대비됩니다. 광복 60년이 되는 지난 8월 15일, 한국의 한 신문[3]은 우리 사회에서 '광복'이 가진 의미를 '종결된 역사적 사실이 아니라, 현재 진행 중인 과제'라고 했습니다. 그 이유는 우리의 해방이 우리가 "모르는 사이에 찾아왔고 전혀 준비하지 못한 것"이었기에, 그 결과 "통일 대신 분단이, 민주주의 대신 독재가, 평화 대신 전쟁"이 찾아왔기 때문이라고 설명했습니다. 그렇습니다. 일찌감치 "이제 전후가 아니다"라고 선언할 수 있었던 일본과는 달리, 한반도에서는 "이제는 해방이다" 환호할 겨를도 없이 참혹한 전쟁에 휩싸이고 말았습니다. 동족 간의 참혹한 살육전을 겪고서도 지금까지 전선 없는 전쟁, 총성 없는 전쟁이 계속되고 있으며, 한반도를 뒤덮고 있는 핵전쟁의 위기를 헤쳐나가기 위해 위태로운 걸음을 걷고 있습니다. 분단 대신 통일을, 독재 대신 민주주의를, 전쟁 대신 평화를 안착시키려는 움직임은 지난 세월 동안 철저하게 억압되어 왔습니다. 을사조약 이후 지금까지 켜켜이 쌓여 있는 일제와 군부독재의 잔재를 털어내기 위한 작업도 해방 60년이 지난 이제서야 조심스럽게, 아주 조심스

---

3 『경향신문』 2005.8.15. 사설.

럽게 진행되고 있습니다. 하지만 갈 길은 먼데 그 작업을 가로막는 장애물들은 여기저기에 널려 있습니다. 잘못된 과거사를 바로잡으려는 움직임에 대해 "대한민국 자체를 자해하는 정치와 운동"이라고 협박하는 주장[4]이 여전히 활개를 치고 있습니다.

무엇보다 우리가 부끄러워해야 할 것은 태평양전쟁으로 직접 피해를 입은 사람들의 존재를 지금까지 까맣게 잊고 있었던 것입니다. 그분들은 일본이 스스로 성전이라 이름 붙인 침략전쟁의 총알받이로, 강제노역장의 노예로, 군인들의 성노리개로 끌려갔던 사람들이며, 해방의 기쁨이 아닌 원자폭탄 피폭이란 재앙을 당한 사람들입니다. 하지만 이분들은 자신들의 피해를 보상받기는커녕 오히려 긴 시간 침묵을 강요당해왔고, 한국정부와 일본정부 어디로부터도 보살핌을 받지 못한 채 국적 없는 미아처럼 오랜 세월 버려져 있었습니다. 해방된 지 무려 60년 만에 비로소 그분들의 목소리가 조금씩 들려오기 시작하고 있습니다. 하지만 그분들의 목소리는 이제 늙고 병들어 시간이 흐를수록 소리가 잦아들고 있습니다. 평생의 한을 품은 채 하나 둘 세상과 작별하는 사람들이 늘어나고 있습니다.

한국사회의 원폭에 대한 인식

원자폭탄이 일본에게는 지울 수 없는 아픈 상처와 회한을 안겨다

---

4 「동아일보」 2005.8.15. 사설.

준 재앙이었을지 몰라도 한국의 처지에서 보면 해방을 가져다 준 선물로 인식되어 왔던 측면도 있습니다. 게다가 분단과 동족상잔의 비극을 거치면서 지금까지 계속되고 있는 전쟁의 위기 속에서 핵은 한반도를 뒤덮고 있는 전쟁의 위기를 잠재울 수 있는 비장의 무기로 인식되어 왔습니다. 그렇게 한국사회에서 반전과 반핵을 주장하는 것은 금기로 굳어져 있었습니다. 반전과 반핵을 외치려면 좌경용공세력으로 매도되는 것과 군사독재정권의 가혹한 처벌을 감내해야만 했습니다.

이런 분위기 속에서 히로시마·나가사키 두 도시에서 7만명에 이르는 한국인(당시 재일조선인)들의 피해는 철저하게 무시되어 왔습니다. 그들은 피폭 현장에서 조선인이라는 이유로 물 한 모금 얻어 마시지 못하고 죽어갔습니다. 한국 소설가 한수산은 1990년부터 나가사키 현지에 머물면서 피폭 조선인들의 비참한 죽음의 기억들을 소설[5]로 복원해내었습니다. 그는 작품을 마무리하면서 "시체마저 차별받아야 했던 조선인, 시체까지도 차별했던 일본인……. 아름다운 치마저고리가 고향 조선을 향해 날아간다"라고 쓴 일본인 화가 마루키 이리 부부의 글을 인용하고 있습니다.

살아남은 사람들은 만신창이가 된 몸으로 귀국했습니다. 그 수만 해도 2만명이 넘습니다. 하지만 그분들은 일본정부, 한국정부 어디로부터도 보호받지 못했고 병원 구경 한번 해보지 못하고 하나 둘씩 죽어갔습니다. 광복 60년이 되는 지금, 살아남은 사람은 이제 10% 남짓한 2천

---

5 한수산 장편소설 「까마귀」, 해냄 2003.

여 명에 불과합니다. 한국정부는 일제의 강점으로부터 독립된 주권국가임을 자처하면서도 지금까지 원폭 피폭자들의 문제에 대해서 실태조사 한번 제대로 하지 않았습니다. 1965년 한일협정으로 보상 문제는 모두 종결되었다는 일본정부의 태도도 요지부동인 것 같습니다. "끌려가서, 피폭 당해서, 방치되어서 3중의 피해"를 입었다는 한국원폭피해자협회 곽귀훈(郭貴勳) 회장의 증언은 한국 원폭피해자들의 실상을 단적으로 증명하는 말이라 할 수 있을 것입니다.

지난 3월, 한국령 독도를 둘러싸고 한·일 두 나라 정부 사이에 팽팽한 긴장관계가 계속되고 있을 때 와다 하루키 도쿄대 명예교수는 한국의 한 신문에 기고한 칼럼에서 일제강점기 때의 피해에 대해 한국정부가 요구하고 있는 배상문제를 언급하면서 원폭피해자 문제만큼은 "일본정부가 지금까지 상당한 노력을 해왔고, 그 노력들은 피해자들도 인정"하고 있다고 했습니다.[6] 군 위안부 문제나 강제징용으로 한국인들이 입은 피해에 대해 취하고 있는 태도와 비교해보면, 원폭피해자 문제는 일본정부가 상당한 노력을 하고 있음을 인정할 수도 있습니다. 한국의 원폭피해자들은 한국정부로부터는 어떤 도움도 받지 못하고 있지만 일본으로부터는 원호법에 따라 보상을 받고 있으며 인도주의적 차원의 의료비 지원까지 받고 있습니다. 올해는 일본정부의 해외 원폭피해자 진료사업이 시행되어 대구와 서울에서 피폭자를 대상으로 한 건강검진이 시행되기도 하였습니다. 하지만 한국의 피폭자들이 일본의 원호법에 따

---

6 기고 「독도문제 이젠 풀자」, 『한겨레』 2005.3.22.

른 지원 대상이 된 것은 일본정부의 자발적인 결정이 아니라 한국 원폭피해자들이 일본정부를 상대로 목숨을 걸고 줄기차게 투쟁해온 결과이며, 이 과정에서 한국정부가 한 역할은 아무것도 없었습니다.

물론 한국의 피폭자들이 모두 일본 원호법의 지원을 받고 있는 것은 아닙니다. 일본 원호법에 따른 지원을 받기 위해서는 반드시 일본으로 건너가서 건강검진을 받아야 한다는 규정 때문에 일본에 갈 수 없을 정도로 건강에 심각한 문제가 있는 피폭자 상당수가 지원을 받지 못하고 있습니다. 그리고 한국의 원폭피해자들이 진정으로 원하는 것은 인도주의적 차원의 지원이 아니라 전쟁범죄에 대한 일본정부의 사과와 배상입니다.

한국의 원폭피해자를 위한 시설이라고는 일본정부의 인도주의적 차원의 지원을 받아 설립된 합천 원폭피해자복지관이 유일합니다. 그 복지관은 수용규모가 80명에 불과하며 의료진과 의료시설도 갖추어져 있지 않습니다. 피폭자전담 의료기관은 전국 어디에도 없으며, 정부에는 원폭피폭자 문제를 담당하는 부처도 없습니다. 한국은 일본과 함께 또 다른 원자폭탄의 피해국이기도 하고, 우리는 지구촌에서 핵전쟁의 위험이 가장 높은 지역에 살고 있으면서도 피폭자들의 어렵고 고통스러운 삶으로부터 아무런 교훈을 깨닫지 못한 채 오늘에 이르고 있습니다.

원폭피해 실태조사

지난해 한국에서는 처음으로 원폭피해자들에 대한 실태조사가 이루어졌습니다. 처음이란 사실에 의미가 있을 뿐, 제한된 인력과 기간, 열악한 예산 규모로 인해 여러 가지로 부족하고 아쉬운 점이 많은 조사였습니다. 피폭 생존자의 90% 이상이 이미 사망해버린 뒤에 이루어진 때늦은 조사였기 때문에 더욱 그러합니다. 그러나 이 조사과정에서 우리가 분명하게 확인한 것은 피폭자들의 고통이 당대의 고통으로 끝나는 것이 아니라 대물림되더라는 사실입니다. 국가인권위원회 차원에서 피폭자에 대한 실태조사가 이루어지게 된 것도 피폭된 어머니를 둔 피폭 2세의 목숨을 건 호소와 절규가 있었기 때문입니다.

피폭 2세로 선천성 면역글로불린결핍증을 앓고 있던 한국원폭2세환우회 김형률 회장은 폐기능이 정상인의 30%에도 못 미치는 상태였습니다. 그는 스스로 피폭 2세임을 드러내었고 거친 숨을 몰아쉬면서 한국과 일본을 넘나들며 원폭의 참상을 온몸으로 호소하고 다녔습니다. 그러던 중 2005년 5월 35세의 안타까운 나이로 세상을 떠나고 말았습니다.

53세의 나이에 아무런 이유 없이 시력과 청력을 잃어버린 피폭 2세를 만날 수도 있었습니다. 아버지가 강제징용으로 일본으로 건너갔다가 피폭으로 전신화상을 입고 시력을 상실한 채 귀국한 뒤 제대로 치료 한 번 받지 못하고 사망하였고, 그 아들마저 뒤따라 실명한 상태였습니다. 그는 여든이 넘은 노모의 수발을 받으며 아무 일도 할 수 없는 상태에서 하루하루 어렵게 살아가고 있었습니다. 눈먼 아들을 보살피는 노모는 지금 소원이 하나 있다면 자신이 죽기 전에 아들이 먼저 죽는 것이라고 했습니다. 노모가 돌아가시고 나면 밥 한 숟가락 제 손으로 먹을 수 없는 그 눈먼 아들을 보살펴줄 사람은 이 세상 어디에도 없기 때문입니다.

피폭의 상처는 2세에만 그치는 것도 아니었습니다. 일본으로 강제 징용되었다가 피폭된 할아버지를 둔 어느 청년의 몸은 머리에서부터 발끝까지 털이라고는 찾아볼 수 없을 정도로 탈모증상이 심각했습니다. 이 외에도 인과관계를 설명하기 힘든 질병 때문에 생활능력을 잃어버린 수많은 피폭 2세들을 만날 수 있었습니다. 하지만 이들은 그 어떤 기관이나 단체로부터 생계지원은 말할 것도 없고 의료지원조차 받지 못한 채 세상 한 귀퉁이에 내버려져 있었습니다. 이들의 고통이 방사능 피폭의 유전효과 때문임을, 그럴 개연성이 충분히 있음을 우리는 믿고 있습니다. 다만 우리 의료진의 능력 부족으로 그것을 입증할 만한 증거를 찾지 못했을 따름입니다. 그런 점에서 우리의 생각은 "방사능 피폭의 유전효과는 없다"라고 하는 일본정부와 일본 의학계의 견해와는 다를 수 있습니다. 이미 수십 년간 방사능 피폭 유전효과에 대해 축적된 연구자료를 가지고 있는 일본 의학계의 판단이 옳을 것입니다.

하지만 원자폭탄의 파괴력과 살상력은 인간의 상상력과 지식의 범위를 넘어선다고 했습니다. 그렇다면 원자폭탄이 인간의 신체에 미치는 영향 역시 인간의 상상력과 지식의 범위를 넘어선다고 해야 옳을 것입니다. "방사능 피폭의 유전효과가 없다"라는 결론은 지금까지 인간이 가진 지식의 범위 안에서 내린 결론일 것입니다. 인간의 지식에는 뚜렷한 한계가 있습니다. 의학지식도 예외는 아닐 것입니다. 원자폭탄이 가진 파괴력과 위험성은 현재 인간이 가진 지식으로 충분한 설명이 불가능하다고 생각합니다. 방사능 피폭의 효과가 피폭자 당대에만 그치는 것이 아니라 2세, 3세에게도 대물림될 개연성이 분명히 있을 것입니다.

그 모든 가능성을 열어 두고, 원자폭탄이 인류 전체를 절멸시킬 수 있는 살상무기임을 온 세상에 알리는 것이 우리 의사들이 해야 할 임무라고 생각합니다.

전쟁 없는 세상을 위하여

국가인권위원회 차원에서 원폭피해자에 대한 실태조사가 처음 시행된 뒤 지금 한국의 국회에는 원폭피해자 지원을 위한 법률안이 제출되어 있습니다. 피폭 60년 만에, 피폭자 대다수가 사망하고 이제 겨우 10% 남짓 생존해 있는 지경에 이르러서야 법안이 발의된 것입니다. 하지만 그 법률안이 국회 통과 절차를 거쳐 시행에 들어갈 수 있을지는 낙관하기 어렵습니다. 원폭피해자들은 한국사회 전체로 봐서는 소수에 불과하고, 그나마 피해자들 스스로 자신들의 권리를 주장하기 어려운 노약자들입니다. 그래서 피폭자들의 문제는 좀처럼 여론의 주목을 받지 못하고 있습니다. 한국정부는 원폭피폭자 문제에 대해서는 아무런 계획도 의지도 없는 것 같습니다. 게다가 법안을 발의한 국회의원이 석연치 않은 이유로 재판에 회부되었고, 한국의 대법원이 상식으로는 이해하기 어려운 판결을 내림으로써 그 의원은 의원직을 상실하고 말았습니다. 국회의 심의를 주도하고 이끌어 갈 주체가 사라지게 된 것입니다. 이 글을 쓰는 중에도 암 투병을 하며 병상에 누워 있던 또 한 분의 피폭자가 사망했습니다. 건강 때문에 도저히 일본으로 건너갈 수 없었던 그 할머니는 끝내 '건강수첩'을 손에 쥐어보지 못하고 돌아가셨습니다. 늦가을

낙엽 지듯이 피폭자들이 차례차례 세상을 등지고 있습니다. 법 제정이 차일피일 미루어지는 동안 피폭자들의 비참했던 삶의 기억들도 우리들의 기억 속에서 하나 둘 지워질 것 같습니다.

짧은 조사기간이었지만 우리가 조사과정에서 확인한 것은 어떤 과학기술로도 인간이 전쟁으로 입은 상처는 치료할 수 없다는 것과 전쟁으로 파괴된 일상은 그 어떤 힘으로도 다시 회복하기 힘들다는 것이었습니다. "일상성이란 하찮은 것처럼 보이지만 인간 세계를 지탱하는 것이며, 이 일상성이 파괴되면 인간성은 상실되고 세계는 붕괴된다"[7]고 한 일본의 사상가 다키고지(多木浩二) 선생의 말에 깊이 공감합니다. 전쟁은 "철저하게 인간의 일상성을 파괴한"다는 사실을 온몸으로 확인했습니다. 전쟁을 일으킨 일본은 이미 60년 전에 전쟁이 끝났음을 선언했지만 한반도는 60년의 세월도 모자라 지금도 평화가 아닌, 전쟁 상태에 있습니다. 단지 전쟁을 잠시 쉬고 있을〔休戰〕뿐입니다. 한국사회의 일상은 늘 전쟁의 위협에 시달리고 있는 것입니다.

지금 한국에서는 한반도 남쪽 구석구석에 자리잡고 있던 미군기지가 하나 둘씩 반환되고 있습니다. 하지만 미군이 떠나간 그 땅은 생명체가 살 수 없는 황무지로 변해 있었습니다. 한국의 경기도 화성의 매향리라는 마을에는 미국 공군의 폭격연습장이었던 농섬이라는 섬이 있습니다. 삶의 터전을 지키려는 주민들의 끈질긴 저항으로 54년 만에 포성이 멎었지만 그 섬은 중금속으로 오염되어 죽음의 섬으로 변해 있었습니

---

7 다키고지 『전쟁론』, 지명관 옮김, 소화 2001.

다. 재래식 무기가 끼친 영향이 이런 정도라면 핵폭탄이 휩쓸고 간 땅이 어떨지 긴 설명이 필요치 않을 것 같습니다. 의사의 의무는 질병으로 위협받는 인간의 일상을 지키고 보살피는 일이라고 할 수 있습니다. 그렇다면 인간의 일상을 위협하고 삶의 터전마저 폐허로 만드는 전쟁과 살상무기로부터 인간의 일상을 보호해야 하는 역할 또한 의사의 임무 중에 하나일 것입니다.

20세기의 세계사는 힘이 곧 정의로 통하던 야만의 역사라고 할 수도 있습니다. 그러나 힘과 무력으로는 결코 상대방을 제압할 수 없다는 사실이 21세기 초입에 들어와 이라크에서 지금 증명되고 있습니다. 한반도에 평화가 정착되고 핵전쟁의 위협이 사라지게 하는 것, 그것이야말로 피폭으로 몸과 마음에 지울 수 없는 상처를 입은 피폭 피해자들에게 줄 수 있는 유일한 위안이자 선물일 것입니다. 나아가 온 세계가 전쟁과 핵 공포의 위협으로부터 자유로워질 수 있도록 전쟁을 반대하고 평화를 사랑하는 인류의 양심에 연대의 손길을 내밀어봅니다.

* 이 글은 2005년 10월 23일 일본 나고야에서 개최된 제16회 전일본반전반핵의사회에서 초청강연 형식으로 발표된 글이다.

4
민주주의, 선거, 언론

사법부 독립에 대한 오해

    행정수도 이전을 놓고 벌어졌던 여·야 정치권 사이의 다툼이 헌법재판소의 위헌 판결로 잠재워지기는커녕 오히려 온 나라 전체가 갈등과 반목에 휩싸이고 있다. 위헌 판결을 박수로 환영하던 한나라당과 일부 언론은 청와대와 여당을 향해 헌재의 결정에 승복하라고 다그치고 있지만, 사실은 헌법재판소장의 입에서 '위헌'이란 말이 튀어나오자마자 행정수도 이전과 관련된 특별법의 효력이 정지되어 버렸으니 뒤늦게 헌재의 판결에 승복하느니 마느니 논란을 벌이는 것은 부질없는 노릇이다. 주먹을 불끈 쥔 충청지역의 사람들 눈에 핏발이 서고 헌재를 상징하는 허수아비가 화형을 당하고 있는 이유는 위헌판결에 따른 효력이 곧바로 나타나면서 행정수도 이전과 관련된 지금까지의 모든 일들이 한순간에 없었던 일이 되고 만 까닭이 아니겠는가.

그러나 당장에는 행정수도 이전이 국민투표 없이는 절대 불가능하다는 판결을 수용할 수밖에 없다 하더라도, 위헌의 근거로 내세운 '관습헌법'까지도 헌재의 결정이기 때문에 청와대와 국회는 물론 온 국민까지도 아무런 이의 없이 무조건 승복해야 한다는 주장에 대해서는 동의하기 어렵다. 우리 국민은 헌법재판소에 대해 입법권과 법을 강제할 권한을 부여한 적이 없기 때문이다. 그리고 헌법을 제정하는 이유 중의 하나가 잘못된 과거의 관습을 혁파하려는 국민의 뜻을 반영하기 위한 것인데, 관습이 헌법 수준의 효력을 갖는 것으로 판단한다면 이것은 헌법이 있어야 하는 이유를 부정하는 꼴이다.

1948년 대한민국의 건국과 함께 헌법을 제정한 것은 조선왕조 500년을 이어온 봉건신분제 사회의 관습과 일제강점기 때 형성된 잘못된 관습을 혁파하기 위함이었고, 헌법재판소를 탄생시킨 1987년의 개정 헌법은 부도덕한 권력이 총칼을 앞세워 헌법과 국민의 기본권을 유린하던 악습을 더 이상은 용납하지 않겠다는 국민의 저항의식에 그 뿌리를 두고 있다. 행정수도 이전이 기획된 것은 온 나라가 서울 중심으로만 돌아가는 잘못된 관습 때문에 우리 헌법이 지향하는 '국민생활의 균등한 향상'이 도저히 불가능한 지경에 이르렀다는 판단에 많은 국민이 동의했기 때문이다.

그런데 헌법재판소는 국민의 기본권을 철저하게 부정하고 있는 국가보안법에 대해 합헌 판정을 내리면서 국회에다 명령조의 공문을 보내더니, 이번에는 느닷없이 봉건신분제사회의 질서를 유지할 목적으로 저술된 『경국대전』까지 끌어들여 서울 중심의 관습이 함부로 고칠 수 없는 헌법과도 같은 효력을 가진다고 판결했다. 몇몇 재판관들이 자기네끼리 모여 쑥덕거리다가 "헌법이다" 하면 헌법이 되고 국민은 이를 군소리 없이 받아들이도록 강요받고 있는 세상에 우리는 살고 있다. 헌법재판소를 비판하고 그 판결에 불만을 품는 것은 불경한 짓이며 헌정질서를 부정하는 반국가사범으로 몰릴 수 있는 세상에 살고 있다. 헌법재판소는 아무도 모르는 사이에 국민 위에 군림하는 최고의 권력기관이 되어버렸다.

한나라당 국회의원들은 헌법에 보장된 자신들의 입법권을 빼앗긴 것조차 모른 채 손뼉을 쳐대고, 내친 김에 아예 헌법재판소의 부속기구가 되려는지 모든 정치현안을 헌법재판소로 끌고 가겠다고 공언하고 있다. 이런 현상을 '헌정질서 문란'이라는 말 이외에 달리 어떻게 표현할수 있을지 모르겠다.

권력이 총칼에서 나오던 시절을 밀어내고 지금의 민주사회를 이루어낸 것은 순전히 국민의 힘이었다. 지금의 사법부가 독립의 지위를 누릴 수 있도록 한 것 또한 국민의 힘이었지 사법부 스스로 쟁취한 것이 아니다. 그런데 총칼이 물러난 자리를 법전이 채우고 있다. 권력이 법전에서 나오는 세상으로 바뀌어가고 있는 것이다. 사법부는 사법부의 독립이라는 말이 어떤 세력의 견제도 받지 않는 사법부의 권력이라 착각하고 있는 것은 아닌지 모르겠다. 헌법재판소를 포함한 사법부의 권한남용에 대한 견제장치는 시급히 마련되어야 한다.

『영남일보』 2004.10.30. 영남시론

영원불멸의 관습법

　　한 국가의 수도를 결정하는 데 있어 가장 중요한 기준이 전통과 관습이라면 대한민국의 수도는 우리 역사에서 가장 오랜 세월 수도의 전통을 이어왔던 신라의 수도, 경주가 되어야 함이 마땅할 것이다. 기껏 반백년 남짓 지난 대한민국 수도 서울의 연륜에다 조선왕조의 전통을 갖다 붙여본들 천년 신라의 연륜을 따라잡기에는 턱없이 모자란다. 그런데 헌법재판소의 재판관들은 수도는 서울이어야 한다는 사실이 헌법 수준의 효력을 가지는 관습이라는 억지 결론을 내리기 위해 한반도의 역사를 조선왕조에서 토막내버렸고, 일제강점기 때도 서울은 수도의 위상을 지니고 있었다는 이유까지 끌어대고 있다. 민족의 혼과 넋마저 짓밟아버린 일제가 무슨 이유로 몰락한 왕조의 도읍지인 한양이 일제강점 아래서도 여전히 조선반도의 중심 역할을 할 수 있도록 배려했는지는 알 수 없다. 하지만 우리 헌법이 계승하고 있는 법통은 대한민국 임시정부이지, 식민지배를 하던 조선총독부의 통치철학이 아니다.

지금 대한민국의 수도가 서울이라는 것은 분명한 사실이며 이를 부정하는 국민은 아무도 없다. 그러나 예로부터 서울은 수도였고 지금도 수도이기 때문에 앞으로도 계속 수도여야 한다는 사실에 쉽게 동의할 수 있는 사람은 그리 많지 않을 것이다. 그런데 이런 사실을 부정하고 헌법개정 절차 없이 수도 이전을 주장하게 되면 '국헌문란죄'라는 어마어마한 죄목까지 뒤집어쓸 수 있도록 만들어 놓은 것이 이번 헌법재판소의 판결이다. 헌법 조문을 구석구석 아무리 들여다봐도 헌법이 헌법재판소에 부여한 기능은 헌법의 '해석'일 뿐이지, 헌법을 제정하거나 개정할 수 있도록 허용하고 있지 않다. 그런데 8명의 헌법재판관들[1]은 "관습상 대한민국의 수도는 서울이었으니, 관습상 앞으로도 대한민국의 수도는 서울이어야 한다"고 서울 사람들의 관습에 근거한 새로운 헌법조항을 만들어버린 것이다. '도성 안'에 살던 서울 사람들이야 당연한 이야기를 뭐 그리 어렵게 하냐 싶겠지만 이것이 어떻게 "국민의 승리"로까지 비약될 수 있는지 '도성 밖' 변방에 사는 사람들로서는 도무지 이해하기 어려운 판결인 것은 분명하다. 당장 엄청난 피해가 현실로 닥치게 된 충청지역 주민들의 반발이야 당연한 것이겠지만 우리 사회 전반에 '관습'을 둘러싼 반목과 갈등은 갈수록 더 치열해질 것 같다.

---

[1]   신행정수도 건설특별법에 대한 헌법소원 사건에서 관습헌법을 들어 행동수도 이전이 위헌이라고 판결한 헌법재판관은 8명이었다. 전효숙 재판관만 유일하게 각하 입장을 밝혔다.

이번 헌재의 판결이 국민들의 보편적 상식을 벗어난 것이라는 점 외에도, 삼권분립이라는 민주주의의 기본질서마저 혼란에 빠뜨렸다는 지적을 피하기는 어려울 것이다. 앞으로 헌재의 권한 남용에 따른 혼란을 방지하기 위해서라도 이번 위헌 판결과 관련된 사회 전체의 논의는 지속되어야 하는 것이 마땅하다. 더욱이 앞으로 헌법과 동등한 법적 지위를 가지게 된 '관습'을 둘러싼 혼란과 갈등을 미연에 방지하기 위해서라도 헌법재판소의 기능과 역할에 관한 논의는 계속되어야 한다.

그러나 위헌 판결에 만세를 부르던 사람들은 이마저도 불경시하고 있다. 헌법재판소의 권위를 부정하는 것은 곧 대한민국의 정체성을 부정하는 것이고, 헌법재판관들을 비난하는 것은 국기를 문란케 하는 반역행위인 양 몰아가고 있다. 어느 사이에 헌법재판소는 그 누구도 견제하거나 감히 훼손할 수 없는 최고의 권위를 지닌 권력기관이 되어버렸다. 한결같이 헌법재판소의 권위만큼은 존중되어야 한다고 주장한다. 헌법재판관들에 대해서는 단 한마디의 비판조차 용인될 수 없고 헌법재판소의 판결에 대해 시비를 거는 것은 국가의 기본질서를 어지럽히는 행위라 매도하고 있다. 도대체 이런 헌법재판소의 권위는 어디서 비롯된 것일까?

지역과 인종과 이념을 초월하여 인류의 역사가 계속되는 한 그 누구도 거역할 수 없는 관습헌법이 있다면 그것은 바로 국민의 저항권이다. 국민의 저항권 앞에서는 어떤 권력자나 권력기관도 무릎을 꿇지 않을 수가 없다. 비록 헌법에 명문화되어 있진 않지만 모든 권력자들이 가장 두려워하는 것이 바로 관습헌법인 국민의 저항권이다. 만약 대한민국의 헌법재판소가 권위를 가지고 있다면 그 권위는 국민의 저항권에서 비롯된 것이지 사법부가 국민의 신뢰를 쌓아가며 스스로 쌓아올린 권위는 결코 아님을 알아야 한다.

헌법재판소는 1987년 10월에 개정된 헌법에 의해 태어났으며 그 헌법은 1987년 6월에 꽃을 피운 국민들의 저항권에 그 뿌리를 두고 있다. 헌법재판소의 재판관들은 그런 국민들의 저항에 무임승차하여 지금의 권위를 누리고 있는 것이다. 비록 태생이 그러하더라도 헌법재판소가 국가권력의 권한 남용으로부터 국민의 저항권을 포함한 기본권을 보호하는 데 충실하다면 그 권위는 충분히 획득될 수 있다. 그러나 만약 헌법재판소의 기능이 엉뚱하게도 국민들의 기본권을 제약하고, 국민들의 저항을 불러올 수준이라면 헌법재판소는 자체의 권위는 고사하고 존립 기반 자체가 위태로워진다 해야 할 것이다. 국민들의 저항권을 넘어설 수 있는 권력자나 권력기관이 있을 수 없다는 것은 온 인류가 공유하는 관습헌법이다. 서울이 현재 대한민국의 수도라는 사실은 받아들일 수 있으나 서울이 앞으로도 계속 수도여야 한다는 말을 아무 저항 없이 받아들이기도 어렵거니와, 하물며 이것을 헌법과도 같은 것이라 못 박아버린 헌법재판소에 대해 아무런 비판이나 견제를 할 수 없다면 우리나라는 민주공화국이 아니라 현재 독재국가임을 인정하는 꼴이 된다.

위헌판결 이후 좋아라 손뼉치며 환하게 웃던 야당과, 천도라는 여론을 부추겨 결국 위헌판결을 이끌어내게 만든 동기를 제공했던 언론들조차 한 목소리로 충청도에 대해 '악어의 눈물'을 쏟으며 애정과 관심을 보이고 있다. 병 주고 약 준다는 표현이 바로 이를 두고 하는 말일 게다. 충청지역에 대한 이들의 태도가 뻔뻔스럽기조차 하지만 그럴 수밖에 없는 이유는 국민의 저항권보다 더 무서운 관습법이 없다는 사실을 이들도 잘 알고 있기 때문일 것이다. 어떤 체제나 국가를 막론하고 영원불멸의 관습법이 있다면 그것은 국민(시민)의 저항권이다.

참언론대구시민연대 '참언론참소리' 2004.10.26.

시장의 힘과 민주주의

　　2005년 5월, 노무현 대통령은 기업인들과 간담회를 가진 자리에서 "이제 권력은 시장(市場)으로 넘어간 것 같다"는 고백을 했다. 권력을 교체할 수 있는 것은 주권자인 국민들뿐이라는 것은 굳이 헌법까지 들먹이지 않더라도 상식에 속하는 일일진대, 도대체 어떤 절차를 거쳤기에 소리 소문 없이 권력이 시장으로 넘어가게 되었는지 머릿속이 멍해진다. 대통령 스스로 권력을 넘겨준 것인지, 아니면 시장의 힘에 짓눌린 탓에 빼앗긴 것인지는 알 수 없는 일이다.

　　하지만 대통령의 이 무기력한 고백조차 성에 차지 않아, "기업인을 독려하기 위한 덕담" 수준을 넘어 이제라도 당장 "권력을 실질적으로 시장에 넘기"라며 대통령을 몰아붙이는 언론도 있다. 그러나 권력을 넘기네 마네 다툴 것도 없이 이미 세상은 온통 돈의 힘이 주름잡는 시장판이 되어버린 것이 현실이다.

빈곤층이 500만명이 넘어가도 정부와 여당이 손 하나 까딱하지 않는 것은 시장의 법칙만큼은 절대 훼손할 수 없다는 통치철학 탓일 게다. 경제인들은 범죄를 저질러도 늘 사면의 영순위인 것은 시대가 아무리 변해도 변하지 않는 우리 사회만의 도덕률이다. 대기업 사주의 심기를 잠시, 그것도 아주 잠시 불편케 했다는 이유로 관련 대학의 총장은 물론 청와대와 장관까지 나서서 대학생들을 중죄인처럼 나무라는 세상이 아닌가. 이쯤 되면 권력이 어디에 있는지는 대통령의 고백이 아니더라도 충분히 짐작할 수 있을 것이다.

권력이 여·야 정치세력 사이에서 오고가는 것이 아니라 시장으로 넘어갔다는 말은 이제 우리 사회에서 선거나 정치는 더 이상 의미가 없어졌다는 말과도 같다. 시장으로 넘어간 권력은 국민들이 되찾아올 수도 없다. 시장은 주권자인 국민들이 가진 유일한 힘, 표로 심판할 수 있는 대상이 아니기 때문이다.

여기서 우리는 한 가지 사실만은 분명히 기억해 둘 필요가 있다. 견제 받지 않는 권력은 부패할 수밖에 없노라고 외쳐온 것은 그 누구도 아닌 바로 대통령 자신과 참여정부였음을. 그리하여 스스로 권력을 내놓았노라고 자화자찬하면서 통제불능의 언론권력과 검찰권력을 개혁하겠다며 칼을 빼던 정부가 바로 참여정부였음을. 그러던 정부가 시장의 권력은 누가, 어떻게 견제할 것인지에 대해서는 굳게 입을 다물고 있다.

시장의 권력은 누가 견제하지 않더라도 시장 내부의 자정력이 있기에 절대 부패하지 않는다는 확신이 있기 때문인가? 그런 무모한 확신은 어디에 근거하고 있는 것인가? 하지만 정부는 대답 대신 우리 사회를 움직이는 '힘의 원천은 시장'이라며 시장예찬론에 흠뻑 젖어 있다. 그래서 교육과 의료를 비롯하여 민생과 관련된 모든 문제를 시장판에 떠넘겨 해결하려 들고 있다.

최근에 한 헌법재판관은 그 누구도 함부로 건드릴 수 없는 부동산 임대시장의 질서와 법칙을 온몸으로 설명하고 있다. 임대인과 임차인의 역학관계를 이용하여 임대소득을 축소 신고하도록 강요하며 탈세까지 하는, 엄연한 범죄행위를 저질렀음에도 그는 임대소득을 일반적으로 낮춰 신고하는 것은 세무관행이라고 당당하게 말한다. 조사를 해야 할 국세청이나 형벌권을 가진 정부는 시장의 권력 앞에 다소곳이 머리를 조아린 채 아무 일도 아니라는 듯이 오로지 국정에만 전념하고 있다. 관행과 관습이 헌법보다 더 큰 힘을 발휘하고, 부당한 관행과 관습이 판을 쳐도 정부의 손길이 닿을 수 없는 곳, 그곳이 바로 우리 사회의 '시장'이란 곳이며 시장의 법과 질서는 보통 사람들의 법 상식과는 무관하게 작동한다는 사실을 이 나라 최고의 법관이 국민들에게 가르치고 있는 것이다.

약육강식이라는 야생의 논리가 지배하는 시장의 질서에서 민주주의를 기대할 수는 없다. 그런 시장으로 권력이 넘어간 것 같다는 말은, 게다가 그 과정이 국민들의 뜻과는 전혀 무관하게 진행된 것이라면 이 땅의 민주주의는 또 다시 위기에 빠져 있다는 뜻이다. 국민들은 지난 선거에서 '시장'이라는 권력을 선택한 적이 없다.

『영남일보』 2005.5.29. 영남시론

KORUS FTA, 그들만의 자유

2007년 3월 마지막 날, 이 땅의 새벽은 동 터온 것이 아니라 햇살 한 뼘 비치지 않는 먹빛이었습니다. 봄꽃들의 아우성은 뇌성벽력에 파묻히고, 아직 채 모가지도 못 내민 꽃봉오리들이 여기저기 어지러이 널브러진 채 짓밟히고 있었습니다. 밤새 TV에서 눈을 떼지 못하고 퀭한 눈으로 출근길을 서두르던 시민들 앞에 펼쳐진 것은 화사한 봄기운이 아니라 앞을 분간하기 어려운 어둠과 비바람이었습니다.

을씨년스러웠습니다. 정말 을씨년스러웠습니다. 군국주의로 무장한 일본이 한반도 강점의 길을 튼 을사늑약이 맺어지던, 100여 년 전 그해의 하늘도 이러하였을 것입니다.

그리고 또 하루가 지나 이제 4월입니다. 그러나 4월 역시 첫날부터 하늘을 찾을 수가 없었습니다. 진달래로 붉게 물든 산천은 고사하고, 늘

눈앞을 가리던 콘크리트 덩어리들마저 윤곽을 가늠할 수가 없었습니다. 잿빛으로 무겁게 가라앉은 하늘에서 거친 모래바람이 일어 숨을 턱턱 틀어막는 정해년 4월의 첫날이었습니다.

한반도의 자존심과 주권을 지키려는 백성들의 'CHORUS'가 일 년 넘게 이어져왔지만 이 나라의 통치자는 백성들의 주장은 '거짓말'이라고 일갈한 뒤 'KORUS'(KOREA-USA, 한국과 미국을 붙여 줄인 말)라는 말로 화답하고 말았습니다. 통치자만이 가지는 '특단의 의지'요, '최종 결단'이랍니다. 어떤 정부도 함부로, 그 어떤 누구도 감히 할 수 없는 일이지만, 노 대통령은 일찌감치 "자신만이 할 수 있다"며 "교만스럽게 말"해왔습니다. 진작부터 여론과 지지율에 연연하지 않겠다고 스스로 공언해버린 대통령이었던 만큼 한 늙은 노동자가 몸을 불태우면서까지 내지른 소리가 들릴 리 없을 터이지요.

통치자의 고독한 결단이 늘 야수와 다를 바 없는 공권력의 폭력으로 이어지던 시절이 있었습니다. 통치자만의 고독한 의지와 왜곡된 신념 때문에 국민들은 말하고, 쓰고, 읽는 자유마저 박탈당해야 했던 시절이 있었습니다. 그 시절 아버지들은 무능했습니다. 아들딸들에게 "편하게 살라 하면 / 도둑놈이 되라는 말이 되고 / (…) 정직하게 살라 하면 / 애비같이 구차하게 살라는 말이 되는"(정희성 「아버님 말씀」, 『저문 강에 삽을 씻고』, 창비 1978) 그런 시절에 아들딸들은 돌을 들었습니다. "증오에 대해서 (…) 알 만큼은" 알 만한 나이였기에, "자유를 위해 증오할 것을 증오"(정희성 「이곳에 살기 위하여」, 같은 책)할 수밖에 없던 아들딸들은 아버지의 무기력한 한숨 소리와 간절한 당부에도 아랑곳하지 않고 돌을 들었습니다. 아무도 모르는 곳에 소리도 없이 끌려갔다가 시신으로 되돌아왔던 이들도 부지기수였습니다. 젊은이들이 스스로 몸을 불사르는 일이 돌림병처럼 번지기도 했습니다.

세월이 흘렀습니다. 자유를 위하여 피를 흘리며 돌을 들고 있던 그 아들딸들이 장관이 되고 국회의원이 되고 이 나라 권력의 심장부라고 하는 청와대에까지 득시글거리고 있는 세상으로 변했습니다. 그리하여 그들은 이제 이 나라에 "민주주의가 완성되었다"라고 떠들어대기도 했습니다. 민주주의가 완성되었다는 이 나라에 이제 자유가 만개할 것 같습니다.

그러나 그 자유는 '그들만의 자유'일 뿐입니다. 진달래, 유채꽃, 산수유, 목련화…… 한반도의 모든 꽃들이 자유로운 함성을 터뜨려야 할 이 산하에 거친 모래바람이 몰아닥쳐 모두 숨죽이고 있는데 난데없이 자유를 노래하는 사람들이 있습니다. KORUS FTA를 반대하는 절규와 흐느낌은 날 선 방패에 둘러싸여 한 발자국도 나가질 못하고 있는데, 한쪽에서는 선진경제대국으로 가는 자유의 고속도로가 놓였다며 환호하고 있습니다.

몰랐습니다. 진정 몰랐습니다. 어린 학생들이 돌을 들고 목숨을 잃어가면서까지 찾으려 했던 자유가 정녕 이런 자유일지는 몰랐습니다. 그 자유가 권력자들이 지지자를 배신하고 국민들을 우롱하면서 제멋대로 결단을 내릴 수 있는 그런 자유일지는 몰랐습니다. 그 자유가 기업의 자유요 자본가의 자유일지는 진정 몰랐습니다. 미국의 장사꾼들이 이 나라에서 마음 놓고 활개칠 수 있는 그런 어처구니없는 자유일지는 아예 짐작조차 하질 못했습니다. 그 자유가 한민족 5천년 역사를 이어온 농민들의 마지막 숨통을 끊을 화살이 되어 날아올 줄을 꿈에서라도 생각하질 못했습니다.

정해년 4월로 이제 이 나라는 껍데기만 남았습니다. 알맹이는 썩고 껍데기만 남았습니다. "한라에서 백두까지 / 향그러운 흙가슴"(신동엽 「껍데기는 가라」)을 사랑한 4월의 시인 신동엽이 지하에서 흐느끼며 울부짖는 소리가 들립니다.

누가 하늘을 보았다 하는가
누가 구름 한 송이 없이 맑은
하늘을 보았다 하는가.

— 신동엽 「누가 하늘을 보았다 하는가」 중에서

『평화뉴스』 2007.4.7.

'그분들'만의 천국

　'강부자 정권'이란 별칭을 얻으면서 출범한 이명박정부의 각료와 비서관들이 펼치는 아슬아슬한 장애물경기가 정권 출범 두 달이 지난 지금까지 계속되고 있다. 웃을 일도 없고, 볼거리도 없는 어수선한 시절에 이명박정부가 국민들에게 보여주고 있는 유일한 볼거리라면 볼거리라고 할 수도 있겠다.

　지난 주말(2008년 5월)은 박미석 사회정책 수석의 거취가 야당과 언론의 주된 관심사가 된 모양이다. 대학교수이면서도 베껴 쓴 남의 논문을 자기 실적으로 내세운 것에 한 줌의 부끄러운 기색도 없이 당당하게 청와대에 입성한 그였지만, 재산형성 과정에서 실정법을 위반한 부분까지 '그럴 수 있는' 일로 넘어가기는 좀 힘들었던 것 같다. 물론 '그분들'에게는 얼마든지 그럴 수 있는 일이기도 하고 그런 흠결이 '그분들'

만을 위한 업무수행에 걸림돌이 되는 것은 아니다.

　게다가 대통령 스스로도 "부자들만 모였다는 인상"을 준다고 인정한 정권이다. 그러니 "마음을 다잡고 새로 시작하"면 되는 일이지만, 심상찮게 돌아가는 청와대와 여당의 분위기 앞에 끝내 국익을 위한 충정(?)을 접을 수밖에 없었던 박 수석으로서는 여론이 몹시 야속하고 억울하기도 할 것이다.

　하지만 박 수석의 처지는 한번 밀리면 나락으로 굴러 떨어지는 기성 정치인들과는 사정이 확연히 다르다. 불과 두 달 만에 빈손으로 터덜터덜 걸어 나가야 하는 것이 좀 허전하긴 하겠지만, 청와대를 물러나와 권력의 무상함을 곱씹으며 남은 인생을 야인의 신분으로 초야에 묻혀 살아야 하는 신세는 아니다. 그는 청와대를 떠나더라도 당당하게 돌아갈 수 있는 곳이 있다. 그곳은 논문을 표절하든 말든, 절대농지를 사서 농사를 짓든 말든, 골프를 치든 말든, 무슨 발언을 하든 따로 해명을 해야 할 필요조차 없는 곳이다. 세상이 곤두박질치더라도 임금 체불이 되는 일도 없고, 정년까지 보장되는 천국 같은 곳, 그곳은 바로 그가 이전에 몸담았던 대학이다. 또 그 대학의 총장님이 누구신가? 대한민국 국민이라면 거의 모르는 사람이 없을 정도로 유명한 '오린지' 총장님이시다. 전공을 무시하고 사회정책 수석을 맡은 이력도 있는데, 대학에 돌아가서도 전공을 무시하고 '여론정치의 위험성'이란 강좌를 개설할 수 있도록 배려해주실지 또 누가 알겠는가.

　박 수석과 함께 사퇴 압박을 받고 있는 다른 비서관들 중에서 교수 출신들은 비교적 느긋할 것이다. 권력의 갑주(甲冑)를 툴툴 벗고 나와도 그들을 따뜻이 기다리는 대학으로 돌아가면 되기 때문이다. 다만 몸담던 직장에 사표를 던지고 불나방처럼 권력의 중심부에 뛰어들었던 인물들의 처지가 좀 안스러울 뿐이다. 박 수석의 결단으로 지금은 어느 곳에 숨어 후유! 한숨을 돌리고 있을지도 모르겠다.

지난 4월 총선에 경북대학교 교수 한 분이 느닷없이 대구 서구에 출마를 했다. 한나라당 간판을 달고 푸른 점퍼만 입고 돌아다니기만 하면 당선이 되는 지역에서 당대표의 낙점과 지원까지 받았으니 좌고우면(左顧右眄)할 까닭이 없을 것이다. 그런데 난데없이 해병대 복장을 하고 나타난 흘러간 옛 정치인에게 예상 밖으로 일격을 당했다. 사람들은 '박풍(朴風)'의 효과라고 호들갑을 떨었지만 그게 과연 박풍의 효과만으로 설명이 가능할까? 낙선한 그 교수는 아무 일 없었던 듯 자신만의 천국인 대학으로 되돌아갔을 것이다. 하던 강의를 내팽개치고 육아휴직을 내면서까지 지역구 출마를 했던 서울대 교수에게 서울대는 그나마 자체 징계를 논의하고 있다. 경북대학은? 대학에서 어떤 조치가 있었다는 소문이 돈 적은 없고, 지역 언론에서도 무책임한 '폴리페서'들의 처신을 크게 문제 삼았던 적은 없었던 것 같다.

총선이 끝난 뒤 영남대학교는 이번 선거에서 선출된 국회의원 중에서 자교 출신 국회의원 17명의 얼굴을 담은 신문광고를 큼지막하게 내보냈다. 국회의원들을 학교 홍보에 이용한 것이다. 영남대 출신 장차관 명단은 학교 홍보지에 빠짐없이 등장하는 단골 메뉴이기도 하다. 이 나라 고등학교 서열을 서울대 입학생 수로 평가하는 것은 아주 오래된, 그러나 몹시 잘못된, 하루빨리 시정되어야 할 교육계의 관행이다. 그런데 대학의 수준을 학문의 실적이 아니라 자교 출신 정치인과 장차관의 수로 홍보 미화하는 것은 생소하기도 하거니와, 대학이란 간판을 달고서는 할 짓이 못된다. 대학의 홍보비 역시 학생들의 등록금에서 나오는 것, 학생들의 등록금을 털어 정치인들을 간접홍보해주는 꼴이 아니고 무엇이겠는가?

노무현 대통령의 정치경호원으로 자처하던 유시민 의원이 이번 선거에서 대구 수성구에서 낙선한 뒤 한 지역의 신문사와 인터뷰를 했다 (『매일신문』 2008.4.19). 향후 계획에 대해 그는 책도 쓰고, "대학 총장님 찾아뵙고 강의할" 수 있는지 알아보겠다고 했다. 끈 떨어진 정치인들에게는 '강의나' 하면서 부활의 기회를 찾도록 배려해주고, 유력 정치인들에게는 단 한 번 강의에 수천만원의 강의료를 지불하는 것이 대학의 경쟁력을 높이는 길이라고 믿는 대학의 총장님들이 이 나라의 대학들을 점점 '그분들만을 위한 천국'으로 만들어가고 있다. 그분들만의 천국을 유지·관리하기 위한 비용으로 학생들의 등록금은 하늘 높은 줄 모르고 치솟고 있다.

『평화뉴스』 2008.5.7.

그들만을 위한 법

대한민국은 법치국가인가? 이 질문이 수능시험 문제라면 정답은 '그렇다'라고 해야 한다. 물론 그 근거까지 서술형으로 상세히 답하라고 하면 부모의 경제력에 따라 큰 폭의 점수차이가 날지는 몰라도 대부분의 수험생은 대한민국은 법치국가라고 답을 적어 낼 것이다. 그런데 현실도 그러한가? 점수를 따기 위해 정답을 용하게 찾아내는 수험생들조차 우리 사회가 법치의 원칙이 지켜지는 사회라고 쉽게 동의하지는 않을 것이다. 성적만 좋으면 교칙위반을 하더라도 너그러운 '관용의 원칙'이 작동되는 반면, 뒷자리 학생들에게는 사소한 일탈에도 '무관용의 원칙'이 적용되는 것이 우리 학교의 오랜 전통이었다.

몇 달 전에 한 재벌그룹 회장은 우리 사회가 법보다 주먹이 더 가깝다는 것을, 또 그 주먹은 돈이 지배한다는 것을 온몸으로 증명했다. 법으로 금지된 사형(私刑)을 수사하러 나섰던 경찰의 모습은 조선시대 권문세도가에 불려와 엽전 몇 냥 얻어 챙긴 포도청 포졸들의 초라한 몰골과 하나도 다를 바 없었다. 우여곡절 끝에 법의 심판을 받긴 하였으나 그 회장이 형기를 다 채울 것으로 생각하는 국민은 거의 없을 것이다.

우리나라 권문세도가들의 범법 행위에 대해 사법부가 관용의 원칙을 적용하지 않았던 사례는 찾아보기 어렵다. 술 취한 국회의원이 공개된 자리에서 여기자의 젖가슴을 만지더라도, 술 취한 유명 농구감독이 휘하의 여자선수를 성노리개로 삼더라도 관용의 은전을 베푸는 것이 바로 이 나라의 법이다. 하물며 국가경제에 지대한 공헌을 하고 있는 재벌그룹 회장의 경우라면 더 이상 무슨 말이 필요할까?

이런 법을 가지고 이 나라 최고 권력자들과 정치인들이 장난을 치고 있다. 참여정부의 정치는 고소·고발에다 줄을 잇는 헌법소원으로 범벅이 돼 정치가 사라져버린 5년이었다. "법적 대응도 불사하겠다"는 말은 정치인들이 자신의 청렴성을 과시하는 관용어로 변했다. 정치권의 합의로 결정돼야 할 국가의 주요 정책들이 줄줄이 헌법재판소로 되돌아가 다시 심판받는 일들이 꼬리를 물고 일어났다. 지금도 국가 최고권력기관인 청와대가 또 다른 헌법기관인 선관위와 볼썽사나운 다툼을 벌이고 있고, 제1야당의 대선 후보 선출권은 당원이 아니라 검찰이 쥐고 있는 형국이 됐다. 결국 참여정부 5년은 국민으로부터 선출되지 않은 권력인 사법부가 상왕 노릇을 하며 섭정을 한 꼴이 된 셈이다.

법치의 바탕이 되어야 할 이 나라의 법은 국민 전체의 공익과는 무관한, 어디까지나 '그들'을 위한 '그들'에 의한 '그들'의 전유물일 뿐이다. 대통령 임기를 5년 단임제로 못 박아 한 나라의 현직 대통령을 "쪽 팔리게" 만든 "그놈의 헌법"은 국민의 기본권을 보장하는 것이 정부의 의무라고 규정하고 있다. 나아가 헌법 전문에는 추상적인 표현이긴 하지만 "4·19 정신을 계승한다"고 하여 국가권력의 불의에 대한 국민의 저항권까지 인정하고 있다. 하지만 참여정부 아래에서 저항의 권리를 톡톡히 누린 사람들은 국민이 아니라 역시 '그들'이었다.

부동산 부자들은 조세저항을 하고, 사학재단은 이념저항을 하고, 대학의 총장들까지 나서 내신저항을 했으며, 주요 언론들은 기사로 이들의 저항을 부추겼다. 대신 길거리에서 저항하던 노동자·농민들은 맞아 죽고, 한미 FTA 졸속 협상에 저항하던 목소리는 지금 철창 안에 갇혀 있다. "기자실에 대못질"이 쳐지기 전에 냉큼 언론사를 탈출한 중견 언론인들은 대선 캠프로 이동해 헌법에 보장된 직업선택의 자유를 누리는 반면, 비정규직 노동자들은 비정규직보호법의 칼바람에 숨이 턱턱 막히는 7월 삼복더위에도 오들오들 떨고 있다.

우리 국민들은 단 한 번도 헌법의 주인이 된 적이 없다. 또 다시 찾아온 제헌절에 지금까지 늘 그래 왔듯이 그렇고 그런 사람들이 모여 엄숙한 기념식을 하겠지만 국민들은 그저 달력에 붉은 글씨가 선명하게 박혀있어 반가운 날이고, 반복된 노동으로 지친 몸을 잠시 쉴 수 있는 휴일이어서 고마운 날일 따름이다. 그나마 하루벌이로 생계를 이어가는 일용직 노동자들의 눈에는 생계를 위협하는, 섬뜩한 주홍글씨로 읽혀지겠지만.

『국제신문』 2007.7.17. 시론

안방 전화기 민주주의

이 나라에 진정 민주주의가 완성되었는가? 그런 모양이다. 최루탄과 화염병, 짱돌이 난무하던 대학 캠퍼스에는 87년 이후 20년의 세월이 지나면서 이제 매일같이 깔끔한 승용차들만 빼곡히 자리를 잡아 연좌농성을 하고 있을 뿐, 학생들은 저마다 앞날의 살길을 찾아 뿔뿔이 흩어져 버렸다. 부모가 능력이 있어 비행기에 몸을 실을 수 있는 학생들은 멀찍이 어학연수를 떠나고, 한 학기 등록금조차 감당하기 버거운 학생들은 늦은 밤 24시간 편의점에서 쏟아지는 잠을 쫓아가며 취객들의 거스름돈을 헤아려주고 있다.

경제적 능력에 따라 공부할 기회가 달라지고 신분까지 달라지는 것도 민주주의의 원칙이라면 원칙이다. 대학이 수도권 '주요 대학'과 지방의 '기타 대학'으로 분류되고 있는 것 또한 이 나라의 민주주의가 완성되었음을 증명하는 증거다. 수도권에 몰려 있는 인구가 도대체 얼마인가? 자신들의 이론을 현실정치에 접목시켜 보려고 여기저기 정치권을 기웃거리는 대학교수들의 발걸음은 자유분방하다 못해 쳐다보는 사람의 가슴을 니글거리게 만들지만 그리 탓할 일도 못 된다. 민주주의 사회에서 직업 선택의 자유와 함께 정치활동 또한 보장되어야 하는 것이 원칙이기에 어용교수라는 낱말은 이제 고서적에서나 찾아볼 수 있을 뿐이다. 다만 어설픈 감각으로 줄 잘못 선 이들의 처량한 처지가 애처로울 뿐.

이렇게 민주주의가 꽃(?)을 피우고 있는 나라의 국회의원들이 넥타이와 전화기를 흉기로 삼고, 서로 죽일 듯이 쇠지팡이까지 휘두르며 싸우는 꼴들이 우리 눈앞에 펼쳐지고 있다. 그것도 대선이 초읽기에 들어간 시점에 주권자인 국민들이 기다리는 '현장'이 아니라 바로 민주주의의 상징이라고 할 국회에서. 선거가 끝났는가? 끝난 선거에서 그들은 무엇을 위해, 무엇을 지키기 위해 저토록 살기를 품은 채 싸우고 있는 것일까? 국회의원들이 뒤늦게 볼썽사나운 몸싸움을 하고 있는 이유는 대선이 아니라 단 하나, 자신들의 명줄을 이어갈 총선 때문임을 아는 사람은 다 알고 있다.

이번 대통령선거는 공식 선거운동 전부터 벌써 끝나 있었다고들 했다. 아직 주권자인 국민들은 투표조차 하지 않았는데 선거는 끝났다고들 했다. 그래서 이미 청와대 문턱까지 와 있는 이명박 후보는 "나 찍지 않을 사람은 투표장에 나올 필요가 없다"며, 국민들에게 추운 날씨에 공연한 헛수고 하지 말라는 따뜻한 배려까지 하고 있을 정도다. 차기 대통령은 국민들이 투표도 하기 전에 '안방의 전화기'가 결정했다. 나라의 운명을 5년씩이나 책임져야 할 대통령 후보들에 대한 정책 검증도 없이, 한 나라의 대표자에 대한 자질 검증도 없이 안방 전화기의 얼굴 없는 목소리들이 결정했다. 그리고 국민들로부터 선출되지 않는 권력, 그래서 국민의 심판에서 늘 비켜서 있는 이 나라의 절대권력인 검찰이 얼굴 없는 목소리의 보증인임을 자처하고 나서면서 선거는 그렇게 맥없이 끝이 나는 듯하다.

벌어질 대로 벌어진 경제 양극화가 몰고 온 오늘의 궁핍함은 내일에 대한 불안을 불러왔고, 우리 사회를 무겁게 짓누르고 있는 내일에 대한 불안은 온 국민들을 '성공'과 '출세'라는 신기루에 의탁하게 만들어버린 것인지도 모른다. 이명박 후보는 자신이 집권하게 되면 "주가가 5000"은 거뜬히 넘을 거라며 타오르는 신기루에 기름을 부었다. 선거는 이렇게 싱겁게 끝나가는데, 그의 공약대로라면 이제 우리 국민 모두는 부자 될 일만 남았다. 부자만 될 수 있다면 자신과 전혀 관계없는 유명 회사의 대표임을 보여주는 명함을 만들어 동네방네 퍼뜨리고, 공영 방송과 주요 언론매체에 자신이 회사대표임을 알리는 인터뷰를 하고 다니면서도 양심의 가책을 전혀 느낄 필요는 없다. 이런 행각에 대해서 이 나라의 검찰은 얼마든지 관용을 베풀어줄 것이기 때문이다.

이른바 범여권의 정치인들이 '안방 전화기'의 힘 앞에 이토록 허망하게 무너지고 있는 이유는 그들이 거리와 현장에서 일어난 저항의 힘으로 권좌에 올랐으면서도, 권력을 잡은 뒤에는 거리와 현장의 목소리에 철저하게 귀를 닫았기 때문이다. 1987년 거리에서, 현장에서 피 흘리며 어렵사리 되찾은 민주주의와 국민 주권이 20년의 세월이 흐르면서 '안방 전화기'에 그 주인 자리를 내주고 말았다. 이것도 민주주의라면 민주주의겠지만 정작 현장에는 성공과 출세라는 신기루는 보이지 않고, 국민들의 분노와 절망, 체념이 뒤섞인 한숨만 스산한 겨울 거리를 가득 메우고 있다. 대선이 끝나도 그 한숨 소리가 쉽게 잦아들 것 같지 않다.

『국제신문』 2007.12.17. 시론

참! 이상한 선거

우리 사회가 앞으로 가야 할 5년의 운명을 결정해야 할 선택의 순간
이 시나브로 다가오고 있다. 그런데 선거운동과는 상관없이 차기 당선
자가 이미 결정된 것이나 마찬가지로 몇 달째 요지부동이었던 선거판세
가 이회창 후보의 출마로 한순간에 흐트러지게 되었다. 당연히 각 후보
진영의 전략도 달라져야 하겠지만, 그 움직임들을 보면 과거 몇 차례 선
거에서 보아왔던 양상들과는 확연히 다르다.

우선 이회창 후보의 출마에 대해 한나라당이 가장 강력하게 반발하
며 주 표적을 범여권의 후보군이 아니라 한솥밥을 먹으며 한때 총재로
섬기던 이회창 후보로 바꾸고 있다. 그런 한나라당이 이회창 후보의 출
마 불가 사유로 내세운 것 중의 하나가 '차떼기' 전략이다. 하지만 유력
정치인, 재벌, 화이트칼라의 범죄는 범죄구성요건에서 예외규정을 두어

철저하게 그들을 보호하는 것이 우리나라 사법부이다. 그러므로 이회창 후보의 차떼기 전력이 우리나라 사법체계에서는 대통령 후보로서 결격 사유가 되지는 않는다. 성추행 현행범조차 국회의원직을 유지하도록 만들어주는 것이 우리 사법부 아닌가? 하물며 차떼기가 이회창 개인의 이익을 위한 것도 아니고 한나라당이라는 공당의 이익을 도모하기 위해 악역을 담당한 것이니, 우리 사법부가 지향하는 법철학으로 볼 때 정상참작의 여지가 충분하다고 볼 수 있다.

이회창 후보가 "좌파정권 종식"이라는 조금은 뜨악한 구호를 내세우며 앞으로 펼칠 선거운동의 표적 역시 범여권의 후보들이 아니라, 얼마 전까지 자신의 휘하에 있던 한나라당과 이명박 후보임을 쉽게 짐작할 수 있다. 별다른 이변이 없는 한 당선권에 들어간 것이나 다름없던 이명박 후보와 한나라당이 집권 이후 마른 하늘에서 벼락이 쳐도 좌파 정책을 펼칠 리는 없을 터인데, 기어이 3수를 선택한 것은 이명박 후보가 '불안'하다는 것이 유일한 이유다. 그러니 앞으로 이회창 후보가 펼칠 선거 전략은 이명박 후보의 불안을 증폭시키는 것 이상의 효과적인 방법이 또 있을까?

그런데 정치권 외곽에서 터진 삼성 비자금 문제에 대해서는 이명박·이회창 두 후보가 약속이나 한 듯이 입을 다물고 있다. 선거전에서 매일같이 폭포수처럼 쏟아지는 대변인 논평에서조차 삼성 비자금과 관련된 논평은 찾아보기 어렵다. 특정기업이 비자금으로 검찰과 재경부, 국세청을 포함한 국가주요기관과 사법부까지 관리해왔다는 양심선언이 나온 지도 벌써 한참 시간이 흘렀다. 이런 사실을 최고권력자가 몰랐거나 혹시 알고도 묵인해왔다면 이것은 기업의 문제를 떠나 정권 차원의 문제일 수도 있다. 현 정권을 심판하고 새로운 정권을 세우려는 야당으로서는 선거전에서 이 이상의 호재는 없다. 과거의 야당이었다면 발 빠르게 장외집회까지 기획했을 것이다. 물론 소수 야당인 민주노동당이 나서고 있긴 하지만, '집권 야당'이라는 특권을 누려왔던 한나라당과 이명박 후보, 한나라당을 탈당한 이회창 후보까지도 별일 아니라는 듯이 입을 다물고 있다.

레임덕이 없는 최초의 대통령임을 으스대며 사사건건 토를 달던 청와대도 전례 없이 과묵하고 신중한 처신을 하고 있다. 권력을 시장으로 넘겨버렸으니 청와대와는 무관하며, 책임질 일이 없다는 의미일지도 모르겠다. 어설픈 실용주의와 개혁과제에 대한 반복된 헛발질로 그 많던 살림밑천 다 거덜낸 통합신당과 정동영 후보도 삼성 비자금 문제에 대해 보여주는 엉거주춤한 태도는 두 이(李) 후보와 큰 차이가 없는 것 같다. 시민단체로부터 고발장을 접수받은 검찰은 아직 '회장님 지시'가 내려오지 않았는지 고발 접수장만 만지작거리고 있는 모양새다. 투표일은 다가오는데 어느 곳에서도 후보들의 정책은 찾아볼 수도 없고, 언론은 엉뚱하게 대통령 후보도 아닌 박근혜 의원의 일거수일투족에 촉각을 곤두세우고 있다. 형편이 이런데 선관위는 네티즌들의 입을 꽁꽁 묶어버렸고, 경찰은 광장에 바리케이드를 쳐 놓은 채 유권자들이 쏟아낼 말의 결집을 원천봉쇄해버렸다.

그렇다. 이번 선거는 삼성이라는 거대한 기형 달팽이 뿔 위에 선 후보들이 서로 자웅을 겨루는 꼴(蝸牛角上 較雌論雄)과 다를 바 없다. 그나마 통합신당의 정동영 후보는 달팽이 뿔 위에 올라서지도 못하고 미끄러져 있는 상태다. 달팽이는 두 눈을 두리번거리며 느릿느릿 태평스럽게 제 갈 길을 가고 있다. 주권자인 국민들은 속수무책 바라만 보고 있다. 참 이상한 선거다. 희한한 선거다. 정말 무서운 선거다.

『국제신문』 2007.11.14. 시론

법······ 표정 없는 얼굴

    다산의 『목민심서』에 실려 있는 「애절양(哀絶陽)」은 자식 때문에 당할 군액(軍厄)을 피하기 위해, 자신의 양물(陽物)까지 칼로 잘라내야 했던 조선조 후기 백성들의 참담했던 삶을 사실적으로 묘사한 7언시다. 사회적 약자들에 대한 착취와 차별은 봉건시대도 아닌, 21세기에 이른 지금도 여전히 해소되지 않는 온 인류의 해묵은 과제이긴 하다. 하지만 살아남기 위해 자신의 양물까지 잘라야 한다거나, 아무리 중죄인이라 할지라도 기요틴(단두대)이나 망나니의 칼로 죄수의 목을 치는 나라는 없어졌다. 그래서 역사는 끝없이 되풀이된다고는 하지만 더디더라도 언젠가는 하나둘씩 개선되어 나가더라는 역사적 사실 때문에 우리는 역사의 진보에 대한 믿음과 확신을 가지게 된다.

    1970년대 조세희 선생이 쓴 '난장이' 마을의 이야기 역시 불과 30여

년 전의 이야기이긴 하지만 분명 지나간 시대의 가슴 아프고도 슬픈 이야기이고, 결코 되풀이되어서는 안 될 그런 이야기여야 한다. 벼랑 끝에 몰린 사람들이 죽음 이외에 달리 저항할 수단이 없는 그런 끔찍한 상황은 지난 시대의 아픈 '기록으로만' 남아 있어야 한다. 그래야만이 우리는 역사의 진보에 대한 확신을 가질 수 있을 게다. 하지만 안타깝게도 1970년대 '난장이' 마을의 슬픈 이야기가 21세기도 벌써 10년이 훌쩍 지난 지금 대한민국의 수도 서울 한복판에서 더 끔찍하고 잔인하게, 더 큰 규모로 되풀이되고 있다. 용산 참사에서 비참하게 목숨을 잃은 70대의 노인을 '도심 테러리스트'로 둔갑시키는 공권력의 무지막지함은 역사의 진보에 대한 믿음을 아예 산산조각 내버렸다.

흔히 우리 사회의 70~80년대를 총칼이 지배하던 시대라고들 한다. 그러나 이 말은 진실이 아니다. 그 당시 국민들을 겁박하는 상징물인 총칼에 힘을 실어준 것은 법이었고, 그래서 군부독재라고는 하지만 실제로는 '법치'였다고 해도 무방하다. 공수부대의 광주학살이 가능했던 것도 비상계엄에 관한 '법'이 있었기 때문이고, 대학생들을 줄줄이 감옥에 가두어둘 수 있었던 것도 긴급조치에 관한 '법', 국가보안에 관한 '법', 집회와 시위에 관한 '법'이 있었기 때문이었다.

조세희 선생은 '난장이' 연작을 발표한 이후 1985년에 아주 짧은 소설 한 편을 새로 발표한다(「풀밭에서」, 『밥과 희망과 우리들의 공동체 ─ 80년대 대표소설선 1』, 황석영 · 김정환 엮음, 지양사 1985). '난장이'의 아들딸인 영수와 영희를 자신들과는 차원이 다른 '공돌이, 공순이'라 빈정대면서 대학을 다녔던, 그리고 졸업한 뒤에는 사회에 대해서 철저하게 "무반응으로 안

락한 가정을 지켜온" 서울시민의 이야기를 담은 소설이다. 그 소설은 조세희 선생이 그해 9월에 펴낸 사진·산문집 『침묵의 뿌리』(열화당 1985)에 다시 실린다.

주인공 한영식은 법관이 되려 했으나 연거푸 시험에 실패하던 중 먼저 법관이 된 친구의 약혼식에 들렀다가 친구 약혼녀의 들러리로 참석한 은영과 눈이 맞아 깊은 사랑에 빠져든다. 혼외정사로 은영이 아이를 가지게 되자 영식은 은영과 결혼을 하기로 결심을 하고 취직을 한다. 영식이 취직한 회사는 난장이 딸 영희가 "줄 끊어진 기타를 치며" 놀던 방죽 아래로 시커먼 폐수를 흘려보내던 '은강그룹'이었다. 영식은 "성공은 도덕과 아무 상관이 없다고 믿는 사람들 틈에서", "하루에 열두 시간씩", 때로는 "스물세 시간", 어떤 때는 "눈 한번 붙이지 못하고 마흔여덟 시간을 내리 일에만 매달린" 끝에 정확하게 "십일년 팔개월 이십삼일 만에 냉방기가 달린 승용차"로 출퇴근하는 은강그룹의 이사가 된다.

법관의 꿈을 이루지 못한 영식과 달리 바늘구멍을 뚫고 들어가 법관이 된 영식의 친구는 아무 감정도 표정도 없는 인물로 변한다. 그 친구는 "일본인이 지어 놓은 오래된 건물에서, 표정 없는 얼굴로 앉아 줄지어 서 있는 어린 후배들을 감옥으로 보내기" 위해 "몇 개의 관절만 움직이는 일"을 하고 있었다. "내가 안하면 누군가 하는!" 그 일을 열심히 사명감을 가지고 하고 있었던 것이다.

지금 퇴진 압박을 받고 있는 대법관 역시 "내가 안하면 누군가 하는!" 그 일을 열심히 사명감을 가지고 했을 뿐일 터인데, 아마 몹시도 억울할 것이다. 십일년 만에 이사 자리에 오른 영식은 지금쯤은 적어도 그룹 계열사 사장쯤은 되어 있을 것이고, 표정 없던 영식의 친구는 부장판사, 법원장을 거쳐 사법부의 최고위직에 올라 있을 것이다. 그리고 그들은 "정치적 이해와 동질적 요소, 그리고 일일이 꼽을 수 없을 정도로 많은 공통점 때문에 늘 단결한" 채 무소불위의 힘을 휘두르며 이 세상을 좌지우지 하고 있을 것이다. 그 힘은 총칼이 아닌 바로 그들만이 아는, 그들만이 휘두를 수 있는 '법'이다.

조세희 선생은 자신이 쓴 「풀밭에서」에 대해 "이 짧은 소설에 무슨 힘이 있겠느냐"며 장탄식을 하고 있다(『침묵의 뿌리』 80쪽). 그러나 지금 더 슬프고 더 안타까운 것은 단지 힘이 없어서가 아니라 세상과 공명(共鳴)하는 짧은 소설 한 편, 짧은 시 한 구절, 짧은 노래 한 자락 듣기가 힘든 시절이란 거다. 대신 온 천지에 "표정 없는" 그들의 법만 설쳐대고 있고, 역사의 진보에 대한 믿음은 산산조각 나버렸다. 무섭다.

『평화뉴스』 2009.3.22.

패장의 마지막 저항

　그 갑작스런 죽음에 가슴이 툭 내려앉는 것은 그가 국민의 존경과 사랑을 받는 지도자여서가 아니라 지금 우리 앞에 놓여 있는 현실이 너무 참담하기 때문일 것이다. 그래서 노무현 대통령의 참담한 죽음을 앞에 두고 지금 당장 우리가 해야 할 일은 애도가 아니라 그 죽음에 대한 해석이다. 그 해석을 바탕으로 우리가 실천해야 할 숙제를 찾아내는 일이다. '참담', '당혹', '비통', '애석', '슬픔', '다시는 이런 일이 없도록……', '화해와 통합의 계기……' 따위의 상투적이고도 진부한 수사들은, 전직 대통령이 스스로 죽음을 선택해야 할 정도로 민주주의가 숨통이 틀어막히고 있는 지금 시민들이 내뱉기에는 너무 한가한 낱말들이다. 그 말들은 청와대를 비롯한 여야 정치권의 살아있는 권력들과 그 권력의 주변에 기생하여 연명하고 있는 검찰과 '조·중·동'들이 입에 침이나 바를 수 있는 밑천으로 남겨두자.

지금 우리 주변에는 자살행렬이 매일같이 끝도 없이 이어지고 있고, 급기야 전직 대통령의 자살로 이미 '자살공화국'으로 정평이 나 있는 국가 브랜드에 화룡점정한 꼴이 되고 말았다. 노무현 전 대통령의 죽음을 이미 일상화되어 있는 자살 행렬과 같은 무게로 해석할 수는 없다. 사람의 목숨 값이 어찌 벼슬의 무게에 따라 달라지겠는가마는 노무현 전 대통령의 죽음은 절망, 죄책감, 수치심과 같은 통상의 자살동기와는 다른 해석이 필요하다.

퇴임한 지 불과 일 년이 갓 지난 전직 대통령이 검찰 수사를 받던 중에 스스로 선택한 죽음이라는 점, 그리고 그 검찰은 지금 살아있는 권력인 청와대와 한나라당의 총애를 받는 애완견이었다는 사실, 집권여당 안에서조차 이해하기 어렵다는 평가를 받은 검찰의 비열하면서도 불법적인(피의사실 공표죄) 수사방식……. 이런 정황에서 전직 대통령이 선택한 죽음의 동기가 단순한 수치심이나 죄책감으로 설명이 되겠는가? 그것은 어디까지나 '조·중·동'식 해석에 불과하다.

노무현 전 대통령이 죄책감을 느꼈다면 그 대상은 결코 검찰에게 부당하게 시달려온 가족과 측근들에게만 한정된 것은 아니었을 것이다. 거듭된 자신의 실책으로 끝내 정권을 넘겨주고 권력의 지형이 재편되면서 70년대식 폭압정치에 시달리고 있는 국민들에게 느끼는 죄책감이 더 컸을 것이다. 수치심을 느꼈다면 그 수치심이 어찌 전직 대통령이라는 자존심이 훼손된 수준에만 머물렀겠는가? 살아있는 권력의 입맛에 맞추어 전직 대통령을 푼돈이나 챙기는 잡범으로 만드는 정보를 흘림으로써 저잣거리에서 '조리돌림' 당하도록 내버려두는 검찰과 거기에 악을 쓰며 침을 뱉고 돌을 던지는 보수언론을 진작 개혁하지 못했던 자신의 무능함에 대한 수치심이 더 컸을 것이다.

노무현 대통령이 정작 "너무 힘들어" 했던 것은 졸렬한 정치보복으로 반사이익을 누리려는 권력의 의도에 너무나 충실히 추종하는 검찰의 태도 때문만은 아니었을 것이다. 그가 권좌를 물려준 지 불과 일 년 만에 세상은 30년 전으로 퇴보해버렸으나 전직 대통령으로서 아무 일도, 아무 말도 할 수 없는 자신의 처지가 비관스러웠을 것이고 그것이 "정말 힘들었을" 것이다.

그래서 나는 노무현 대통령의 마지막 선택을 비관과 절망의 심정이 겹친 자포자기에서 나온 선택이 아니라, 벼랑 끝에 몰린 패장(敗將)의 '마지막 저항'이라고 생각한다. 죄를 처벌하지 아니하고 사람을 골라서 죄를 덮어씌우고, 그나마 그 죄에 대한 처벌 또한 법의 의한 처벌이 아니라 여론의 돌팔매질로 재판이 시작되기도 전에 사람을 짓이겨 놓는 검찰의 범죄적 수사방식에 대해 무기력한 피의자가 선택할 수 있는 '마지막 저항'이라고 생각한다.

노무현 대통령의 서거 소식이 알려지자마자 수사주체인 검찰이 입을 열기도 전에 법무부장관이 먼저 나서 "노무현 대통령에 대한 모든 수사는 종결"될 것이라고 했고 나머지 수사도 보류될 것이라 했다. 무엇을 위한, 누구를 겨냥한 수사였는지 검찰과 법무부 스스로 자백하고 있는 꼴이다. '나머지 수사'란 무엇을 뜻하는가? 양념으로 엮어 넣으려 했던 현 정권의 몇몇 실세들과 수사 대상에 올랐던 판검사와 경찰, 정치인들에 대한 수사를 이르는 말일 게다. 이들에 대한 수사가 굳이 보류되어야 할 이유는 무엇일까? 나머지 수사가 보류되면서 수사 선상에 올랐던 현 정권의 몇몇 실세, 판검사, 정치인들, 그리고 몇 달 만에 비로소 여론의 중심에서 비켜날 수 있게 된 신영철 대법관. 이들은 지금 비통해 하고 참담해 하고 있을까?

노무현 대통령의 서거와 관련해서 수사를 담당했던 검찰 관계자들을 피의사실 공표죄로 처벌하지 못한다면 이 나라의 그 어느 누구도 살아도 산 목숨이 아니다. 어느 한순간 검찰에 의해 재판도 받기 전에 저잣거리에서 육신과 영혼이 처참하게 도륙될 수 있기 때문이다. 21세기 문명사회에서 이렇게 살벌한 나라가 또 있을지 모르겠다.

노무현 대통령이 재임시절 "스스로 놓아버렸다"는 권력을 개들이 나누어 물고서는 그늘 밑으로 어슬렁어슬렁 사라졌다. 노무현 대통령은 죽음으로써 국민들에게 말했다. 그 권력, 시민들 당신들의 힘으로 다시 찾아오라고……

『평화뉴스』 2009.5.25.

끝없는 계급배반의 선택

약속이나 한 듯이 두 전직 대통령이 앞서거니 뒤서거니 하면서 역사의 전면에서 사라졌다. 그리하여 한 시대가 저물었다. 허망하다. 허무하다. 마음 붙일 곳 없어 더 허전한 시간들이 속절없이 그냥 그렇게 흘러가고 있다. 국민이 주인이 되는 참세상, 민주주의가 피운 형형색색의 꽃들이 한반도 삼천리에 만발하는 그런 세상을 위하여 피 흘리며 싸워온 세월이 그 얼마였던가? 그 시절의 주역은 이제 가고 없는데, 안타깝게도 역사의 물줄기는 거침없이 거꾸로 되돌아가고 있다.

김대중 전 대통령이 한국사회의 민주화와 한반도 평화의 상징이자 버팀목이었던 것은 온 세계가 인정하는 사실이고, 또 노무현 전 대통령은 수구보수세력들이 그악스럽게 저항해올 때마다 스스로 '구시대(87년체제)의 막내'이고자 몸부림쳤던 사람이었다. 그런 두 사람이 이끌어

왔던 10년의 치세 동안 한국사회의 '정치적 자유'는 끝도 없이 확장되어왔다. 현직 대통령을 향하여 정치적 반대자들이 비판의 차원을 넘어 조롱과 경멸의 표현을 일삼을 수 있었던 것도 그 시절이었다. 그들이 누린 정치적 자유는 최소한의 예의와 금도조차 넘어서는 수준이었지만 그 누구도 제어할 수가 없었다. 수구보수세력과 보수언론들의 패륜에 가까운 망언과 만행들을 제어하려는 작은 움직임조차 '야당 탄압', '언론 통제'라는 비판에 맥없이 무너져야 했다. 수구보수세력의 파렴치한 정치적 자유가 무한 확장되어왔던 10년의 세월이 지난 지금, 그러나 어처구니없게도 세상의 주인은 국민이 아니다. 우리 슬픈 현대사가 늘 그렇듯이, 세상의 주인은 여전히 아직도 이 나라에서 한 줌도 안 되는 바로 '그들'이다.

정치적 자유가 확장되어갈 무렵부터 덩달아 경제적 자유도 같이 확장되어 왔다. 경제적 자유가 확장되기 시작하자 한도 끝도 없는 경제적 자유를 누린 것은 국민들이 아니라 바로 거대자본을 움켜쥔 소수의 재벌들이었다. 군부독재가 지배하던 70~80년대에 관치금융·관치경제 덕택에 몸집을 키워온 재벌들은 그들이 "좌파정권 10년"이라 빈정거리던 그 시절에 누구도 넘볼 수 없는 성역을 구축했다. 거대자본의 횡포를 시장원리와 헌법 정신에 맞게 규제하려는 정부의 정책은 새빨간 물감칠을 해대며 덤벼드는 보수세력의 공격 앞에 힘 한번 써 보지 못하고 무너졌다. 헌법 정신에 따라 경제적 약자를 보호해야 할 최종 책임을 가진 사법부마저 거대자본의 힘 앞에 다소곳이 무릎을 꿇고서는 재벌들의 '경제적 자유'의 수호자임을 자처하고 나설 지경에 이르렀다.

지난 10년 동안 소수의 재벌들과 수구보수세력들만이 누려왔던 정치, 경제적 자유를 국민들도 공유할 수 있을 것이라는 착각 속에서 국민들은 이명박정부를 선택했다. 세금 부담이 없어 행복한 세상, 탈세와 절세의 구분이 없어 재산 증식이 자유로운 세상, 투기와 투자의 경계가 없어 대박이 일상화된 세상, 부(富)의 상속이 물 흘러가듯 자연스러운 세상, 자녀교육을 위해서는 위장전입 정도는 얼마든지 용인되는 세상, "자연의 일부인 땅을 사랑하는" 사람이 넘쳐나는 세상…… 그런 세상을 꿈꾸며 우리가 선택한 정권이 바로 이명박정부이다. 그리고 이명박정부도 출범한 지 벌써 일 년 반이 훌쩍 지났다. 그런데 이명박정부를 선택한 국민들의 현실은 어떤가? 대박이 터졌는가? 비참하다 못해 절망스럽기까지 하다.

　　경제적 자유는커녕 한 푼의 수입과 일자리를 위한 예속과 굴종은 더욱 심해졌고, 권력은 온갖 사정기관을 다 동원하여 맹목적인 예속과 굴종을 강요함으로써 국민들은 정치적 자유마저 잃어버렸다. 생각을 드러내고 말을 할 수 있는 의지조차 시들어가고 있다. 사방팔방에서 납득하기 어려운 이유로 하루아침에 일터에서 모가지가 잘려나가는 사람들이 줄을 잇고 있는데, 세상은 한없이 조용하다. 모두 두려움 속에 한 끼의 밥을 보장해주는 일자리에 예속되어 있는 탓일 게다. 이 땅에서 한 줌도 안되는 소수의 정치적, 경제적 자유를 위해 우리 모두는 비참한 예속과 구역질 나는 굴종의 시대를 살고 있다.

　　두 전직 대통령이 고인이 됨으로써 이제 한 시대는 막을 내렸다. 그 시대는 '영웅의 시대'였고 '백마 타고 오는 초인의 시대'였다. 영웅의

시대가 가고 초인의 시대가 감으로써 전선은 더욱 불투명해졌고, 피아
(彼我)를 구분하기조차 어려워졌고, 그래서 싸움은 더 어려워졌다. 게다
가 적은 저 멀리에 선명하게 자리잡고 있는 것이 아니라 우리 '안'에,
또 내 마음 속에 '욕망'이란 형태로 똬리를 틀고 있기도 해서 '그림자'
조차 찾기 힘들 때가 있다.

  그래서 새 시대를 이끌어 갈 새로운 전망과 그 전망에 바탕을 둔 새
로운 싸움이 필요하다. 무엇보다 80:20에서 90:10으로까지 양극화된 이
사회에서 90%에 속한 이들이 왜 자신들의 계층과 계급을 배신하는 선
택(투표)을 끝없이 되풀이하는지, 이에 대한 설명과 성찰이 필요하다.
그러므로 스스로 80~90%에 속하는 국민들을 대변한다고 자부하는 정
파는 영웅이나 초인을 기다리지 말고 우선 조건 없이 만나야 한다. 앞으
로 영웅이나 초인은 쉽게 나타나지도 않을 것이고, 영영 나타나지 않을
지도 모른다.

『평화뉴스』 2009.8.31.

민주·개혁세력의 길 찾기

사방을 두루 살펴보아도 꽉 막혀 있다.
치고 나갈 틈새도 보이질 않고
물러설 수 있는 퇴로를 찾기도 어렵다.
먹빛 같은 어둠 속에
바람소리조차 아득한 정적 속에
꼼짝할 수 없이 갇혀 있는데
간간히 귓전을 때리는 함성소리가
온몸에 소름이 돋게 만든다.

손바닥에는 땀이 홍건하고
등줄기에는 식은땀이 흐른다

입술은 바짝바짝 타 들어가고
한순간 후드득 쏟아지고 마는
소낙비 소리에도
소스라치게 놀란다.

초조하다. 불안하다.
한없는 두려움에 몸을 떤다.
쉬 잠들지 못하는 밤이 점점 많아진다.
불면의 밤이 동이 터 오를 때까지 걸리는 시간은
한없이… 한없이……
길고도 길다.

할 수 있는 일이란
그저 오늘을 버텨 내일을 연명할 수단을 찾는 것뿐
꿈도, 이상도, 미래도 없다
앞이 보이질 않으니
자신의 운명을 일치감치 예감한
병자처럼
점점 말이 거칠어지고
염치가 없어지고, 짜증이 늘어나고, 난폭해지고,
특정할 수 없는 대상에 대한 분노만 쌓여가고
눈에는 광기가 번들거린다

인간이 갖추어야 할 최소한의 품위와

교양을 생각한다는 것은

사치스러운 일이다.

손에 잡히는 것, 발에 걸리는 것

무엇이든 휘두르고, 걷어차고, 내동댕이질 친다.

* * *

자신의 이상에 이르는 길을 발견할 수 없는 사람은, 이상을 지니지 않은
인간보다 더 경박하고 파렴치하게 살아간다. ― 니체

지금 이 땅에서 이처럼 공포에 떨면서 '경박하고 파렴치하게' 살아
가고 있는 한 무리의 사람들이 있다. 그들은 도대체 누구일까? 바로 청
와대와 청와대에서 드리워 놓은 줄을 잡고 있거나 청와대에서 내던져준
개목걸이에 목을 매달고 사는 사람들이다. 이들이 두려워하고 있는 것
은 희미한 촛불도 아니고 문약(文弱)한 사람들이 모여 읽는 시국선언문
도 아니다. 그들을 두려움에 휩싸인 채로 불면의 밤으로 내몰고 있는 것
은 바로 '시간'이다.

한순간도 쉬지 않고 째깍째깍 흘러가는 시계소리가 그들에게는 감
당하기 어려운 고문과도 같을 것이다. 금세 1년 반이 훌쩍 지났고, 이제
남은 시간은 겨우 3년 반 남짓. 경찰과 검찰의 강철대오로도 어찌할 수
없는 것이 바로 시간이다. 정치적 반사이득을 노리기 위해 전직 대통령

을 조잡한 방법으로 할퀴고 물어뜯어 결국에는 '미필적 고의에 의한' 또는 '포괄적' 살인(?)까지 하였으나 그래도 그 누구도 처벌받지 않는다는, 과거청산을 위한 훌륭한(?) 선례까지 만들어 놓은 정권인 만큼 흘러가는 시간에 대한 그들의 두려움은 충분히 짐작이 간다.

주어진 시간이 속절없이 흘러가는 데 대한 권력의 두려움을 배가시키는 것은 당연히 강력한 야당의 존재다. 그러나 우리 정치의 희극인지 비극인지는 모르겠으나 현재 우리 정치지형에서 가장 강력한 야당은 국회나 길거리에 있는 것이 아니라 여당 안에 있다. 한 정치인의 이름을 따고 그 정치인의 치마폭에 둘레둘레 모여 있는 일군의 정치세력들. 어떤 눈치도 보지 않는 현 권력층이 유일하게 눈치를 살피는 정치세력이다. 그들은 그 어떤 이유로도 흔들리지 않는 콘크리트 지지층까지 확보하고 있다.

단임제 체제에서 대통령과 여당의 정치인들은 운명공동체가 아니다. 대통령의 인기가 끝없이 추락하여 여당 국회의원들의 입지마저 흔들리게 되면 청와대와 여당의 거리는 점점 벌어질 것이다. 이때 기회를 엿보던 여당 내 야당의 야성(野性)이 날개를 펼치고, '조·중·동'과 KBS까지 '연대'하여 떠들어대기 시작하면 찬밥 먹던 진짜 야당들은 쉰밥 신세로 전락할 수가 있다. 그러므로 흩어져 있는 힘을 모으지 않는 이상은 여당내의 야당을 넘어설 수 없는 것이 현재 실질적인 야당들이 맞닥뜨리고 있는 현실이다.

그런데 우리가 주목해야 할 것은 선거가 거듭될수록 한나라당의 절대지지층은 정책투표 성향을 보인다는 것이다. 그 정책이란 게 기껏해야 내 집값, 내 땅값 올려주고 내 세금 깎아주는 게 고작이긴 하지만. 그래서 후보의 '자질'이나 '품성', '경력' 또는 '심판'이니 '응징'이니 하는 구호는 한나라당의 절대지지층에게는 아무런 변수가 되지 못한다. 지금 야당들의 존재감이 보이지 않는 제일 큰 이유는 현 정권의 정책을 저지하거나 보완한 정책을 다듬어 내놓은 '상품'은 없이, '심판'이니 '응징'이니 하는 구호만 요란하기 때문이다. 특히 대구지역에서 '심판', '응징'이라는 구호는 동굴 속에서 이불 뒤집어쓰고 떠드는 소리와도 같다.

대구지역에서 비록 소수이긴 하지만 민주·진보·개혁을 지향하는 정치세력과 시민사회단체의 연대는 더 이상 미룰 수 없는 절체절명의 과제다. 문제는 연대의 방식이고, 연대의 전제조건이 있어야 하는 것도 사실이다. 그 연대의 전제조건은 과거의 행적에 대한 '반성'과 '성찰'임은 두말할 필요도 없다. 그런데 반성과 성찰의 우선순위는 제일 먼저 자신과 자기 조직에 대한 반성이어야지, 타자에 대한 반성과 비판이 우선되어서는 곤란하다. 연대를 주장하면서도 "싹쓸이만 막자"는 거지동냥식의 선거방식을 고집하고 있는 민주당, "동지는 간 데 없"는데 빛 바랜 깃발만 부여잡고 있는 진보정당들, '시민 없는 시민운동'을 해온 시민단체가 한자리에 꾸준히 모이기 위해서는 자신과 자신의 조직에 대한 처절하고도 잔인하기까지 한 자기반성이 있어야 한다.

참여정부의 실패와 현 정부의 일방적 독주체제 때문에 87년체제의 성과까지 부정하며 절망할 필요는 없다. 87년체제는 한국사회에서 '선거'라는 절차를 통해 사회를 변화시킬 수 있게 한 항쟁의 성과물이요 시민사회의 합의이다. '시간'이 지나면 어김없이 선거가 돌아오도록 만들

어 둔 것이 87년체제다. 그래서 권력층은 시간이 지나는 것이 두려울 것
이고, 국민들은 시간이 어서 흘러 선거가 다가오기만을 기다린다.

1987년 이후 유독 대구지역만 선거가 무의미하고 요식절차에 불과
한 독특한 지역이 되고 말았다. 하지만 대구를 바꿀 수 있는 동기와 힘
을 얻는 방식은 싫든 좋든 선거뿐이다. 시민사회단체와 진보개혁 정치
세력의 연대가 대구사회의 변화를 겨냥한 것이라면 그것은 당연히 '선
거'를 위한 연대여야 한다. 그런데도 '선거만을 위한 연대'를 하지 않겠
다면 무엇을 위한 어떤 연대를 하겠다는 것인지 구체적인 설명이 있어
야 한다.

"자신의 이상에 이르는 길"을 찾지 못해 "경박하고 파렴치하게" 사
는 것은 꼭 수구보수세력에게만 적용되는 말은 아닐 것이다. 혼자서 길
을 찾지 못하면 함께 찾으면 된다. 함께 길을 찾기 위해서는 '실천가능
한 공동의 전략'과 '획득가능한 공동의 목표'에 대한 치열한 논쟁이 필
요할 것이다. 그러므로 무조건 만나야 한다. 시간은 우리 편에 있지만
우리가 충분히 준비할 만큼 시간이 넉넉한 것도 아니다. 갈 길은 먼데
해 저물면 길을 잃는다.

『평화뉴스』 2009.6.21.

지언(知言)과 향원(鄕愿)

─ 정운찬 총리 청문회를 보고

　　얼마 전 "X 같아서" 시골에 은둔하고 있다는 김지하 시인이 "한마디로 X 같아서" "주둥이 까는 자리"에 써 놓았다는 글 한 편이 장안의 화제가 된 적이 있다(시론 「천만원짜리 개망신」, 『조선일보』 2009.9.26). 보통 사람의 상식으로 보면 조간신문의 시론에 올라온 표현치고는 좀 거칠다 싶긴 하지만 "지우지 말길 바란다"고 신신당부까지 할 필요는 없었지 싶다. 대시인의 표현에 누가 함부로 칼질을 하랴. 정권의 충견들이 눈에 불을 켜고 검열을 하던 시절에도 김수영 시인은 버젓이 "네에미 씹이다"에다 "아이스크림은 미국놈 좆대강이나 빨아라"는 표현을 쓴 적이 있고(김수영 「거대한 뿌리」), "서른, 잔치는 끝났다"던 여자 시인은 "컴-퓨-터와 씹"하고 싶다는 말까지 늘어놓았지만(최영미 「Personal Computer」) 아무런 문제가 없었다.

사람마다 취향과 인연이 다 다른지라 김지하 시인이 "정운찬 씨를 좋아하"는 사실에 대해 시비를 따질 건 못 된다. 게다가 야당, 특히 민주당은 MB정부가 내놓은 정책이 아무런 저항도 받지 않고 무한질주가 가능토록 길을 닦아 놓았기도 하고, 한때 자신들의 주군으로 옹립하려 했던 전력까지 있는지라 김지하 시인 자신이 좋아하는 사람을 물어뜯는 야당의원들이 "한마디로 X 같"다는 심사가 생길 수도 있겠다 싶다.

하지만 좋아하는 사람을 두둔하기 위해 김지하 시인이 맹자를 끌어들인 것은 아무래도 번지수를 잘못 짚은 것 같다. 청문회는 말 그대로 공직자의 말을 듣는 자리이고, 그 말을 통해 공직자의 품성과 깜냥을 판단한다. 그 판단의 주체는 국회의원들이라기보다는 오히려 국민들이다. 그래서 청문회를 온 국민을 상대로 생중계까지 하는 것 아니겠는가? 말을 통해 그 사람의 됨됨이를 판단하는 것을 맹자는 지언(知言)이라 했다 (『공손추』 상 2장). 청문회에서 정운찬 총리가 내뱉어 놓는 말 때문에 김지하 시인이 그를 좋아하든 말든 간에 그의 능력과 품성은 이미 온 천하에 드러났다고 할 수 있다.

화재의 원인을 놓고 재판에서 한참 다툼이 벌어지고 있는 용산참사에 대해 정운찬 총리는 "화염병이 화재의 원인"이라고 자신있고 유창하게 말했다. 이를 보면 그의 귀와 눈은 무언가에 꽉 막혀 있음을 알 수 있다〔詖辭, 知其所蔽〕. 근대시민사회에서 공직자는 국민에게 행정서비스를 제공하는 머슴일진대 그저 가마 탈 생각에 젖어 국민을 오히려 가마꾼 취급하고 있는 말을 하는 것을 보면 봉건시대의 선민의식에 푹 빠져 있음〔淫辭, 知其所陷〕도 알 수 있다. 또 4대강사업과 세종시 문제에 대해 사특하게도 말을 이리저리 바꾸는 걸 보면 국민의 정서와는 동떨어진〔邪辭, 知其所離〕 사람임을, 그리고 자신의 소득과 재산문제에 대해 말을 빙빙 돌리며 거짓말을 일삼는 걸 보면 처지가 몹시 궁색하다는 것〔遁辭, 知其所窮〕을 충분히 짐작할 수 있다.

"나쁜 사람은 아닌 듯한데" 어찌 저 지경으로 양파 꼴이 되었는지 많은 사람들이 혀를 끌끌 차고 있다. 사람은 모두 태생적으로는 선하다고 했던 맹자는 이를 함닉(陷溺), 곡망(梏亡), 방심(放心) 탓이라 설명한다(『고자』 상 7·8·11장). 다시 말해 정운찬 총리는 자신만의 세계와 환경에 갇힌 채〔陷溺〕 주변을 둘러볼 안목이 없었고, 양심과 선심이란 미미하여 계속 가꾸고 키워나가야 하는 것인데 도끼질로 산에 나무를 베어내듯 다 베어내버렸고〔梏亡〕, 재물은 눈에 불을 켜고 찾지만 잃어버린 양심〔放心〕은 되찾아올 줄 몰라 생긴 것이다. 맹자에게 학문의 목적은 잃어버린 마음을 되찾아 오는 것일 뿐인데〔學文之道無也, 求其放心而已矣〕, 정운찬 총리는 학문을 출세의 도구로 이용했다.

게다가 맹자는 몽둥이로 사람을 때려 죽이는 것과 폭정으로 사람을 죽이는 것과는 전혀 차이가 없다(『양혜황』 상 4장)고 했던 사람이다. 금고에 돈과 금붙이와 주식이 가득가득 쌓여 있는 집안은 세금마저 듬뿍듬뿍 깎아주고, 반면에 길거리를 서성이는 실업자들이나 철거민들에게는 굶어 죽든 얼어 죽든 불에 타 죽든 스스로 목숨을 끊든 눈길 한번 주지 않는 그런 정부가 내리는 벼슬을 냉큼 받은 사람을 맹자가 명지(明志)가 겸비된 현자(賢者)나 군자라 평가했을 리는 없다. 맹자는 이런 사람을 '향원(鄕愿)'이라 불렀다.

'향원'에 대해 다산 정약용은 "흑백, 시비를 가리지 않고 (…) 소직(小職)을 주면 사양하여 겉으로는 겸손한 듯 보이나 그의 뜻은 큰 것을 얻으려는 데 있다. 그 행사를 살펴보면 별다른 트집을 잡을 것이 없으나 그의 마음을 살펴보면 더럽다고 여기지 않을 수 없"(『논어고금주』 양화편)다고 했다. 공자는 이런 '향원'을 덕의 도적이라고 했다〔鄕愿, 德之 賊也 『논어』 양화편〕.

그러나 덕! 도덕성이라는 것……. 이 나라에는 지금 누군가 훔쳐가려야 훔쳐갈 도덕이란 게 없다. 지난 선거에서 국민들은 도덕성을 길거리를 어슬렁거리는 개나 뜯어 먹어라고 내던져버렸다. "항산(恒産)이 없는 시대에 항심(恒心)을 잃어버린" 국민들의 어리석은 선택이었지만 이제 와서 되돌릴 수도 없는 일. 그러니 도덕성과는 전혀 무관한 정운찬 총리가 총리직을 유지하든 야당의 공세로 낙마를 하든 달라질 것은 없다. 다만 그 자리를 지키려는 총리가 애처로울 뿐이다. 정운찬 총리가 누리는 부귀영화는 그의 덕성과 학문에서 비롯된 것이 아니라 권력이 내려준 것이므로 꽃병 속의 꽃과 같이 뿌리가 없으니〔若以勸力得者 如甁鉢 中花 其根不植 其萎可立而待矣 『채근담』〕 시들기만 하면 금방 버려질 신세일 것이기 때문이다. 또 최장집 교수의 말처럼 MB정부와 그 각료들을 비난하고 비판한다고 해서 진보, 개혁성이 담보되는 것도 아닌 만큼 신임총리의 존재에 대해 우리가 그리 과도한 관심을 가질 이유도 없다.

문제는 그들만의 잔치판을 바라보며 좌절한 나머지 허무주의와 냉소주의에 젖어들지 말아야 한다는 것이다. 저항이 벽에 부닥칠 때 허무주의와 염세주의가 새파란 싹을 키운다. 멀고 또 높은 이상만 추구하다가 돌부리에 걸려 진흙탕에 나뒹구는 일은 없어야 한다. 그래서 밑바닥에서부터 다시 시작하는 거다. 맹자가 설파한 '인정(仁政)'의 작은 한 부분만이라도 오늘의 현실에 맞게 실현되고 구체화될 수 있도록 흩어진 작은 힘들을 모아야 한다.

『평화뉴스』 2009.10.19.

학교폭력,
문화의 문제? 문화의 문제!

경기도 어느 중학교의 선후배 사이에서 일어났던 '막장 졸업식 뒤풀이'로 세상이 떠들썩할 무렵, 이명박 대통령이 이 사건에 대해 '경찰이 나설 일'이 아닌, '문화의 문제'로 평가한 것은 정말 문제의 본질을 꿰뚫어 본 명쾌한 진단이라 평가할 만하다. 피해자들의 부모들이 가해자를 형사 고소한 사건에 대해 대통령이 '경찰이 나설 일'이 아니라고 피해자들의 정당한 권리를 한칼에 잘라버리려는 듯한 발언에는 문제가 있지만, 학교폭력이 경찰이 나선다고 해서 해결되지 않는다는 사실만큼은 분명하다. 그런데 '문화의 문제'로 진단은 하였으나 학교폭력이 어떤 문화에 뿌리를 둔 것인지 그리고 해결은 어떻게 할 것인지에 대해서는 전혀 언급이 없는 바람에 대통령이 모처럼 내린 명쾌한 진단이 썰렁한 립서비스가 되고 말았다.

모든 학교에 영어를 공용화하고, 전국의 모든 학생들을 대상으로 다달이 일제고사를 치르고 개개인의 성적을 만천하에 낱낱이 공개하면 학교문화는 선진화되고 학교폭력은 자취를 감추게 될까? 우리 사회에서 학교폭력은 요즘의 어린 학생들이 새롭게 창조해낸 낯선 문화가 아니라 진화·발전하면서 나날이 참신한 모습으로 새롭게 등장하는, 역사와 뿌리를 가진 생명체나 마찬가지이다.

나의 중고등학교 시절에 학교폭력, 특히 교사에 의한 폭력은 당연히 그래야 하고, 마땅히 받아야 하는 교육 그 자체였다. 교사의 폭력에 대해서는 그 누구도 이의를 제기할 수조차 없었고, 그럴 사람도 없었다. 선착순 달리기에서 맨 끝에 달려들어와 숨을 헐떡거리고 있는데, 얼굴에 땀이 없다며 그래서 일부러 슬슬 뛴 거 아니냐며 내 등짝을 몽둥이로 사정없이 두들겨대던 그 교사의 표독스런 얼굴을 나는 30년이 지난 지금도 기억하고 있다. 70년대 쌀이 부족하다 하여 국가에서 혼분식을 장려하면서 중고등학생들의 도시락까지 검열하던 시절, 점심 도시락에 보릿쌀이 부족하다면서 그 도시락을 들어 내 얼굴에 처박던 사람도 교사였다. 아들에게 쌀밥을 먹이고 싶어 도시락 윗부분에만 보리쌀을 살짝 발라놓은 모성애가 화근이었다. 사람이 먹을 밥을 사람을 두들겨 패는 몽둥이로 휘저을 줄이야 누가 알았을까? 그 시절 선배들이 군기를 잡는다면서 휘두르는 폭력은 오히려 애교에 가까웠다.

고등학교를 졸업하던 날 밀가루를 뒤집어쓰지는 않았지만, 집으로 돌아오자마자 나는 3년 동안 내 까까머리를 짓눌러 왔던 '따깨비' ─ 그 시절, 우리는 교모를 따깨비라 불렀다 ─ 를 도루코(문구용 칼)로 난도질

하여 쓰레기통에 처박아 넣었던 기억이 있다. 그 따개비는 우리가 학생임을 상징하는 징표라기보다는 매질의 꼬투리였다. 모자를 삐뚤게 썼다고, 모자를 쓰지 않았다고, 너무 푹 눌러 썼다고, 모자 밑으로 빠져나온 머리카락이 너무 길다고. 이유도 참 가지가지였다.

그로부터 30년이 지난 지금, 학교는 얼마나 달라졌나? 교사들에 의한 폭력이 현저히 줄어든 것은 분명한 것 같다. 교육계의 각성 탓일까? 나는 아마도 인터넷과 극성 부모의 영향이 더 컸을 것이라 생각한다. 지각을 했다고 200대를 두들겨 패는 교사……. 인터넷이 없었다면 그 교사는 오늘 이 순간에도 현직에서 몽둥이를 휘두르고 있었을 것이다.

그러나 더 심각한 것은 따로 있다. 겉으로 드러난 폭력이 줄어드는 대신 폭력은 은밀하게 더 가혹하게 학생들의 내면 세계로 파고들고 있다. 지금 학교는 서울대를 가는 학생과 못 가는 학생, 수도권대학을 가는 학생과 못 가는 학생으로 구분하여 차별한다. 급식비를 내는 학생과 못 내는 학생이 확연히 구분이 된다. 학원을 갈 수 있는 학생과 못 가는 학생의 수준 차이, 미국연수를 다녀온 학생과 다녀올 수 없는 학생의 수준 차이는 지금 이 순간 대한민국에 사는 인간의 힘으로는 도저히 메울 수가 없는 것 같다. 하지만 세상은 조용히 잘도 돌아간다. 매질도 이런 매질이 있나? 그러나 이 시대의 학생들은 이런 매질을 당연한 것으로 받아들이며 순응하고 있다. 어른들까지 당연한 것으로 받아들인다. 이보다 더 무서운 폭력이 또 있을까?

내가 중고등학교에서 겪었던 학교폭력의 뿌리를 나는 70여 년 전 내 아버지의 졸업사진에서 본다. 교복인지 군복인지를 구분하기 힘든 복장의 학생들이 도열해 있는 한가운데 콧수염을 기른 늙수그레한 군인이 땅바닥에 세운 긴 칼을 두 손으로 잡은 채 앉아 있는 사진이다. 아마도 그 늙수그레한 군인은 일본인 담임교사였던 모양이고, 그 담임의 권위는 칼에서 왔을 것이다. 일본제국주의는 물러갔으나 우리 아버지세대는 안타깝게도 일제 잔재를 청산하지 못했다.

군부가 일본제국주의의 자리를 차지하고 있던 시절에 나는 학창시절을 보냈다. 교정에는 총검술 소리와 "충성" 소리가 요란했고, 우리는 군복과 교복을 번갈아 입어가며 학교를 다녀야 했다. 그 시절 교사의 권위는 몽둥이에서 나왔다. 그 뒤 군부세력은 정치일선에서 물러났으나 30년 군사독재가 심어놓은 문화적 잔재를 우리 세대는 청산하지 못했다. 군대식 서열의식과 위계질서는 하나도 바뀐 것이 없었고, "한번 선배면 영원한 선배"라는 말도 안 되는 기득권을 놓치려 들지도 않았으며, 패거리문화를 청산할 생각조차 하질 않았다. 군사독재 시절에 만들어진, "하면 된다!", "안되면 되게 하라!"는 식의 '무대뽀 삽질 정신'은 오늘 이 시간 4대강사업과 세종시 수정계획에 이르기까지 면면히 이어지고 있다.

일찌감치 청산되었어야 할 그 문화가 직장과 대학, 고등학교를 넘어 중등, 초등학교로까지 내려가고 있다. 경기도 어느 중학교의 "막장 졸업식 뒤풀이"는 그런 문화 현상의 하나가 겉으로 드러난 것일 뿐이다. 뿌리 깊은 문화의 문제인데 경찰이 나서서 누구를 처벌하고 또 누구를 탓한다고 해서 해결될 문제가 아닌 것이 맞다.

이런 문화를 청산하고 바꿀 수 있는 기회는 얼마든지 있다. 바로 선거다. 선거가 다가오니 생각나는 인물이 한 사람 있다. 능력과는 어울리지 않은 완장을 찬 탓에 들뜬 나머지 마구잡이 칼장난을 즐기다가 엉뚱하게 국가기관의 장을 두 사람으로 만들어놓았으면서도[1] 책임을 느끼기는커녕 "재미있"다고 한 유인촌 장관. 2008년 10월, 문방위 국정감사장에서 사진기자들에게 내뱉은 유 장관의 말이 다음 선거에서 아주 유용하게 쓰일 것 같다는 생각이 든다.

"XX 찍지 마! 찍지 마! 씨…… 성질 뻗쳐서 정말……."

『평화뉴스』 2010.2.21.

1　2008년 12월 문화체육관광부가 문예진흥기금 운용 손실 등에 대한 책임을 물어 문화예술위원회 김정헌 위원장을 해임했으나 김 위원장이 이에 불복해 소송을 냈고 2010년 1월 법원은 해임무효판결을 내린다. 이에 해임 후 김정헌 위원장이 392일 만에 다시 문화예술위원회로 출근하게 되자 문화예술위원회는 신·구 두 위원장이 함께 근무하는 '한 지붕 두 위원장' 체제가 되었다.

한국사회의 변화와 대구,
그리고 지역 언론

민주주의의 발전과 그 수단으로서의 선거

대통령 탄핵사태와 4·15 총선을 거치면서 한국사회는 비로소 독재
와 반독재, 민주와 반민주의 대립구도를 넘어 제도 정치권내에 보수와
진보라는 이념의 대립구도가 형성될 수 있는 토양을 마련하게 되었다.
민주주의라는 형식의 틀을 넘어 내용을 갖추게 될 때까지 무려 반세기
가 넘는 세월을 소진해온 것이다. 한국사회의 이런 변화 속도는 이미
민주주의가 완성 단계에 있는 서구 사회에 견주어보면 답답하리만치
더디게 진행되어온 감이 없지 않지만, 프랑스혁명으로부터 시작된 서
구형 민주주의가 지금 단계에 이르기까지 걸린 세월과 엄청난 희생을
감안한다면 한국의 민주주의 발전 속도는 경제성장 속도만큼이나 온
세계가 주목할 만한 것임에는 틀림없다. 그런데 이런 한국형 민주주의

의 발전 과정은 '혁명'이 아닌, 민주주의 사회에서 의사결정의 합리적 수단으로 선택한 '선거'에만 의지해서 일구어낸 성과라는 점에서 긍정적인 평가를 내릴 수도 있겠지만, 한편으로는 오로지 '선거'에만 의존해 왔기 때문에 언제든지 과거로 퇴행할 수 있는 불안정한 기반을 가지고 있다고 보아야 할 것이다.[1] 그것은 지난 역사의 경험에서 충분히 확인할 수 있다.

우리 사회에 민주주의가 도입된 이래로 혁명(과 비슷한) 상황은 여러 차례 있었지만 진정한 의미의 혁명은 제대로 경험하지 못했다. 이것이 다행인지 불행인지를 평가하기란 쉽지 않다. 혁명(과 비슷한) 상황은 늘 미완의 혁명으로 마무리되고 말았다. 1960년 4월혁명이 그랬고, 1980년의 5월항쟁, 1987년의 6월항쟁이 그랬다. 혁명(과 비슷한) 상황을 연출해낸 주체들은 그들 스스로 정치세력이 되어 사회변화를 주도하지 못하고, 선거를 통해 기성 정치세력에게 모든 권한을 위임해버린 채 일상으로 되돌아갔다. 권한을 위임 받은 기성 정치세력은 선거 과정에서 약간의 '개선'을 약속하는 정도만으로도 혁명(과 비슷한) 상황은 손쉽게 평온한 일상으로 되돌릴 수가 있었고, 기성 정치세력에게 독점된 정치는 개선보다는 퇴행을 거듭해왔다.

일부에서 2002년 대선과 탄핵 반대 촛불시위, 그리고 4·15 총선에 이르는 일련의 과정을 두고 1987년 6월항쟁이 완성된 것이라는 의미를

---

1   선거에 전혀 영향을 받지 않는 사법부는 국민의 뜻이 반영될 여지가 전혀 없었고, 그래서 지금까지 개혁의 무풍지대로 남아 있을 수 있었다. 그리고 점차 심각해지고 있는 환경문제는 선거에서 쟁점이 되기 어렵다. 환경파괴로 가장 많은 피해를 입는 계층은 현재 투표권이 없는 다음 세대들이기 때문이다.

부여하는 것은, 지금까지 경험했던 혁명(과 비슷한) 상황과는 달리 6월 항쟁의 주체들이 십수 년의 세월이 흐른 지금에 이르러서는 권한을 위임하는 수준이 아니라 사회변화를 그들 스스로 주도할 수 있는 입법·행정의 모든 힘과 권한을 가지게 된 결과를 두고 이르는 말일 것이다. 하지만 그들의 힘과 권한에는 과거의 정치세력과는 달리 명백한 한계가 있고, 또 그들이 행정부에 이어 의회권력까지 차지하게 된 것은 자신들의 능력보다는 탄핵이라는 돌발상황에 따른 불로소득일 뿐이다. '6월항쟁의 완성'이라는 표현은 그들만의 말잔치일 뿐, 지금의 정치상황 역시 과거에 우리가 몇 차례 경험했던 혁명(과 비슷한) 수준이라고 보아야 할 것이다.[2]

1987년 6월항쟁은 "독재타도, 호헌철폐"를 통해 대통령 직선제를 쟁취하는 것이 1차 목표였지만, 이를 통해 시민들이 추구하고자 했던 궁극적인 목표는 '과거 청산', '인권의 신장', '사상·양심의 자유 보장', '빈부격차의 해소', '통일을 대비한 기반조성'과 같은 것들이라고 할 수 있다. 그런데 몇 차례의 선거를 거쳤음에도 이런 과제들은 여전히 해결되지 않은 숙제로 남아 있었고, 지난 대선에서 국민들이 참여정부를 선택한 이유는 바로 이런 과제들을 해결해주리라는 기대 때문이었을 것이다. 하지만 지금 정부와 집권여당의 처신을 보면 기대에서 실망으로 점점 무게 중심이 옮겨가고 있다.[3]

2   「한겨레」는 진보학계의 평가를 근거로 "87년 6월항쟁의 주역들이 〈임을 위한 행진곡〉을 청와대에서 부르는 오늘, 역설적이게도 한국 민주주의는 시련 앞에 섰다"라고 평가하고 있다(「시험받는 노무현시대 민주주의」, 「한겨레」 2004.6.11).

어쨌든 한국의 민주주의는 1987년 대통령직선제가 회복된 뒤부터 '선거'에 의해 다듬어져왔고 또 선거를 거듭하면서 결국 진보정당까지 의회에 진출하는 수준에 이르게 된 것이 사실이다. 이와 함께 우리가 주목해야 할 사실은 1987년부터 한국의 언론이 권력의 예속에서 풀려나기 시작했다는 것이다. 그런데 권력의 예속에서 풀려난 언론은 권력과 대등한 관계에서 견제와 감시의 기능을 한 것이 아니라, 선거가 거듭되면서 권력이 오히려 언론에 예속되었다고 할 만큼 언론의 힘이 점점 커져왔다. 쿠데타도 혁명도 더 이상 불가능한 듯한 지금의 정치 환경에서 선거는 물론이고 정책 수립·집행 과정에까지 가장 큰 영향을 미치는 것은 여론이다. 시중에 이리저리 떠도는 의견과 주장들을 각색·가공하여 '여론'이란 상품으로 만들어서 이를 정치가 선택, 반영하도록 만드는 것이 언론이 떠맡은 중요한 역할인 까닭에, 지금 시대에 사회의 변화를 주도하는 힘은 실제로 언론이 가지고 있다 해도 지나친 말은 아닐 것이다. 지난 대선과 이번 4·15 총선을 통해 오직 국민의 힘만으로 이루어낸 이 작은 성취조차 사회의 '개선'으로 이어지기보다 오히려 퇴행하지 않을까, 참여정부의 행보가 몹시 불안한 이유는 참여정부 스스로 드러내고 있는 여러 가지 한계 외에도 언론을 등에 업은 수구 기득권 세력의 힘이 여전히 여기저기서 엄청난 위력을 발휘하고 있기 때문이다.

3　이라크 파병 강행을 비롯해서 부안 핵폐기장 반대 주민시위 폭력진압, 새만금 간척사업 강행, 국가보안법 철폐에 대한 불명확한 태도, 노동운동에 대한 보수적 시각, 성장·효율 중심의 시장경제 원리 강조, 의문사를 비롯한 과거사 청산 문제에 대해 관련 부처의 저항과 비협조를 방치하고 있는 것처럼 참여정부의 정체성과 통치철학을 의심케 하는 정책들이 계속되고 있다.

언론과 선거

2004년 3월 12일, 193명의 국회의원들이 국회에서 탄핵안을 가결시키고 난 뒤 곧바로 이에 분노한 국민들의 촛불시위가 전국에서 들불처럼 번져나갔다. 그 당시 한나라당 원내총무였던 홍사덕 의원은 국민의 분노와 저항은 일시적 현상일 뿐, 길어야 일주일을 넘지 못할 것이라고 장담했다.[4] 그 예상이 다소 빗나가긴 하였지만 전혀 틀린 말이라고 할 수는 없을 것이다. '탄핵 심판', '부패 차떼기정당 심판론'으로 집약되던 여론이 한순간에 '노(老)풍'이 불면서 노소 갈등 양상으로 바뀌더니, 또 시간이 지나면서 '박(朴)풍'이 불자 '탄핵심판론'은 흔적도 없이 사라지고 '거여견제론'이 여론의 대세인 양 자리잡아 버렸다. 그리하여 선거 결과는 초반의 예상과는 달리 탄핵심판론과 거여견제론이 적당한 선에서 타협을 이룬 꼴이 되고 말았다. 그리고 선거가 끝난 뒤 헌법재판소의 판결이 나기까지 유난히 '법치주의'가 강조되었는가 하면, 헌재의 판결이 내려진 뒤에는 '상생의 정치'가, 지금은 '경제'를 둘러싸고 위기냐 아니냐, 경제가 위기라면 그 해법은 성장이냐 분배냐를 두고 사회 전체가 첨예하게 대립하고 있다. 여론의 주체는 어디까지나 국민일진대 언론의 가공과 포장 과정을 거친 뒤 시중에 유포되는 여론은 늘 국민의 뜻과는 무관하게 변신에 변신을 거듭하고, 숨가쁘게 바뀌어가는 여론을 쫓아가다 보면 어느새 자신의 확신과 신념이 흔들리게 되는 지점을 만

---

4   한나라당 지도부는 탄핵 가결의 역풍이 분 것을 방송 탓으로 돌렸고, 특히 홍사덕 원내총무는 촛불시위 참가자들을 "직장 없는 사람들"로 매도했다(『경향신문』 2004.3.15; 『한겨레』 2004.3.18).

나게 된다.

언론이 거여견제론을 새로운 상품으로 내놓으면 탄핵심판론에 동의하던 사람들의 생각은 내가 정말 일당 독재를 옹호하게 되는 것은 아닌지 의심하게 된다. 군홧발에 헌법이 유린될 때는 철저하게 입을 다물고 있던 무리들이 느닷없이 '헌정 질서와 법치주의'를 강조하고 나서는 꼴불견을 비판하다가도 이러다가 내가 진짜 헌정질서를 무시하는 급진세력은 아닌지 멈칫하게 된다. '상생의 정치'를 부르짖는 야당의 노림수를 뻔히 알면서도 혹시 내가 과거 청산을 빌미로 정치보복이나 일삼던 구시대 정치에 매몰된 것은 아닌지를 살피게 된다. 경제의 활력을 불어넣기 위해서라도 구시대의 잘못된 관행과 부패문화를 청산하는 것이 우선되어야 한다고 믿었던 사람들이 '경제위기'라는 새로운 상품에 현혹되어버린 사이에, 어제까지는 고개조차 못 들고 한 번만 더 기회를 달라고 애걸복걸하던 부패정당이 어느 틈에 국민들의 '먹고사는' 문제를 가장 살갑게 알뜰살뜰 챙겨주는 어머니 같은 정당으로 변신해버렸다. 이와 같은 현상이 나타나는 것은 고비고비마다 새로운 의제를 설정하여 국민들의 시선을 돌려놓으려는 언론의 의도가 개입된 결과라고 보아야 할 것이다. 그래서 국민의 뜻이 반영되어야 할 선거는 늘 언론이 불러일으키는 '바람'의 힘이 어느 정도인가에 따라 그 결과가 달라진다.[5]

우리 사회에 '여론 상품'을 파는 시장은 몇몇 언론이 가진 자본의 힘에 의해 독점되어 있어 '다른 상품'을 구경하기가 쉽지 않은 까닭으로 거대언론이 여론몰이를 통해 불러일으키는 바람은 사회 전체를 추동하는 힘으로 작동하게 된다. 1987년부터 선거를 통해 우리 사회의 변화를 모색하려 했던 국민들의 의지가 계속 뒤틀려온 것은 여론시장을 독점하고 있는 거대언론의 힘 때문이라고 할 수 있을 것이다. 우리나라에 민주주의가 도입된 이래 반세기가 훌쩍 지난 지금에 와서야 비로소 민주주의의 기초 토양을 다지게 되었다는 평가를 내릴 수 있게 된 데에는 제자리를 찾으려는 공영방송[6]의 노력과 시민사회의 언론개혁운동, 그리고 인터넷 매체를 비롯한 대안매체들이 등장하면서 거대언론이 내뿜는 바람에 맞바람을 칠 수 있는 언론환경의 변화가 있었기 때문에 가능했던 것이다.

그러나 언론환경의 변화가 있었다고는 하지만 거대언론이 가지고 있는 힘은 여전히 엄청난 위력을 가지고 있다. 『조선일보』, 『중앙일보』, 『동아일보』 세 신문이 신문시장의 70%를 차지하고 있는 독과점체제[7]가 그대로 유지되는 한은 이 세 신문이 중요하게 다루지 않은 의견이나 주장은 늘 소수의견으로 취급될 수밖에 없다. 여론이란 말이 결국은 사회의 다수 의견을 모은 것이란 점에서 여론시장을 독점하고 있는 세 신문의 주장은 자연스럽게 우리 사회의 다수 의견이 되는 셈이다. 따라서 신문시장을 개혁하지 않고서는 우리는 『조선일보』, 『중앙일보』, 『동아일

5　『매일신문』은 17대 총선 개표가 완료된 4월 16일치 사설(「바람이 앗아간 탈지역주의」)에서 이번 총선 결과에서 "탈지역주의 좌절이 가장 뼈아픈 상처"로 남겨졌다고 하고, 한나라당에 대해서는 "바람 때문에" 패배했다고 "말하지 말기를 바란다"고 했다. 이 사설은 사실관계를 호도하고 있다. 17대 총선에서 대구경북에서 "탈지역주의가 좌절"한 것은 『매일신문』이 불러일으킨 바람(박풍)의 영향이 제일 컸고, 그 "바람 때문에" 한나라당은 몰락의 위기에서 기사회생할 수 있었다.

6　공영방송의 탄핵 관련 보도가 불공정했다는 언론학회의 보고서가 편향성과 공정성 시비에 휘말리면서 또 다른 논란을 낳고 있다. 자세한 것은 『미디어오늘』(www.mediatoday.com) 「탄핵방송 보고서 파문」 참조.

7　「조·중·동 시장독식 갈수록 태산」, 『한겨레』 2004.6.8.

보』세 신문의 영향권에서 벗어나기 힘든 상황에 놓여 있는 것이다. 게다가 신문시장의 독점체제는 소수 의견을 다수 의견으로 왜곡시킬 수 있는 가능성이 열려 있고, 또 이를 견제하거나 시정할 수 있는 마땅한 수단이 없다는 점에서 민주주의의 원칙마저 훼손될 수 있는 위태로운 상황으로 몰아가기도 한다. 대통령이 직무에 복귀를 하고 열린우리당이 집권여당이 되면서 언론개혁을 시급한 개혁과제로 설정한 것은 현 집권여당의 통치기반이 비록 의회 과반수를 넘는 의석을 차지하고 있다고는 하지만 그 지지가 정책에 대한 지지가 아니라는 점에서 여전히 불안정한 구도 위에 놓여 있고,[8] 그 알량한 기반마저도 여론시장을 독점하고 있는 거대언론의 바람몰이에 의해 언제든지 무너져 내릴 수 있다는 위기의식 때문일 것이다.[9]

하지만 시장(市場)의 힘이 국가권력의 힘을 압도하는 신자유주의 흐름 앞에서 정부가 시장의 질서를 지배하는 자본의 힘을 통제하기가 그리 쉽지 않다는 현실 외에도, 정부는 물론 대통령까지도 기회가 있을 때마다 신자유주의 경제질서에 순종하겠다는 뜻을 대내외에 과시하고 있는 형편이다. 노무현 대통령과 집권여당은 인간의 삶에 필수요소이며 공공재 성격이 짙은 주택문제조차 시장 원리에 맡기는 것이 바람직하다

---

8 「분양원가 백지화로 노-우리당 지지율 폭락」, 『프레시안』 2004.6.10; 「열린우리당 지지율 반토막」, 『한겨레』 2004.6.14.

9 대통령의 대선공약이었던 행정수도 이전 문제가 여론의 강한 반발에 부딪혀 있고, 노무현 대통령은 정권의 진퇴를 걸고 강력히 추진하겠다고 했다. 행정수도 이전 반대 여론은 『조선일보』(2004.6.16. 사설 「천도, 흥분하지 말고 냉철하게 논의하자」), 『중앙일보』(2004.6.17. 사설 「이번엔 수도 이전에 올인하나」), 『동아일보』(2004.6.16. 사설 「천도 이렇게 강행해도 되나」)가 주도하고 있다.

고 주장하고 있고,[10] 이에 대해 『조선일보』, 『중앙일보』, 『동아일보』 세 신문은 한 목소리로 대통령을 추켜세우며[11] 지난 일 년 동안의 갈등과 반목이 한순간에 해소되고 권력과 언론 사이에 '상생'의 관계가 조성된 듯한 상황을 연출해내고 있다.[12] 그런데 시장의 원리를 강조하는 대통령과 집권여당이 유독 신문시장에 대해서만은 정부가 개입하여 규제를 강화하고, 여론시장에서 점유율이 낮은 지역 언론에 대해서는 정부가 기금을 모아 특별지원까지 하겠다고 나선 것[13]에 대해 우리 사회 모든 분야에 대해 '규제완화', '시장화', '민영화'를 일관되게 주장해온 이 세 언론들이 그냥 바라만 보고 있지는 않을 것이다. 언론개혁과 관련된 입법과 법 집행 과정에서 보수언론의 지지를 받고 있는 야당과 언론의 거센 저항은 충분히 예상할 수 있다.[14] 또 언론의 주된 역할 중의 하나가

---

10 분양원가 공개가 옳은지 원가연동제가 옳은지를 떠나, 문제는 주택문제를 "장사하는 것으로" 바라보는 노무현 대통령의 시각이다. 주택문제는 인간의 삶의 필수재로서 시장원리에만 맡겨둘 수 없기 때문에 시민사회단체가 정부의 강력한 대책을 촉구하고 있는 것이다. 노무현 대통령의 이런 시각은 의료 정책에도 그대로 나타나고 있다. 공공의료 30% 확충이란 공약은 온데간데 없고, 의료를 이윤 창출의 수단으로 육성해야 한다는 『조선일보』(사설 「싱가포르병원을 보라」, 2003.8.22, 시론 「한국 의료산업도 혁신해야」, 2003.8.25), 『중앙일보』 (연재기사 「의료, 이제는 산업이다」, 2004.5.18)의 주문을 충실히 따라가고 있다.

11 사설 「아파트 원가 공개 여부 대통령 말이 옳다」, 『조선일보』 2004.6.11; 사설 「노 대통령 정책현안 정리 잘 했다」, 『중앙일보』 같은 날; 사설 「대통령도 개혁 아니라는 '원가공개'」, 『동아일보』 같은 날.

12 유시민 의원은 자신의 홈페이지에 올린 글에서 '조·중·동'이 대통령에 대해 "무슨 엄청나게 새로운 발견을 한 것처럼 호들갑을 떨"며 "뜬금없이 대통령 칭찬"을 하고 있는데, 노무현 대통령의 정치 성향은 원래부터 "리버럴"이었다고 하면서 민주노동당 의원들을 향해 "대통령 욕하는 시간에 공부 좀 합시다"라고 비판했다. 유시민 의원이 이 글을 쓴 뜻이 지난 한 해 동안 '조·중·동'에 의해 노 대통령이 좌파성향으로 매도당해왔던 의혹이 해소되었다는 안도감 때문이었는지는 모르겠으나 노 대통령에게 표를 던진 사람들은 노 대통령이 좌파 성향이어서가 아니라 자유주의자이긴 하지만 공약으로 미루어 보건대 최소한 자유방임형 경제정책은 추진하지 않을 것이라고 믿었기 때문이다. 총선이 끝난 지 얼마 지나지 않은 지금 집권여당의 지지자들이 급격히 이탈하고 있는 이유는 바로 집권여당이 시장에 모든 것을 맡기는 자유방임형 경제정책을 밀어붙이고 있기 때문이다.

13 지역신문발전지원특별법 참조.

14 「여론조사 — 언론개혁 시장에 맡겨야 60%, 정부가 주도해야 한다 37%」, 『조선일보』 2004.6.7.

권력에 대한 감시와 비판이란 점에서 언론에 대해 집권여당이 과도하게 개입할 경우에 '권력의 언론 길들이기'라는 역공에 휘말릴 소지도 있다. 게다가 국민으로부터 권력을 위임받은 정치권이 국민들과 소통할 수 있는 방법이 언론 외에는 마땅한 대안이 없다는 점에서 정부 주도의 언론개혁은 또 다른 한계를 지닐 수밖에 없다. 특히 더 이상 선출직에 나설 수 있는 기회가 없는 대통령과는 달리, 다음 선거를 의식해야 하는 국회의원들이나 다른 정치인들의 경우 스스로 나서서 언론과 날카로운 대치전선을 만들려 하지는 않을 것이다.[15]

결국 언론개혁의 내용을 채우는 일은 국민들의 몫으로 돌아올 수밖에 없다. 국민들의 힘으로 이루어낸 1987년 6월항쟁의 성과는 우리 사회의 민주주의가 총칼의 위협으로부터 자유로워지게 된 사실로 증명할 수 있다. 그런데 총칼이 떠난 빈자리를 총칼의 앞잡이 노릇을 하며 총칼의 비호 아래 몸집을 키워온 녹슨 '펜'들이 독차지하고 있는 것이다. 그 녹슨 펜들은 여전히 사실 왜곡과 여론 조작을 일삼으며 사회의 공익보다는 일부 계층의 이익을 챙기는 데만 혈안이 되어 있다. 공정한 여론 경쟁이 보장되지 않고서는 민주주의 발전은 기대하기 어렵다. 언론을 사회의 공기(公器)로 개혁하기 위해서는 국민의 힘으로 총칼을 물리쳤듯이 여론의 주체인 국민들이 언론개혁의 주체로 나서야 하는 것은 당연한 일일 것이며, 그래야만 언론개혁의 정당성이 확보될 수 있을 것이다.

---

15   사설 「우리당 언론개혁 하나 안하나」, 『경향신문』 2004.6.1; 취재파일 「김빠진 신문대책… 왜?」, 『한겨레』 2004.6.2.

그런 움직임들은 우리 사회 곳곳에서 나타나고 있고, 그런 작은 힘들이 결집함으로써 조금씩 언론환경의 변화가 나타나고 있다.[16] 문제는 대구! 대한민국 속의 고도(孤島), 대구가 바로 문제인 것이다.

대구

이번 4·15 총선을 통해 영남권, 특히 대구를 제외한 다른 지역에서는 지역구도가 해소되었는가, 라는 질문에 견고한 지역주의가 깨질 틈이 생긴 것은 사실이지만 지역구도가 완전히 무너졌다는 평가를 내리기에는 아직 이른 것 같다. 그런 점에서 대구경북의 한나라당 몰표에 대해 쏟아지는 비난이 대구경북 사람들에게는 다소 억울한 측면이 없는 것은 아니지만, 과거 투표에서도 그랬고 이번 투표 성향에서도 뚜렷하게 나타난 현상은 대구경북의 몰표에 '목적의식'이 없다는 것이다. 왜 수십 년간 오로지 한나라당이어야만 하는가에 대한 질문에 그 누구도 상대가 납득할 수 있는 설명을 할 수 없다는 것이 대구의 문제요, 대구의 비극이고, 이것이 다른 지역으로부터 엄청난 비난을 받는 이유이기도 하다.

지난 대선까지만 해도 한나라당이 집권당이 될 가능성이 열려 있었다는 점에서 대구경북의 몰표는 대구경북이 가진 보수성으로 설명이 가

---

16 「중앙일보」는 6월 16일 기사(「위기의 한국 신문, 구독률 43% 이대로 선진국 못 간다」)에서 신문구독률이 격감하고 있는데 그 원인은 2001년 김대중정권의 세무조사, 시민사회단체와 인터넷의 신문 때리기, 신문사들 간의 상호 때리기에 있다고 하고, 선진국일수록 신문을 많이 읽는데 "신문구독률이 떨어져선 선진국 진입은 요원하다"며 정부가 나서서 신문산업을 지원하고 신문구독을 독려해야 한다고 주장했다.

능했지만, 한나라당은 두 차례의 대선 실패에 이어 이번 총선의 실패로 집권 가능성이 더욱 희박해진 당이 되고 말았고, 그럴 가능성은 이미 탄핵 역풍이 불 무렵부터 충분히 예견할 수 있는 일이었다.[17] 두 전직 대통령이 야당 지도자 시절에 지역 구도에 기반한 지지층을 넘어 시민사회나 재야세력까지 광범위한 지지층을 확보할 수 있었던 것은 당시 여당의 군사독재정치와는 다른 정치를 할 것이라는 희망과 기대를 심어줄 수 있었기 때문이다. 그런 국민들의 희망과 기대가 있었기에 두 야당 지도자는 마침내 대통령 자리까지 오를 수가 있었다.

하지만 한나라당은 국민들에게 집권여당의 실정을 넘어설 수 있는 희망과 대안을 제시하지 못하고 있고, 야당이 된 뒤 얻은 성과란 오로지 집권여당의 실정에 기댄 반사이익이었다는 점에서 한나라당의 성과는 쉽게 지지세력의 확대로 이어지지는 않는다는 한계가 있다. 한나라당이 여론의 비난에도 아랑곳하지 않고 대통령 탄핵안을 무리하게 강행한 배경에는 이처럼 집권 가능성이 갈수록 희박해지고 있다는 위기의식이 작용했기 때문일 것이다.

하지만 한나라당의 무리한 탄핵 강행은 가혹한 댓가를 치루어야 했고, 정당의 존립기반마저 흔들릴 위기에 내몰린 상황에서 대구경북의 몰표에 기대어 기사회생했다. 이번 총선 결과는 한국의 정치지형에서 대구경북이 가진 힘(?)을 증명한 것이기도 하지만, 한나라당으로서는 자

---

17 이런 한나라당을 두고 흔히 '불임정당'이라고 부른다. 백화종 칼럼 「불임정당의 설움」, 『국민일보』 2004. 3.1. 참조.

신들의 지지기반을 확대하여 집권 가능성을 높이기 위해서는 어쩔 수 없이 자신들을 절체절명의 위기에서 구해준 대구경북의 흔적을 지워야 하는 모순에 빠져있다.[18] 따라서 대구경북 유권자들의 은공에 보답하려 해도 보답하기 힘든 처지에 있는 한나라당에 대구경북의 유권자들은 무엇 때문에 그렇게 무한애정을 보내고 있는지 설명하기 힘들어진다.

대구의 문제는 군부독재가 30여 년간 이어져오는 동안 권력의 온갖 특혜와 특권 속에 안주해오면서 사회 전체가 자생력을 잃어버렸다는 데 있다. 자생력이 없으니 스스로 활로를 개척할 능력이 없고, 권력의 우산이 없어지면서 함께 사라져버린 과거의 영화(榮華)만을 되씹으며 이 모든 고난이 권력을 빼앗긴 탓이라며 자학하고 있는 것이다. 대구사회의 헤게모니를 쥐고 있는 엘리트그룹은 대구사회가 안고 있는 내부 모순에는 절대 눈을 돌리지 않는다. 대구사회의 모든 문제는 권력을 빼앗긴 탓이며 집권여당으로부터 차별받고 홀대받은 때문이라고 주장한다. 그래서 절치부심, 권력을 다시 되찾아오자고 주장한다. 권력에 기대어 자신들의 입지를 확보해온 속성을 버리지 못하고 있는 것이다.

한편, 이번 총선에서 한나라당의 대안세력이었던 열린우리당의 선거전략 또한 지역사회의 혁신을 위한 새로운 철학이나 변화된 시대 상황에 걸맞은 전망을 제시하며 승부를 건 것이 아니라, 70~80년대 대구경북의 권력층의 폐습을 그대로 모방하려는 것에 불과했다. 그들이 내

---

18 『내일신문』은 한나라당의 처지에서 영남은 '언덕'이자 '텃밭'이기도 하지만, "당 내부의 개혁도 변화도, 집권가능성까지 송두리째 잡아먹는 블랙홀"이라 진단했다. 「무늬만 바뀌어선 집권가능성 '0'」, 『내일신문』 2004. 5.13.

건 선거 공약의 구체성과 실천 가능성은 모두 대통령과의 관계로 설명되었다. 총선의 실패에도 불구하고 재보선에 출마한 열린우리당 후보들의 공약 역시 '힘있는 여당', 즉 대통령과의 관계로 자신들의 상품성을 홍보했다. 보수도 진보도 아니었고 정책의 차별성도 아닌, 오로지 '권력에 줄대기' 문화였으며 권력의 힘에 기댄 진부한 지역발전론 그 이상 그 이하도 아니었다.

집권여당의 힘이나 최고권력자의 힘만으로 특정 지역에 특혜를 줄 수 있는 시대가 아닌 것은 물론이고, 국민들이 참여정부를 선택한 뜻은 그런 구시대의 폐습을 청산시켜 달라는 뜻이었음에도 정작 집권여당의 후보자들이 앞다투어 '힘 있는 여당'을 선거 공약으로 앞세우는 모순을 어떻게 설명해야 할까? 선거전략상 지역정서에 호소할 수밖에 없었을 것이란 추측도 해보지만, 지역사회의 대안세력마저도 자생력을 갖출 노력은 하지 않고 오로지 권력의 우산 아래서만 입지를 찾으려 했다는 점에서 깨뜨려야 할 지역정서를 더욱 고착시킨 것은 아닌지 되짚어보아야 한다. 다소 득표율이 올랐다는 사실을 두고 낙관론을 펴는 이도 있으나 득표율이 오른 이유 역시 권력자의 측근에 대한 막연한 기대심리가 작용했을 수도 있다.

그런데 대구경북의 정서가 맹목적으로 한나라당에 편향되어 있는 것은 아니다. 지난 1995년 대구사회연구소의 여론조사 결과를 토대로 한 연구논문[19]을 보면 대구경북의 주민들은 지역에서 대통령을 배출한 것이 지역발전에는 큰 도움이 되지 않았다는 생각을 하고 있고, 지역사회 각 분야의 엘리트들에 대한 불신은 상당한 수준이었다. 그리고 지역발전이 뒤떨어진 데에는 지나치게 중앙권력에만 의존하려는 경향과 견제세력이 될 수 있는 야당을 키우지 못했던 사실을 인정하고 있다.

하지만 선거 때만 되면 이런 성찰의 분위기는 흔적도 없이 사라지고, 권력을 빼앗겼다는 피해의식만 증폭되다가 결국 표는 한쪽 방향으로만 쏠려간다. 왜 이런 현상이 끝없이 반복될까? 지역의 여론을 독점하고 있는 지역언론의 여론몰이가 아니고서는 설명이 불가능하다.[20] 특히 『매일신문』은 지난해 대구 지하철 참사의 원인마저도 대구가 권력을 빼앗기고, 권력으로부터 소외되었기 때문이라면서 권력 상실에 따른 피해의식과 박탈감을 자극하면서 대구사회 전체를 공황상태로 몰아갔다.[21]

이제 우리 사회에는 민주주의를 발전시키면서 사회의 변화를 추구하는 방법으로 선거라는 수단이 정착되었다고도 볼 수 있다. 이번 탄핵심판 촛불 시위를 끝으로 시민들의 자발적인 대규모 시위는 더 이상 구경하기 어려울지도 모른다. 선거제도의 개혁과 공정선거를 위한 공권력의 감시가 강화됨으로써 선거에 대한 혐오나 불신도 많이 줄어들게 될 것이고, 진보정당이 의회로 진출하게 되어 진정한 정책 대결이 가능해졌다는 점에서 선거는 앞으로 우리 사회를 변화시키는 가장 중요한 수단으로 자리잡게 될 것임에는 틀림없다.

---

19 이수인, 「개혁시대 대구경북지역의 정치문화 현실과 과제」, 『대구경북 사회의 이해』, 대구사회연구소 엮음, 한울 1995.

20 지역 언론의 선거 관련 보도 행태에 대해서는 『언론개혁의 무풍지대 대구를 바꾼다(1)—2002 대선 참언론 대구시민연대 활동백서』, 『언론개혁의 무풍지대 대구를 바꾼다(2)—2004 총선공정보도를 위한 대구시민연대 활동백서』 참조.

21 지하철 참사 관련보도는 김진국 「시간이 정지된 도시, 대구의 풍경」(『인물과사상』 2003년 5월호) 참조.

하지만 대구만큼은 지금까지 숱한 선거에서 나타난 결과를 볼 때 결코 선거에 기대를 걸 수 없는, 절망스러운 도시란 사실을 부인하기 어렵다. 대구사회가 변화를 기대하기 어려운 절망의 도시로 변해가는 데에는 지역언론의 책임이 가장 크다. 지역의 언론이 개혁되지 않는 한 대구의 유권자들은 앞으로도 힘들게 선거 개표방송을 지켜봐야 할 필요가 없을 것이다. 그렇게 되면 남북의 긴장관계가 풀려가고 국경조차 없어지는 이 시대에 대구는 영원히 육지 속에 갇힌 섬으로 전락하고 만다.

지역언론의 개혁

선거의 성패는 여론이 결정적인 영향을 미치고, 여론을 생산·공급하는 곳이 언론인 이상 선거 결과는 언론의 영향력 아래 놓여 있다고 해도 무방하다. 따라서 대구지역의 일당 독재체제가 굳어진 것은 지역언론의 의도가 개입된 결과라고 생각해도 큰 무리는 없을 것이다. 이렇게 된 이유는 대구지역의 여론 독점현상이 중앙의 언론시장보다 더 심각하기 때문이다.

지역 언론에서 방송의 영향은 자체 제작 프로그램이 부족하다 보니 지역 여론에 미치는 영향이 그다지 크지 않고, 또 지역의 모든 신문들이 광고에 의존하는 상업신문인 까닭에 논조의 큰 차이를 찾아보기가 어렵다. 그렇다고 대구지역에 영향력이 큰 인터넷 매체가 있는 것도 아니다. 무엇보다도 언론계를 포함한 지역의 모든 분야의 지배 엘리트들은 지연, 학연과 같은 연고에 의해 강한 결속력을 가지고 있고, 또 이들은 이른바 'TK 정서'를 공유하면서 이를 확대 재생산하고, 언론은 유포하는 역할을 하고 있다. 지역의 일당 독점체제를 견제할 정치세력이 전혀 없는 상황에서 시민사회단체의 활동이 시민운동의 차원을 넘어 야당의 역할까지도 감당해야 했던 것이 대구의 현실이었다. 하지만 시민단체의 활동 역시 일정 부분은 언론을 통해 시민들에게 다가갈 수밖에 없기 때문에 지역 언론에 대한 견제 역할까지 하기는 어려웠을 것이다. 이런 이유들로 해서 대구사회에서 다양한 여론이란 생각조차 할 수 없었고 특히 선거철만 되면 언론을 앞세운 지역 지배엘리트들의 여론몰이가 기승을 부려왔다. 이런 요인들이 대구경북사회에서 철옹성 같은 일당 독점체제가 굳어진 배경이다.

지금 대구에서 지역사회의 변화를 추구하는 시민사회단체는 이제 발상의 전환이 필요한 시점이 왔다고 생각한다. 수십 년간 피땀을 쏟아가며 이룩한 노동운동의 성과가 민주노동당의 의회 진출이란 '사건'으로 평가받고 있듯이, 대구지역의 시민사회단체의 활동에 대한 평가 역시 '선거'에 의해서 평가받을 수밖에 없다는 사실을 인정할 필요가 있을 것 같다. 또 그것은 지역언론의 개혁 없이는 불가능하다는 사실도 함께 기억해 두어야 한다. 지금까지 대구지역의 시민단체 활동이 지나치게 기계적 중립에만 천착한 나머지 소극적인 감시기능에만 너무 매몰되지 않았는지 되돌아볼 필요가 있을 것이다. 대구사회의 변화를 위해서는 '감시'를 통해 약속 이행조차 불확실한 '개선'을 요구하는 수준이 아니라, 선거를 통한 '심판'과 '응징'이 가장 절실하다. 심판과 응징이 없이는 지역사회의 부패와 비리, 그리고 변화된 시대에 어울리지 않는 구시대 문화가 청산될 수가 없다. 구시대 문화가 청산되지 않으면 대구를 중심으로 한 영남권은 '시대의 미아로 전락'[22]할 수밖에 없다.

지역의 기득권층과 지역의 서민층은 분명 이해관계가 다름에도 불구하고 선거철만 되면 견고한 연대의식을 드러내면서 한 목소리를 낸다. 하지만 대구사회의 기득권층들은 대구사회의 발전을 위해 별다른 역할을 한 것이 없고, 오히려 그들의 사익을 위해 대구의 정서를 악용해 온 집단이다. 그럼에도 불구하고 지역의 유권자들은 그들에게 힘을 실어주면 무엇인가가 달라질 것이라는 막연한 기대에 사로잡혀 있다 . '권력에 기댄 지역발전론'을 믿기 때문이고, 그렇게 믿도록 만드는 언론들이 있기 때문이다. 이와 관련하여 성공회대 김동춘 교수는 대구사회를 혁신하기 위해서는 지역의 기득권층과 지역의 서민층을 분리시키는 시민운동이 있어야 한다고 지적했다.[23]

지역의 기득권층과 지역의 서민층을 분리해내기 위해서는 '권력에 기댄 지역발전론'을 극복할 수 있는, 자생력을 갖춘 대안세력을 키워야 함은 물론 지역 여론시장의 독점체제가 개혁되어야 한다. 그것은 기성 언론에 대한 비판과 감시와 함께 지역의 주류 언론과는 다른 목소리를 내는 한편으로, 지역정서를 뛰어넘어 새로운 가치를 지향하는 대안매체가 육성·개발되지 않는다면 불가능한 작업이기도 하다. 대구사회의 변화와 혁신을 모색하는 지역의 모든 시민사회단체는 지역 언론의 개혁이

---

22 2004년 6월 10일, 시민사회단체 정책토론회에 발제자로 참석한 성공회대 김동춘 교수의 발제문에서 인용.
23 같은 글.

대구의 미래를 좌우할 가장 시급한 과제라는 인식을 공유하면서 견고한 연대를 통해 힘을 모아야 한다.

* 이 글은 2004년 6월 10일, '한국사회 개혁의 물결과 시민사회의 대응'이란 주제로 '2004 총선대구시민 연대와 탄핵무효 부패정치청산 범국민행동 대구경북본부'가 공동주최한 시민사회단체 정책토론회에 서 발표한 토론문을 보완하여 『대구사회비평』 2004년 여름호(통권 제13호)에 게재한 글이다.

2007년 12월 대선과
2008년 4·9 총선 보도 관전평
— 독자 또는 시청자, 그리고 유권자의 시각에서

보수독점의 정치지형

선거가 끝났다. 연거푸 치러진 두 차례의 선거로 이제 앞으로 4~5년 간 한국사회를 이끌어갈 정치질서는 완전히 재편되었다. 선거는 끝났지만 사회의 전반적인 분위기는 어떤 기대나 희망, 또는 활기로 들떠 있다기보다는 오히려 맥없이 가라앉아 있는 듯하고, 또 한편으로는 막연한 불안감에 짓눌려 있는 것 같다. 불안감이 넘치다 못해 '섬뜩한 시대'[1]라는 주장이 나올 지경이다. 17대 대선과 18대 총선이 국민들에게는 아무런 감동과 기대도 주지 못하고 '그들'만의 싸움판에서 승자를 가려내는 한 편의 활극으로 끝나버린 탓일 게다.

---

1   강수돌 칼럼 「섬김의 시대? 섬뜩한 시대?」, 『한겨레』 2008.4.17.

지난 대선 때부터 정책은 없었다. 정권 재창출을 노렸던 통합신당이 대선에서 내놓은 장사밑천이라고는 'BBK 한방'뿐이었다. BBK 하나에 정권의 사활을 걸었던 통합신당과 정동영 후보에게 BBK는 오히려 자신들의 몸을 옭아매는 동아줄이 되고 말았다. 그 결과 한나라당 이명박 후보는 참여정부의 실정에 기댄 '경제 살리기'와 '좌파정권 심판론'으로 손쉽게 정권을 얻을 수 있었고, 그렇게 압도적인 표차로 손바닥 뒤집듯 권력이 뒤바뀐 상태에서 잇달아 치러진 총선이었으니 여야 정당 모두 총선에 대비한 정책이나 공약을 마련한 필요조차 느끼지 못했을 것이다.

17대 대선과 18대 총선이 가진 의미는 '응징' 외에는 그 어떤 의미도 찾기 어렵다. 지난 대선의 성격은 참여정부의 원래 지지층이 참여정부의 실정과 배신을 철저하게 응징했다는 성격이 강했고, 그래서 정권이 바뀌었다. 여기에 보수언론과 기득권층이 이명박 후보의 흠결을 시종일관 감싸고 돈 탓에 한나라당은 '불임정권'의 오명을 벗을 수 있었다. 18대 총선의 성격 역시 '응징'의 성격이 강하다. 다만 응징의 대상이 다양했다는 점이 대선과의 차이라면 차이다. 그 대상은 참여정부의 실세였던 정치인과 무능한 또는 변절한 운동권 출신 정치인에서부터, 권력을 독식하려 했던 정치인, 막가파식 삽질 경제(대운하)로 한몫 챙기려 했던 정치인들, 학자의 양심이라고는 눈 씻고 찾아봐도 찾을 수 없는 폴리페서들이 정당의 구분 없이 고루 응징의 대상이 된 것이다.

이를 두고 언론은 '민심의 준엄함'을 예찬하고 있지만 선거가 끝난 뒤의 민심은 여전히 허전하고 불안하고 막연하기만 하다. 응징은 가슴 한구석에 응어리져 있는 앙금의 배설효과는 있을지 몰라도 새로운 세상에 대한 희망을 보장하는 것은 아니다. 더 나은 사회를 위한 정책이나 비전으로 평가하고 심판 내린 선거가 아니었으니 선거에 대한 기대와 희망이 있을 리가 없다. 50%에도 못 미치는 투표율은 국민의 과반수 이상이 선거에 대한 기대와 희망을 저버렸음을 의미한다.

그런데도 이번 선거결과를 놓고 엉뚱하게 "황금비율이라는 평가"를 내리기도 한다.[2] 과연 그런가? "결국은 한 지붕 두 가족 싸움이었다"라는 평가가 더 정확하다.[3] 그나마 이마저도 절반만 맞는 말이다. 충청도에서 부활한 자유선진당 역시 원래는 한나라당과 한지붕 식구들이다. 그래서 한 지붕 세 가족이 차지한 의석이 203석이다. 여기에 야당으로 맞섰던 통합신당의 당대표가 누구인가? 그는 정확하게 일 년 전 한나라당의 대선예비후보였다. 게다가 통합신당의 정책 노선은 한나라당과 전혀 차별성이 없다. 한나라당과 연정을 하자고 추파를 던졌던 정당이다. 통합신당의 견제론이 전혀 힘을 받지 못한 이유가 바로 이 때문이었을 것이다. 총선에서 당연히 쟁점이 되었어야 할 '한미 FTA 비준동의안', '미국산 쇠고기 수입문제', '비정규직 문제'……. 한국사회의 모순을 상징하는 이러한 의제들에 대해서 통합신당은 어떤 해결책도, 어떤 대안도 내놓지 않았다. 통합신당이 내세운 "대운하건설 반대"라는 구호도 들끓는 반대 여론과 문국현 후보가 뜻밖의 선전을 하자 뒤늦게 염치없

2   「황금비율」, 「영남일보」 2008.4.14.
3   「결국은 한 지붕 두 가족 싸움이었다」, 「매일신문」 2008.4.10.

이 편승한 것이다.

통합신당이 개혁공천을 했다고는 하지만, 그것은 어디까지나 법조인 출신의 공천심사위원장이 들이댄 무미건조한 법률적 잣대였을 뿐이다. 2004년 총선에서 과반수의 힘을 실어준 민심을 배반하고, 참여정부와 당시 여당의 정체성을 훼손케 했던 주범들은 고스란히 살아남았고 당선까지 된 정치인들이 수두룩하다. 그래서 개혁공천을 했다는 통합신당의 정체성은 한나라당의 2중대 수준이라고 보는 것이 더 정확할 것이다. 이런 형편에 통합신당이 그나마 선전했다고 자위하는 의석수는 유권자들이 견제론에 표를 던진 탓이 아니라, 인수위 시기와 이명박 대통령 취임 직후부터 지금까지 스스로 차 넣은 자살골 덕택이라고 보아야 한다.

결국 이번 선거결과는 통합신당의 상당수 의원을 포함한 단일 색채의 보수정파가 개헌 정족수를 훌쩍 뛰어넘는 의석수를 장악한 것으로 받아들여야 한다. "한나라당이 과반수에 턱걸이"[4]를 했다고는 하지만, 앞으로 정부 여당이 노선에 별 차이가 없는 제1야당의 강한 저항으로 정책 추진이 벽에 부딪히는 일은 없을 것이다. 이명박 대통령이 선거가 끝나자마자 친박 무소속 후보의 복당에 대해 선을 긋고 나선 배경에는 이런 계산법도 작용했을 것이다.

그런데 이번 선거결과를 자세히 살펴보면 영남·호남·강원·충청 등 지방의 유권자들의 투표경향은 과거와 별로 달라진 것이 없고, 영남

---

[4]   「한나라 과반 턱걸이 ― 친박 TK 대승」, 『영남일보』 2008.4.10.

과 충청, 그리고 제주에서 한나라당의 의석수는 오히려 줄어들었다. 그래도 과반수를 훌쩍 넘어섰다. 그 이유는 서울과 수도권의 달라진 표심 때문이다.

한나라당의 지지기반 이전

민주주의 사회에서 선거는 주권자의 대리인을 선출하는 과정이기도 하지만, 어떤 의미에서 개인의 욕망과 이기심이 집단으로 표출되는 장이기도 하고, 그런 집단이기주의를 합법적·제도적으로 수렴하는 기회이기도 하다. 후보자들은 지역 유권자들의 집단이기주의와 욕망을 충족시켜주기 위해서 선거운동과정에서 갖가지 공약들을 쏟아낸다. 하지만 지나간 선거의 결과들을 되돌아보면 언제나 집단의 욕망과 미래지향적 가치가 적절하게 조화를 이루는 광경을 보아왔다.

이번에 치러진 두 차례 선거에서 오늘 당장의 '실용' 이외에 미래지향적 가치는 전혀 힘을 쓰지 못했다. 진보·도덕성·환경·생태·민주주의와 같은 무형의 미래지향적 가치는 힘 한번 써보지 못하고 처참하게 전사했다. 유권자의 절반 이상이 모여 있는 서울과 수도권의 표심이 오늘 당장의 '실용'을 선택한 결과이고, 그로 말미암아 의석의 2/3를 넘는 숫자가 보수일색의 정파로 채워진 것이다. 이명박 대통령과 한나라당에 대한 서울과 수도권의 전폭적인 지지의 가장 큰 이유는 개발에 대한 기대심리였다. 선거가 끝난 뒤 야당에서 뉴타운개발을 둘러싼 허위사실 공포 혐의를 제기하자 한나라당의 홍준표 의원은 '법 개정'을 해서라도 뉴타운 개발을 하겠다고 했고, 정몽준 의원은 뉴타운 개발을 하지 않는 것은 "서울시장의 직무유기"라고 당당하게 되받아쳤다.[5] 서울과 수도권의 민심을 정확하게 읽어낸 뒤에나 할 수 있는 거침없는 표현이다.

그렇다면 대구경북의 투표 성향에는 어떤 변화가 생겼는가? 개표 결과에서 한나라당으로 결집되던 대구경북의 표가 친박과 한나라당으로 양분되는 경향을 보이면서 '묻지 마 한나라당'에 일정부분 균열이 생겼다고 볼 수도 있지만, 그들이 원래 '한 지붕 식구'였고, 또 지역민심이 이들의 복당을 지지하고 있다[6]는 점에서 한나라당에 대한 지역주민들의 애정은 전혀 변함이 없는 것이라고 보아야 할 것이다. 다만 이번 선거에서 지역의 표가 한나라당 소속 후보와 친박 또는 박근혜계 후보로 양분된 것은 지역에서 TK 신구 주류세력 간의 주도권 싸움의 성격이라고 볼 수 있다. 그 싸움의 결과 TK는 여전히 박근혜계를 중심으로 하는 원조 TK가 주도권을 가지고 있음을 확인해주었다. 이를 '박풍'의 힘이라고도 볼 수도 있겠으나 이번 박풍을 2004년 총선에서 불었던 박풍과 같은 수준으로 평가할 수 있을지는 의문이다.[7]

이번 선거 결과만으로 보면 한나라당을 축으로 하는 보수세력의 기반이 TK에서 수도권으로 넘어가고 있음을 알 수 있다. 그렇다면 정권재창출이나 차기 정권을 노리는 후보군들이 정책의 무게중심을 어디에 둘지는 상식선에서도 충분히 판단할 수 있다.

---

5 「강북 부동산 값 오른다고 문제 안돼」, 『오마이뉴스』 2008.4.17.
6 「이만섭, 한나라당 복당 허용해야」, 『매일신문』 2008.4.17.
7 물론 박근혜 후보가 자신의 지역구에만 머무른 채 지원유세를 하지 않았다는 점은 고려해야 할 것이다.

그러나 지역의 언론들이 과연 이런 정치지형의 변화를 제대로 읽고 있는지 의문이다. 총선이 끝난 뒤 지역의 언론은 친박연대, 무소속 후보의 선전만을 근거로 정책순위가 바뀔 것[8]이라는 전망과 지역발전의 기회가 왔다[9]는 식의 막연한 기대를 쏟아냈다. 그런데 총선이 끝난 뒤 불과 1주일 만에 벌어진 혁신도시 논란에 지역의 언론들은 엄청난 충격과 함께 배신감을 느끼는 모양이다.[10] 이명박 후보를 대통령으로 만들기 위해 지역주민들을 '천치(天痴)'[11]라고까지 을러대며 소매를 걷어붙였던 지역 언론들은 수도권의 민심을 확실히 장악하려는 이명박정부와 한나라당으로부터 뒤통수를 얻어맞은 꼴이 되고 말았다. 권력 비판의 차원을 넘어 근거도 없이 좌파정권이라고 붉은 칠을 하며 저주하던 전(前) 정권을 이제 와서 그리워하는 모습[12]에서는 측은함마저 느끼게 된다.

시장경제와 관치경제

이명박정부가 들어서기 전까지 역대 대통령 중에서 가장 시장친화적인 정책을 편 대통령은 바로 노무현 대통령이다. 역대 대통령 중에서 "교육도 산업이다"라는 천박하면서도 과격하기 이를 데 없는 주장을 여

8　「지방 불만 보았다 정책순위 바뀔 듯」, 『매일신문』 2008.4.10.
9　「지역경제 이번만은, 부푼 기대감」, 『영남일보』 2008.4.10.
10　「MB 대구경북 하늘 헬기구상이 이거였나 격앙」, 『매일신문』 2008.4.17; 「혁신도시 택지공급 사실상 중단」, 『한겨레』 2008.4.17.
11　수암 칼럼 「세번 어리석으면 천치다」, 『매일신문』 2007.12.17.
12　「지방혁신도시 노(盧)가 그립다」, 『영남일보』 2008.4.16.

과없이 내뱉은 대통령이 노무현 대통령 외에 또 있을까? 그런 대통령이 이끌었던 참여정부를 임기 5년 내내 '좌파정부'라 매도했던 보수언론과 한나라당의 지적 수준에 대해서는 언급할 필요조차 느끼지 못한다.

지금 이명박 대통령의 '경제 살리기'에 담긴 내용 중에 확인할 수 있는 것은 '시장경제', (대기업 중심의) '비즈니스 프렌들리'[13], 완화의 수준이 아닌 '규제의 철폐'가 전부다. 이런 정책이 정권 교체 이후 느닷없이 들이닥친 것이 아니라 참여정부 5년 내내 그 토양을 다져놓은 것이고, 이명박정부가 이제 완결단계에 들어가려는 수순을 밟고 있는 것이다. 참여정부와 다른 점이 하나 있다면 '프레스 프렌들리'가 추가되었다는 정도……

한나라당이 '잃어버린 10년'이라 했던 기간 동안 우리 사회에서 수도권과 지방의 격차는 계속 벌어지고 사회 양극화가 고착된 것 역시 지난 두 정권이 펼쳐왔던 시장친화적인 정책의 결과물이다. 이런 현상이 '좌파' 정권의 실정 탓이라면 경제학 교과서를 새로 써야 할 터인데도, 대다수 국민들이 '좌파' 정권 탓이라고 믿게 된 것은 순전히 보수언론의 책임이다. 우리 지역의 언론이 시장경제를 그토록 찬양해왔지만 정작 시장경제원리의 기초조차 제대로 이해하고 있는가에 대해서는 의문이 든다.

이번 총선 기간 중에 지역의 두 신문은 KTX 개통 이후 심각해지고 있는 지역 환자의 수도권 유출현상에 대해 문제제기를 한 바 있다.[14] 지

---

13 「비지니스 프렌들리? 중소기업은 아우성」, 『한겨레』 2008.4.9.

역 환자의 역외 유출은 사실 어제오늘의 일이 아니고 KTX 개통 이후 더욱 심각한 수준에 이르자 이에 대한 대책을 마련하기 위해 지난 2006년에 대구시와 대구병원협회가 공동사업을 벌인 적도 있다. 그러나 문제의 본질을 꿰뚫지 못하고 있으니 대책은 언제나 피상적이고 미봉책에 불과할 수밖에 없다.

2004년 기준으로 국내 의료기관의 급성기 병상은 보건복지부 평가에서도 30,000 병상이 과잉공급되어 있었다. 사정이 이러한데도 참여정부는 규제완화 차원으로 수도권 대형병원의 무분별한 병상 증설을 허용해버렸다. 국가의료체계에도 시장경제원리를 도입한 것이다. 수도권에 환자가 대량 발생하는 대형재난이 반복되지 않는 이상 폭발적으로 늘어나는 병상을 어떻게 채울 것인가? 당연히 수도권의 중소병원과 지역에서 빨아올릴 수밖에 없다. 병상 증설을 주도하는 병원은 소위 '의료계의 빅4'라고 불리는 병원들이다. 한 국가의 의료체계가 시장원리에 내맡겨지면서 서울의 4개 대형병원의 독점체제로 완전히 재편되어가고 있다. 그런데도 의사협회는 틈만 나면 참여정부의 '의료사회주의 정책' 때문에 의사들이 망한다고 아우성을 치고 과천 벌판에 모여들어 허공에다 주먹질을 해댔다. 그리고 의료보험 당연지정제를 의료의 하향 평준화를 조장하는 대표적인 사회주의 의료체계라며 철폐를 요구해왔다. 이명박정부는 의사협회의 바람대로 의료보험 당연지정제를 철폐하려는

---

14 「대구 환자 엑소더스 오나」, 『매일신문』 2008.4.4: 「한숨 자고 나면 서울… 탈 대구 후폭풍」, 『영남일보』 2008.4.1.

움직임을 보이고 있다. 이 의료보험 당연지정제를 축으로 하는 전국민 의료보험제도는 박정희, 전두환, 노태우로 이어지는 군사정권에서 완성이 된 것인데, 그렇다면 이 세 정권은 모두 좌파정권인가?

왜곡된 의료체계를 개혁하기 위해서는 정부의 정책 개입 외에는 달리 대안이 없다. 그러나 정부의 정책 개입을 통해 규제를 강화하라고 하는 것은 시장경제원리와 충돌하는 것이기에 시장경제원리를 신봉하는 보수정론지가 내뱉을 말이 못된다. 그래서 기껏 내놓은 주문이 친절서비스로 돌파구를 찾아보라는 한가한 주문이나 하고 있다.[15]

지금 시장경제가 강조되면서 정부의 제도와 정책을 통한 규제가 만악(萬惡)의 근원인 것처럼 인식이 되고 있다. 정부가 정책개입을 통해 규제를 하는 것은 좌파정책을 실현하기 위한 것이 아니라 시장질서에 균형을 잡는 데 그 목적이 있는 것이다. 따라서 한쪽의 일방적인 규제완화는 다른 한쪽의 일방적인 규제강화로 이어진다. 이명박정부가 추진하고 있는 기업에 대한 일방적인 규제완화는 당연히 노동자에 대한 규제강화로 이어지고 있다. 정리해고 요건 완화, 사전직장폐쇄 허용, 파업요건 강화, 직장내 성희롱 처벌 완화, 집회 시위에 관한 규제강화, 시위주동자 사전구속……. 조만간 우리는 '오사영 정부'[16]의 괴력을 보게 될 것이다. 그것도 영남, TK의 힘이라면 힘이다.

이번 두 차례 선거 과정에서 보여준 지역언론의 보도 행태에서 지

---

15 「환자는 감동에 지갑 연다」, 「매일신문」 2008.4.4; 사설 「지역의료계 서비스로 활로 찾아라」, 「매일신문」 2008.4.5.
16 오대 사정기관의 수장이 영남 출신.

역 언론은 결코 시장경제를 원하고 있는 것이 아니라는 사실을 분명히 확인할 수 있었다. 대통령 형님의 힘으로 포항지역이 발전한다면[17] 그 발전이 과연 시장경제원리에 부합되는 것인가? "수도권 TK 의원을 활용"[18]하여 대구경제가 되살아날 수 있다면 그 경제는 시장경제인가 관치경제인가? 특혜 경제인가? 힘 있는 지역 정치인을 밀어주면 지역경제가 되살아날 수 있다는 허황된 믿음은 21세기의 실용주의인가, 봉건시대의 연고주의인가? 대구시와 대구의 언론들이 관치경제와 권력의 특혜를 통해 지역경제가 부활할 것으로 철석같이 믿고 있다면 대구는 이명박 대통령이 주도하는 시장경제에서 가장 참담한 패배자가 되고 말 것이다.

혁신도시논란은 어떤 면에서 효율과 실용성, 경쟁력 '만'을 강조하는 이명박 대통령의 평소 철학이 반영된 결과이기도 하고 수도권 규제완화 역시 시장경제원리를 신봉하는 한편 규제를 만악의 근원으로 보는 대통령의 일관된 소신이 드러난 것이라고 볼 수 있다. 정녕 이럴 줄 몰랐다고 바지가랭이를 잡고 늘어지는 것은 아무런 검증도 없이 '우리 대통령', '우리 지역 대통령'만을 연호하던 지역 언론의 면피성 제스처일 뿐이다.[19]

---

17 「포항은 이상득을 원한다」, 『영남일보』 2008.3.25.
18 「수도권 TK 의원 활용법 — 지역발전에 상당한 힘」, 『영남일보』 2008.4.15.
19 「이명박정부는 등 돌리지 마라 — 지방분노」, 『영남일보』 2008.4.17.

계급배반의 오류

4·9 총선 당일 『경향신문』은 유권자들을 향하여 "계급배반의 오류를 범하지" 말라는, 선거보도에서 유례를 찾기 힘든 제목의 기사를 실었다.[20] 우리가 정치에서, 또 선거에서 전혀 희망을 느끼지 못하는 것은 단지 정치인들의 배반 탓만이 아니라, 유권자 스스로가 끊임없이 자신의 존재 기반을 배반하는 투표성향을 가지고 있었기 때문이다.

대구경북의 유권자 대부분의 삶은 TK 출신의 힘 있는 정치인들의 삶의 궤적과 일치하지도 않으며, 이해관계가 일치하는 것도 아니다. 하지만 대구경북 유권자들은 선거 때마다 TK 출신의 정치인과 자기 자신을 동일시하며, 그들의 입신 여부에 따라 대리만족을 느낀다. 지역 언론이 이를 부추긴 측면이 없다고는 자신 있게 말하지 못할 것이다.

지역에서 열린 한 토론회에서 토론자로 참석한 한 농민회 간부는 많은 농민들이 평소에는 정부를 향해 시위를 벌이다가도, 정작 선거 때만 되면 자신들의 이해관계와는 손끝만치도 연관이 없는 정치세력을 향해 집단으로 표를 던진다는 사실에 개탄한 적이 있다. 또한 노동자당임을 자처하는 정당이 있음에도 불구하고 대부분의 노동자들이 자신들의 이해관계를 반영하는 정당을 외면한다. 유권자들의 이런 이중적인 정치의식과 '계급배반의 오류'로 말미암아 형성된 무질서한 정당정치가 단시간 내에 교정될 수 있을 것이라고는 믿지 않는다.

---

20 「계급배반의 오류를 범하지 맙시다」, 『경향신문』, 2008.4.9.

하지만 이번 선거에서 경남의 강기갑, 권영길 두 의원의 사례와 서울에서 심상정, 노회찬 두 의원이 얻었던 득표율을 보면 유권자들의 '계급배반의 오류'는 얼마든지 또 한순간에 시정될 수 있을 것이라는 희망을 가지게 된다. 그런데 나는 유권자들의 문제보다 더 심각한 것은 일선현장의 기자들이 저지르는 계급배반의 오류라고 생각한다.

규제 철폐가 곧 개혁이요 선이라고 믿는 이명박 대통령이 언론계에 던져준 첫 선물이 신문고시제도의 철폐이다. 신문고시제도가 철폐됨으로써 가장 큰 타격을 받는 곳은 어디일까? 지방신문일 것이다. 그 타격은 사주보다는 일선기자들에게 더 큰 타격이 될 것은 불을 보듯 뻔하다. 이명박정부의 언론정책을 전혀 검증하지 않고 '프레스 프렌들리'만 믿고 있었던 기자들에게 부메랑이 된 셈이다. 이명박정부의 교육정책에 대해 일말의 검증이나 비판도 없이 받아쓰기만 했던 기자들은 앞으로 자신들의 봉급을 자녀들의 사교육비로 고스란히 토해내야 할 것이다.

기자의 특권을 이용하여 빅4 병원에서 무료로 최상의 서비스를 받을 수 있는 기자라면 의료시장개방을 찬성하고, 의료보험 당연지정제를 폐지하고 의료를 산업으로 육성하자고 주장해도 된다. 그런 능력도 없이 그런 주장을 펼치는 기자는 자신의 계급은 물론 자신의 처지를 배반하는 오류를 범하는 것이 된다. 대운하 물줄기 언저리에 선대로부터 물려받은 선산이나 논밭이 있는 기자라면 대운하를 목청껏 찬양해도 된다. 기자의 자녀가 수도권 주요 대학에서 4년 전면 장학생으로 학교를 마칠 정도의 성적이 된다면 그 기자가 대학의 등록금 인상이 대학의 경쟁력을 높이는 길[21]이라는 기사를 쓰더라도 충분히 이해할 수 있다. 집을 두 채, 세 채 가진 기자가 집값 상승을 부추기는 기사를 쓰는 것은 이 시대의 도덕률로서는 전혀 비난의 대상이 되질 않는다. 하지만 이도 저도 아니면서 그런 기사를 쓰는 기자는 자신의 기사로 자해행위를 하는 것이라고 볼 수밖에 없다.

이번 대선과 총선에서는 유난히 언론인 출신의 정계 진출이 많았다. 특히 언론사 기자들의 청와대 진출이 두드러진다. 나는 이들이 다른 언론인들에 비해 특별히 권력욕이 더 강한 사람들이라고 보지는 않는다. 지금 이 시대의 모든 직업인들의 미래는 불안하다. 아무리 '조·중·동'의 기자라 할지라도, 방송국의 사장이었다 하더라도 평생의 삶이 보장되지는 않는 세상인 이상, 앞날의 살길을 찾아 남들보다 발 빠르게 정치권과 권력에 몸을 의탁하려는 도박을 하는 것일 뿐이라고 생각한다. 그러나 대한민국의 모든 기자가 부장, 논설위원, 사장을 거쳐서 국회의원이 되거나 청와대 곁방에서 노후를 보장받을 수는 없는 것. 그렇다면 오히려 직업의 정체성을 찾고 퇴직 후에도 최소한의 품위를 지키면서 살아갈 수 있는 사회환경을 만드는 데 힘을 쏟는 것이 더 합리적인 선택이 아닐까 싶다. 그 출발점은 기자들이 자신이 처한 현실과 자신의 계급에 근거한 '이기적인 글쓰기'에서 찾을 수 있을 것이라 생각한다.

아울러 언론 관련 시민단체의 발상의 전환도 필요하다. 언론의 선거보도를 바라보는 시민단체의 관점이 기계적 중립에만 천착할 경우 정작 선거에서 시민사회가 당연히 제기해야 할 쟁점을 놓쳐버리는 꼴이

---

21 복거일의 시사코멘트 「대학생들의 등록금 인상반대」, 『매일신문』 2008.4.5.

되기 쉽고, 언론의 보도만을 졸졸 쫓아다니면서 전혀 약발 없는 비평만을 남발하는 헛수고가 되기 쉽다. 제도권 언론에 앞서서 시민사회의 여론을 선점하고 선도할 수 있는 역량을 키우기 위해 벼랑 끝에 선 심정으로 노력을 하여야 한다. 이것은 이 '섬뜩한 시대'를 맞이한 모든 시민단체의 생존전략이기도 하다.

* 이 글은 2008년 4월 21일, '2008 총선 미디어연대 대구경북본부'가 주최한 4·9 총선 보도 평가토론회 '4·9 총선, 박풍은 도대체 무엇을 남겼나'에서 발표한 발제문이다.

대구경북에 나타난 괴물,
도대체 누가 키웠나

경상북도 소도시에 있는 미군기지 내에 100톤 이상의 고엽제를 땅 속에 파묻었다는 한 퇴역 미군의 양심선언으로 여기저기 우려의 시선이 대구경북 쪽으로 모여들고 있다. 미군과 관련된 다른 사건들과는 달리 한미 양국 정부가 발빠르게 공동조사단을 구성하여 실태조사에 들어간 것은 무엇보다 매립 작업에 직접 참여했던 군 실무자의 입에서 나온 말 이니만큼 무턱대고 부인하기 어려운 속사정이 있었기 때문일 것이다. 그리고 조사의 초점은 고엽제라는 독성물질의 불법 매립이라는 사실보 다는, 문제가 된 미군기지 주변에서 '지금 현재' 다이옥신이 검출되는가 여부에 모아져 있는 것 같다.

사실 다른 제초제와 달리 고엽제(Agent Orange)가 사용이 금지되는 독극물 수준으로 분류되어 있는 이유는 인류가 만들어낸 화학물질 중에서 가장 독성이 강하다는 다이옥신이 함유되어 있기 때문이다. 다이옥신이 인체에 미치는 악영향은 긴 설명이 필요치 않을 만큼 널리 알려져 있다. 문제는 고엽제가 매립된 미군기지 주변에서 다이옥신만 검출되지 않으면, 혹 검출되더라도 "미량"이거나, "기준치 이하"일 경우, 문제가 없는 걸로 덮고 넘어갈 수 있는가 하는 점이다. 환경오염과 관련해서 "미량"이나 "기준치 이하"라는 말은 과학적 근거에서 나온 말이라기보다는 불씨를 잠재우려는 정치적 언어에 가깝다.

무기가 원시적 수준의 창검이 전부였던 고대사회 때도 "군대가 머물다 지나간 자리에는 가시덤불만 자라고, 반드시 흉년이 들게 된다"고 하였다. 하물며 온갖 화학물질과 중금속, 핵물질로 빚어낸 최첨단 무기가 가득한 현대의 군사기지가 자립잡고 있는 곳의 토양은 어떤 형편일까? 기지 내부는 물론 그 주변의 환경오염은, 현재 인간이 가진 지식과 능력으로는 해결책은 제쳐놓더라도 그 실태에 대한 정확한 분석조차 어려울지도 모른다. 다이옥신만이 문제가 아닌 것이다. 이미 반환된 미군기지의 오염실태에 대해서조차 한국정부가 어떤 조사를 했는지, 복구비용은 어떻게 마련하려는지 아무런 말이 없다.

한미공동조사단이 미군기지 캠프 캐럴 주변에 대한 실태조사에 들어갔다고는 하지만 그 조사는 어디까지나 기지 주변에 대한 실태조사일 뿐이고, 정작 오염원이 자리잡고 있는 기지 내부에 대해서는 한국정부가 조사할 권한을 아예 가지고 있지 않다. 바로 '주한미군주둔군 지위협정(SOFA)' 때문이다.

이런 형편임에도 기지 주변의 오염실태에 대한 조사과정에서 벌써 문제를 침소봉대하려는 움직임들이 엿보인다. 캠프 캐럴 주변의 지하수에서 다이옥신이 미량 검출되었다는 보고서가 나오자 경상북도는 다이옥신 2차 조사를 중단시켜버렸다. 그런데 그 이유가 궁색하기 짝이 없다. "한미가 공동조사 하는 데 혼란이 생긴다"는 이유란다. 미군이 간섭할 수 없는 기지 외곽의 실태조사조차 이 지경이면 기지 내부의 오염상황에 대해서 한국정부가 할 수 있는 일은 아무것도 없다. 도대체 이 땅은 뉘 땅인가?

1970년 후반 비무장지대(DMZ)에서 근무한 적이 있는 퇴역 미군은 "한국 국민들은 고엽제 사태에 당연히 분노해야" 한다고 증언했다. 분노만으로 해결될 문제가 아니다. 분노를 넘어서는 구체적인 행동이 있어야 한다. 하지만 이 나라의 법은 국민들의 분노를 쉽게 잠재우는 힘을 가지고 있다. 무책임한 미국산 쇠고기 수입 결정에 대한 국민들의 분노를 한순간에 잠재운 것도 법의 힘이었고, 무모하기 짝이 없는 4대강사업에 분노하는 국민들의 목소리를 잠재운 것도 법의 힘이었다. 4대강사업으로 식수대란이 예상된다는 이성적인 경고를 묵살하고 4대강사업을 강행하도록 만들어준 것도 법의 판단이었다. 결국 구미지역에서 식수대란이 현실화되었음에도 법은 무표정하게 법의 권위만을 드러내고 있을 뿐 그 누구도 책임을 지지 않는다.

하지만 법은 항구불변의 진리가 아니다. 법은 언제든지 바꾸고 새로 만들어낼 수도 있다. 그렇게 법을 만들고 바꾸는 것은 정치인들이 몫이고, 그런 법을 집행하는 권한을 위임받은 사람들 역시 정치인들이다. 그리고 그 정치인들의 생사여탈권은 주권자인 국민들이 가지고 있다.

민주주의 사회에서 법을 바꾸기 위해서는 정치인을 바꾸는 것이 가장 손쉬운 방법이다. 미군의 고엽제 불법 매립에 따른 파문이 커지자 외교부는 "미비하거나 부족한 점이 있으면 SOFA를 개정할 수도 있다"고 했다. 미비하거나 부족하다는 그 단서를 어떻게 해석해야 될지 모르겠으나 무엇보다 정치인들이 자신들의 수명을 연장하기에 미비하거나 부족한 상황이 오면 아마도 제일 먼저 발 벗고 나설 것이다.

10년 만에 "우리(?) 대통령" 뽑았다고 환호하던 대구경북지역에 유난히 흉흉한 일들이 겹치고 있다. 경제는 끝없는 나락으로 굴러떨어지는데 동남권 신공항 백지화와 과학비즈니스벨트 유치 무산, 식수대란에 이어 이번엔 고엽제 파동까지 덮쳤다.

하지만 이런 형편임에도 이 지역 정치인들의 목소리를 듣기란 쉽지 않다. 다른 정치인들이야 말할 것도 없고 차기에 가장 유력한 대선 후보조차 자신의 지지 기반에 있어 심장부라고 할 수 있는 지역에서 식수대란이 벌어져도 신비로운 묵언 수행만을 하고 있을 뿐이다. 4·27 재·보선 뒤 다른 지역의 여당 국회의원들은 쓰나미를 만난 듯 허둥대며 안절부절하고 있는 듯한데, 이 지역 정치인들의 일상에는 아무런 변화 없는 평온함이 유지되고 있다. 지역에서 식수대란이 일어나도, 지역에 위치한 미군기지에 독극물을 파묻었다는 이야기가 나와도 지역 정치인들의 성명서 한 장 구경할 수가 없다.

다음 선거에서 이명박정부의 실정에 대한 심판·응징론이 온 나라를 뒤덮고 있는데도, 현직 국회의원에 대한 지지 의사가 가장 높은 곳(「국회의원, 나 떨고 있니?」, 『경향신문』 2011.5.17), 지난 재·보선에서, 비록 유권자의 관심이 덜 가는 기초의원 선거이긴 하지만 야당 단일후보를 경합도 아닌, 꼴찌로 낙선시켜 버리는 곳……. 한나라당 일색의 대구경북 정치인들이 일상의 평온함을 유지할 수 있는 이유는 바로 여기에 있다. 유권자의 냉철한 이성과 투철한 주권의식으로 정치와 정치인을 바꾸지 못할 때 미군의 만행에 대한 국민들의 분노는 법 앞에 또 한번 무기력하게 무너질 수밖에 없을 것이다.

"이성이 잠들면 괴물이 태어난다."

스페인 화가 프란시스코 고야의 말이다. 이 말과 함께 그가 남긴 그림 〈거인〉을 보면 오늘 우리가 떠안고 있는 위기의 실체를 직감할 수 있을 것이다. 괴물은 스스로 나타나는 것이 아니라 우리의 무관심과 타성, 그리고 무기력한 체념이 키우는 것일 게다.

『프레시안』 2011.5.30.

과학과 상식, 그리고 민주주의

e―편한 세상

20세기가 저물 무렵, 다가올 21세기에 대한 인류의 전망은 화려하다 못해 황홀할 지경이었다. 아직 닥쳐오지도 않았고 누구도 경험해보지 않았던 21세기였지만, 2000년부터 시작되는 새천년에 대한 기대는 온 천지에 가득 차 있었다. 새천년에 대한 찬사와 기대는 그 어떤 말보다 화려했고 달콤했으며, 듣고 있기만 해도 포만감을 느끼기에 충분했던 것 같다.

그 무렵 우리나라는 국가부도라는 절체절명의 위기에 빠지면서 온나라에 구조조정의 칼바람이 휩쓸고 지나갈 때였다. 그래서 지상에는 여기저기 피울음 섞인 아우성과 섬뜩한 선혈들이 낭자하게 널려 있었다. 또 한편으로는 헌정사에서 처음으로 선거에 의해 여야 정권이 교체

된 데 따른 흥분과 열기가 넘치던 때였다. 그런 어수선한 상황 속에서도 21세기를 기약하는 말들은 어느 나라 못지않게 화사하고 따뜻했다.

그런데 그 말의 주인공들은 정치인이나 미래학자들도 아니었고 예언가들도 아닌, 황우석 박사를 비롯한 생명공학자들이었다. 21세기에 "게놈 프로젝트가 완결"되면 "암과 희귀난치성 질병이 정복"되고, "노화가 정복"될 것이며, 또 "생명복제기술은 이미 선진국 수준을 넘어선 수준"이어서 "이식형 인공장기가 대량생산"되고, "맞춤형 치료는 물론 주문형 아기생산도 가능"해지고, 그래서 "행복하고 질병 없는 꿈의 21세기"가 곧 현실로 닥쳐올 것이라는 이야기들이었다. 21세기가 생명공학의 시대가 될 것임을 의심하는 사람은 아무도 없었다. 그리하여 그 시절 생명공학은 21세기 대한민국을 "멋진 신세계"로 인도할 성장동력산업으로, 생명공학자들은 경제위기를 극복하고 온 국민들을 먹여 살릴 구국의 영웅으로 자리매김하게 된다. 그들은 과학자였고, 과학자들의 말은 과학적 사실이므로 반박은 물론 의심의 여지조차 없을 것이라는 믿음이 사회 전반에 팽배해 있었던 탓일까? 국민들은 말할 것도 없고, 기자들마저 생명공학자들이 확신에 찬 목소리로 내뱉는 말에 대해서는 단 한 치의 의구심조차 내보이는 일이 없었다. 생명공학자 앞에 선 기자들은 받아쓰기 시험을 치는 초등학생들에 불과했고, 의구심을 드러내는 몇몇 기자나 언론인들은 여론의 몰매를 맞아야 했다. 그래서 실물도 없는 신기루를 팔아 대박을 터뜨리던 바이오 벤처기업이 욱일승천의 기세로 번창하던 때가 그 무렵이었다.

그렇게 일찌감치 황홀한 신세계를 예약해두었던 21세기도 10년이

홀쩍 지나갔다. 길고도 길었던 군부독재가 국민의 힘에 무너져내린 뒤 선거민주주의가 꽃을 피운 지는 벌써 20년의 세월도 넘는다. 그런데 지금 우리는 어디쯤 서 있는가? 서로 부둥켜안고 다리를 질질 끌며 힘겹게 걸어왔던 길, 이제 저 산모롱이만 돌아서면 신세계가 열리는 바로 그 문턱에 서서 마지막 고비를 넘기 위해 거친 숨을 고르고 있는 중인가?

아니다. 결코 아니다. 길 막고 물어보면 열이면 열 하나같이 도리질을 칠 것이다. 신세계 문턱은커녕 땅에 발붙이고 숨 쉬며 사는 것만으로도 감사해야 할 정도로 척박한 세상이다. 내일에 대한 희망조차 가질 수 없는, 하루하루 버티어내는 것만도 벅찬 나날들이 계속되고 있다. 왜소한 몸 하나만으로는 도저히 감당해낼 수 없는 일들이 숨 돌릴 틈도 없이 되풀이되면서 스스로 삶을 포기하는 사람들이 줄을 잇고 있다. 환란과 재앙이 닥쳐올 때마다 힘을 모아 대응하던 전통의 공동체 문화는 박살이 나 흔적조차 찾아볼 수 없고, 온 세상 사람들의 가슴을 무겁게 짓누르고 있는 경제적 공포는 버려지고 상처받은 이에 대한 이웃의 연민을 한가롭다 못해 사치스런 감정으로 만들어버리고 있다.

21세기에 접어든 이후 한국사회에 나타난 변화 중의 하나는 법률가들의 서가에나 꽂힌 채 먼지를 뒤집어쓰고 있던 헌법이 광장으로 흘러나왔다는 것일 게다. 그 헌법 첫머리에는 "대한민국은 민주공화국"이라고 뚜렷하게 명시되어 있다. 하지만 지금 이 시대의 대한민국이 과연 민주공화국이 맞는가라는 의문이 끊임없이 일어나고 있고, 민주공화국이란 선언적 의미를 넘어 그 명(名)과 실(實)이 서로 일치하는가에 대해서 확신을 가지는 사람은 그리 많지 않은 것 같다.

하지만 이 나라가 자살공화국이란 사실에 대해 의심을 하거나 이의 제기를 하는 사람은 없다. 그것은 사람들 사이에 입소문으로 떠도는 풍문이 아니라, 통계로 증명되는 사실이다. 우리나라는 평균 34분에 한 명씩 스스로 목숨을 끊고 있고, 자살률에 있어서는 OECD 국가 중에서 단연 1등이다. 1등만 기억하는 이 살벌한 세상에서 우리가 기억해 두어야 할 사실은 또 있다. 자살하는 계층과 연령의 다양성 또한 전세계에 유례가 없다는 것! 대통령을 지낸 사람부터 말단 공무원까지 모든 직급의 공직자들이 자살 대열에 동참하고 있고, 아무도 기억해주지 않는 등수에 절망한 중고등학생들의 죽음은 오래 전부터 고쳐지지 않는 이 나라 교육계의 관행이며, 전직 대학총장까지 스스로 목숨을 끊고 있다. 줄을 잇는 노인들의 자살에는 눈길조차 주는 사람도 없고, 세 살배기마저 가족 동반자살로 죽음의 대열에 합류하는가 하면, 뉴스거리도 안 되는 실직 노숙자의 자살과 대중매체의 화려한(?) 조명과 함께 기자들의 어설픈 심층분석까지 곁들여지는 유명연예인들의 자살행렬이 선명하게 대비되는 이 자살공화국에 대해 국격을 입에 달고 다니는 정부는 G20 의장국입네, G20 세대입네 동네방네 볼썽사나운 자랑을 해대고 있다.

남의 불행이 곧 나의 행복이 되는 이 무한경쟁의 시대에서 자살은 나와는 상관없는 남의 일이며, '세계화', '신자유주의 시대'에 누구도 함부로 거역할 수 없는 시장원리에 따른 자연스런 현상으로 받아들여지고 있다. 그래서 줄을 잇는 죽음의 행렬에도 아랑곳없이 세상은 아무 일 없다는 듯 숨 쉴 틈 없이 빠르게 돌아가고 있고, 무심한 하늘은 구름만 걷히면 늘 그렇듯이 싸늘한 푸른 빛만 가득 넘쳐흐른다. 21세기 첫머리를 지나면서 우리가 살고 있는 이 나라는 비참하다 못해 참 잔인한 나라로 변해가고 있고, 사람들의 내면에는 체념과 절망, 원망이 키워낸 거칠디 거친 폭력성이 암세포 자라듯 소리 없이 덩치를 키우고 있다. 어떤 사람들은 이런 세상을 "e-편한 세상"이라 부르기도 하고, "e-멋진 세상"이라고도 한다.

과학이라는 종교

우리나라에 과학이라는 말은 외침에 의한 근대화와 함께 흘러들어왔다. 의학이란 말도 마찬가지다. 그렇게 흘러들어온 의·과학은 한 세기 만에 반만년의 역사를 가진 이 땅의 신화와 제의, 토착종교를 사람들의 발길 뜸한 박물관으로 밀어내고 국교에 버금가는 위상을 차지하고 있다.

20세기의 역사는 서방세계가 가진 과학기술의 힘에 동아시아 문화권이 처참한 패배를 당한 역사라고 할 수도 있다. 군국주의로 무장한 일본이 한반도를 비롯하여 동아시아를 야만스럽게 유린할 수 있었던 힘은 이웃나라들보다 한발 앞서 받아들인 서구문명의 힘이었다. 패전 이후 일본은 그들이 저지른 전쟁범죄에 대해 지금까지 단 한 마디의 사죄도 반성도 없었다. 아시아의 맹주로서 서방세계의 침탈에 대항하여 아시아를 지키기 위한 성전을 펼친 것인데 사과는 무슨 사과? 이런 투다.

게다가 인간이라면 도저히 상상조차 할 수 없는 '악마의 포식'을 주도했던 731부대의 관계자들과 책임자 이시이 시로 중장까지 그 어떤 처벌도 받지 않았다. '악마의 포식'에서 얻은 성과물을 미국이 공유했기 때문이다. 그 내용들은 의·과학이란 이름으로 첨삭가감되어 온 세계의 의과대학생들이 보는 교과서에 녹아들어가 있을 것이다. 요즘 방사능을 포함하여 맹독성물질의 위험에 대한 만병통치약으로 통용되는 '기준치 이하'라는 말은 어떤 의학자가 누구를 대상으로 어떤 실험을 거쳐 만들어 낸 개념일까? 맹독성 물질에 대한 '기준치'라는 말은 2차 세계대전이 아니었다면 생각조차 할 수 없었을 것이다.

일본이 패전 이후 단 한 가지 반성한 것이 있다면 과학기술이 미국보다 한 발 뒤쳐져 있었다는 사실을 자각한 것이었다. 2차 세계대전 원폭 피폭지 중 하나인 나가사키에는 나가사키 명예시민 1호로 추앙받고 있는 방사선과 의사 다카시 나가이의 기념관이 있다. 나가이 박사는 피폭 당일부터 열정적으로 피폭자 구제사업을 펼치다가 자신도 피폭되어 그 후유증인 백혈병으로 사망한다. 그가 피폭자 구제사업을 펼치면서 남긴 기록 형태의 보고서가 유작으로 남아 있다. 세계 최초의 피폭국 의사로서 그가 남긴 기록은 핵폭탄 피해에 대한 생생한 현장 기록으로서 소중한 가치를 지니고 있는 것이다. 그런데 보고서 끝부분에 가서 그가 내린 결론을 보면 일본이라는 나라의 집단 정신세계를 엿볼 수 있다.

그는 일본의 패전으로 끝난 태평양 전쟁을 미국의 승리가 아니라 과학과 과학자들의 승리라고 했다. 그의 기록에는 무차별 살상 무기인 핵폭탄을 투하하여 무고한 시민들까지 대량 학살한 미국정부에 대한 그 어떤 원망도 찾아볼 수 없다. 오히려 히로시마, 나가사키의 희생으로 전쟁을 빨리 끝내고 평화를 정착시키려는 미국 물리학자, 방사선학자들의 고뇌에 찬 결단이라 평가했다. 그러면서 일본 국민이 국력의 바탕이 되는 과학과 과학자들에 대한 태도를 바꾸지 않는 한 앞으로도 결코 구제받지 못할 것이며, 세계 최초의 핵 피폭이란 피해를 계기로 핵폭탄의 원리를 이해하고 이를 바탕으로 핵을 문명발전에 기여하는 방향으로 앞서 나아가야 한다고 주장했다.

그의 바람은 현실이 되었다. 2차 세계대전 후 강대국들은 첨단 핵무기 경쟁에 나서게 되었고, 핵의 평화적 이용이라는 명분으로 핵발전소 건설에 정부의 투자와 지원을 아끼지 않았다. 강대국의 힘은 핵과 핵발전소 보유현황으로 확인할 수 있다. 세계 최초의 원폭 피해를 입은 일본의 핵발전소 보유현황은 미국, 러시아, 프랑스에 이어 세계 4위 수준이다. 한국은 핵발전소 보유현황만으로는 세계 5위의 반열에 올라 있고, 핵발전소 밀집도는 어느 나라도 따라올 수 없는 세계 최고 수준이다. 핵발전소를 수출까지 하는 핵 선진국이라는 자부심 하나만은 가져도 좋을 듯하다.

과학이 예견했던 21세기의 멋진 신세계는 아직 골조조차 보이질 않는데, 일본 후쿠시마 핵발전소에서 넘어오는, 냄새도 색깔도 소리도 없는 죽음의 재는 지구촌 전체를 서서히 뒤덮을 모양새다. 이미 우리 주변에 스며들어와 있을지도 모르는 일이지만, 볼 수도 만질 수도 없으니 그저 아무 일 없으려니 여유로울 뿐이다. 내일의 위험에 대비하기에는 오늘 하루를 견디기 위해 감당해야 할 짐이 너무 무거운 탓에 그냥 무시하고 있는 것일지도 모른다. 영혼을 팔아서라도 취직을 하고 싶다는 이 나라 젊은이들에게 방사능 공포라는 건 가진 자들의 몸사림 정도로 비칠 것이다. 이런 형편이니 온 세계가 원전 반대를 떠들고 나서는데도 경상북도 도지사는 동해안에 원전 클러스터를 조성하여 일자리를 창출하고, 지역경제를 되살리겠다는 '통 큰 소리'를 할 수 있는 것일 게다.

후쿠시마 핵발전소에서 촉발된 방사능 재앙은 시간이 갈수록 규모가 점점 커지고 있는데, 이미 우리 시야에서는 가물가물 멀어지고 있다. 보수언론들은 먼 남의 나라 이야기인 양 한두 마디씩 툭툭 던질 뿐이고, 대통령은 과학기술 수준이 한참 뒤떨어진 후진국의 일인 것처럼 이야기하고 있다.

온 나라가 동계올림픽 유치에 열광하는 틈 사이로 이따금씩 흘러나오는 이야기를 들어 보면, 후쿠시마의 재앙은 인간이 동원할 수 있는 과학기술의 힘으로는 해결과 수습이 불가능하다는 것으로 결론이 내려지고 있는 것 같다. 우리 눈에 비치는 일본정부와 도쿄전력의 대응방식 또한 과학과는 무관해 보인다. 냉각수조에 헬기나 소방호스로 바닷물을 퍼부어대는 것은 요행수를 바라는 도박과 다를 바 없다. 게다가 핵발전소 노동자의 피폭 허용량을 10mSv에서 단숨에 250mSv로 올린 것은 어떤 과학적 근거에서 결정된 것인가? 과학과는 무관하게 권력의 힘과 핵발전소 노동자의 생계 공포가 결합하여 만들어낸 기준치일 뿐이다.

지금 일본정부와 일본의 핵과학자, 의사들이 할 수 있는 일이란 "미량"이라거나 "기준치 이하"라는 말을 내뱉는 것 말고는 없는 것 같다. 대신 죽음의 현장에 투입되는 노동자들에게 사무라이라는 봉건사회의 명예를 덮어씌우고는 가미카제 특공대식의 성전을 부추기고 있다. 그것도 안 되면 야스쿠니 신사를 찾아가 일본을 지켜준 전쟁의 신들에게 기도를 하는 정도일 것이다. 과학기술이 쌓아 올린 바벨탑이 무너지고 있는 순간, 일본의 과학자들은 과학자들이 한 순간도 참아내지 못하고 경멸하는 주술과 굿판에 의지하고 있는 꼴이다.

그렇다고 해서 지금 당장 과학의 종말, 문명의 종말이라고 이야기하기에는 섣부르다. "실패는 성공의 어머니"라는 격언이 가장 유용하게 쓰이는 곳이 바로 과학 분야이다. 과학의 역사는 "인간의 이성이 저지른 실수의 전시장"이라고 평가하기도 한다. 과학의 실패에는 책임을 묻지 않는다. 더 나은 성과를 약속하는 하나의 계기요 자극일 뿐이다.

후쿠시마 핵발전소에서 지구촌 전체의 미래를 걱정해야 할 수준의 대재앙이 발생한 뒤에도 이명박 대통령은 "원전을 포기할 것이 아니라 원전 안전을 한 단계 뛰어넘는 계기"로 삼아야 한다고 주장하고, "더 안전한 발전소 건설을 위한 집중투자"를 강조했다. 지금 국민들의 정서는 대통령의 말에 그다지 신뢰를 두지 않는 분위기이지만, (과학의) 실패가 두려워 포기해서는 안 된다는 대통령의 말에까지 이의를 제기하는 사람은 그리 많지 않을 것이다. 일제강점에 이어 강대국이 개입한 동족끼리의 전쟁까지 겪은 우리나라 역시 일본 이상으로 서방세계의 과학기술에 대한 목마른 갈증이 있었고, 과학의 발전을 기반 삼아 선진국에 진입한다는 것이 역대 모든 정부와 국민들의 지상 목표였기 때문이다. 그래서 한국의 과학은 그냥 과학으로 있는 것이 아니라 첨단과학, 최첨단과학으로 발전해왔고, 국민들의 소비수준도 이에 발맞추어 높아져왔다.

그런데 과학이 종교 이상의 힘을 가진 이 나라에서 정작 과학자들은 선택 받은 몇몇 소수를 제외하면 실직자나 다름없는 처지로 보따리를 들고 이 거리 저 거리를 헤매고 있다. 자신이 속한 대학에서, 연구소에서 수익성 있는 실적을 못 내면 한순간에 연구비나 월급만 축내는 천덕꾸러기 신세가 된다. 그런 처지에 절망한 젊은 과학자들은 스스로 목숨을 끊기도 하고, 대입 수험생들이 이공계를 기피하게 된 것은 어제오늘의 일이 아니다. 과학이 종교 이상으로 숭배되는 나라에서 이 무슨 기막힌 역설인가?

과학과 민주주의

우리나라에서 '과학적'이라는 말은 그 누구도 거부할 수 없는 정언명령과도 같은 힘을 가지고 있다. 어떤 생각과 주장, 행위나 문화적 습성까지도 과학적이지 못하다고 평가되면 설 자리가 없어진다. 과학적이지 못하다는 평가를 받는 주장을 계속하는 사람은 무책임하게 사회혼란을 획책하는 선동가로 매도되기도 한다. 과학적이지 못한(?) 전통의 가치나 문화적 습성에 애착을 가진 사람은 시대에 뒤처진 사람으로 취급받기 일쑤다. 일제강점기에 있었던 문화말살 정책과 해방 이후 물밀듯이 밀려들어온 양키문화 영향, 그리고 미국과 같은 선진국에 대한 애타는 선망이 있었다 할지라도 우리 사회가 과거 전통과 철저하게 단절된 사회가 된 것에는 '과학적'이란 말의 영향력을 무시할 수 없다.

한민족의 굿문화는 유희적 성격의 문화유산이 아니라 반만년 역사와 함께 해 온 토착신앙에 뿌리를 둔 제의요 의례이다. 21세기 우리 사회의 일상에서 그 흔적을 찾기란 쉽지 않다. 과학적이지 못하다는 공격을 견디다 못해 흩어지고, 사라지고, 몇 남지 않은 흔적들은 심산유곡으로 숨어들었기 때문이다. 종교는 앎 이전에 계시를 바탕으로 한 믿음의 영역이다. 사물과 현상에 대한 앎을 바탕으로 무엇인가를 제작하고 조작하는 과학기술의 영역과는 성격이 다르다. 종교적인 믿음의 영역을 과학의 시선으로 옳고 그름을 설명하는 것이 가능한 일인가? 불가능하다. 그래서 과학과 종교는 끊임없이 갈등을 일으킨다.

그런데 우리나라에서는 믿음의 영역인 종교 이론을 과학이 설명을 하고 입증까지 한다. 황우석 박사팀의 줄기세포 연구가 각광을 받을 무렵 일부 불교학자와 불교계 인사들의 글들이 쏟아져 나왔다. 생명복제 기술을 불교의 윤회사상과 결부시키며 불교의 윤회사상이 '과학적'으로 입증되었다는 것이 그들의 논지였다. 그래서인지 2004년 조계종은 황우석 박사에게 '자랑스러운 불자상'을 수여한다. 여성들의 난자를 핸드백 속에 넣고 다니며 필요하면 언제나 꺼내 쓸 수 있는 구슬 정도로 취급하는 사람에게……. 그 이후 황우석 박사가 전세계를 대상으로 하는 학문의 사기꾼임이 밝혀진 뒤 불교계가 어떤 태도를 취했는지 내가 아는 바는 없다. 과학적인 입증에 실패한 윤회설을 포기했다는 이야기도 들은 적이 없다.

1987년 이전, 권력이 정권을 유지하던 힘은 총과 칼에서 나왔다. 국민들의 상식적이면서도 합리적인 의심은 권력이 휘두르는 무력에 의해 묵살되어 버렸다. 선거민주주의가 정착된 지 20년도 더 지난 지금, 권력은 언어의 힘으로 권력을 유지하고 있다. 그 언어는 '조·중·동'과 관제 방송, 관료들, 그리고 그들에게 포섭된 전문가들에 의해 유포되고 있다.

상식에 바탕을 둔 국민들의 합리적 의심에 대해 그들이 '과학적이지 않은' 무책임한 언동으로 규정하면 경찰과 검찰이 나서서 재갈을 물리는 방식이다.

광우병 감염의 우려가 있는 미국산 쇠고기 수입에 반대하는 국민들의 저항을 잠재운 것은 통상관료와 보수언론들이 내뱉은 "과학적 근거가 없는 막연한 우려" 탓이라는 말 한마디 때문이었다. 미국 축산업계와 미국산 쇠고기의 실태를 취재 보도한 방송국 PD들은 과학적 근거도 없이 국민들의 막연한 우려를 선동하여 사회혼란을 획책하고 관료들의 명예를 훼손했다는 이유로 법정에 끌려가야 했다. 후쿠시마 핵발전소 사고로 일본의 동쪽 땅 전체가 황무지가 될 지경에 이르렀는데도 우리는 태평스럽다. 일본보다 더 과학적으로 안전하게 설계되어 있고, 핵발전소를 반대하는 시민단체의 주장은 과학적 근거가 없는 상투적 주장일 뿐이라는 정부 관계자의 말 때문일 것이다. 삼성반도체에서 근무하다 사망한 노동자들의 유족들이 땅을 치고 통곡하는 이유는 상식 차원의 심증이 아닌 과학적인 근거를 내놓으라는 근로복지공단과 사법부의 너무나도 수준 높은(?) 과학적 사고 때문이다. 무모하기 짝이 없는 4대강 사업은 법적 하자가 없다는 사법부의 판단과, 과학적으로 안전성에 문제가 없다는 관변 과학자들이 제공한 과학적 근거에 따라 일사천리로 진행되고 있다. 여기에 건전한 상식을 가진 국민들의 합리적 의심이 끼어들 틈이 없다.

21세기가 인류 공영의 신세계가 아니라 인류 공멸의 대재앙의 세기가 될 수도 있음을 예측한 사람이 있다. 일본에서 '시민과학자'로 추앙

받고 있는 핵화학자 다카기 진자부로 박사이다. 반핵운동가로 일생을 마친 그가 새천년이 시작되는 2000년에 맞추어 출간한 책(『원자력 신화로부터의 해방』, 녹색평론사 2001)에는 핵발전소가 절대 안전하지 않으며, 비용이 싸지도 깨끗하지도 않고, 지역발전에도 도움이 되지 않고, 결국에는 인류 전체의 미래를 위협하는 괴물이 될 수도 있다는 사실이 철저하게 과학적 근거에 의해 서술되어 있다. 하지만 일본정부는 정부나 기업에 예속되지 않은 '시민과학자'였던 그의 일관된 경고를 무시했다. 그 결과가 후쿠시마의 현실이다,

　이쯤에서 우리는 습관처럼 내뱉는 과학, 또는 과학적이란 말에 대한 이해를 새롭게 할 필요가 있다. 현대의 과학은 근대사회 이전의 스스로 그러한[自然], 있는 그대로의 현상을 객관적으로 서술하고 설명하는 자연과학과는 성격이 다르다. 굳이 이름을 달리 붙이자면 응용과학이라 해야 할 터인데, 이는 과학이란 앎을 바탕으로 무엇인가를 생산하고 제작하고 조작해내는 것이 궁극적인 목적이다. 따라서 이 시대에 통용되는 '과학적'이란 말에 효율성, 편리성, 실용성, 상업성이 내포되어 있을지는 몰라도 객관적이며 반박의 여지가 없는 진리라는 평가를 내릴 수는 없다. 게다가 그 응용과학이 과학적 성과를 내기 위해서는 정부의 정책과 재정 지원이 반드시 따라야 한다. 아니면 자본의 지원을 받거나. 그런 과학이 과연 가치중립적인 객관적인 사실 또는 반박의 여지가 없는 진리가 될 수 있을지 의문이다.

　하지만 우리는 상대방의 주장을 비난하고 폄훼할 때 "과학적이지 않다"거나 "비과학적"이란 말을 서슴없이 사용한다. "과학적 근거가 없

다"는 말은 정부가 정부정책을 비판하는 시민단체의 의견을 묵살할 때, "과학적으로 충분히 입증되었다"라는 말은 정부정책을 홍보할 때 사용하는 관용어이다.

지금 이 시대의 과학은 국가권력과, 학위 장사를 하는 주식회사 수준으로 전락한 대학, 그리고 기업에 의해 독점되어 있다. 과학자들의 운명은 이 삼자의 손아귀에 놓여 있다. 자유롭고 창의적인 연구가 어찌 가능하겠는가? 과학이 종교 이상으로 숭배되는 나라에서 정작 과학자들의 삶이 고달프고 미래가 없는 이유가 바로 이 때문이다. 조선시대를 봉건사회라 부르는 이유 중에 하나는 학문이 소수 사대부들에 의해 독점되어 있었기 때문이다. 조선 시대 사대부들이 '무식한 상것'들을 함부로 다룰 수 있었던 힘은 그들이 독점하고 있었던 학문의 힘이기도 했다.

한 EU FTA 비준과정에서 격렬하게 항의하는 국회의원을 향해 한 통상관료는 언성을 높여 "공부 좀 하"라는 막말을 퍼부어댄 적이 있다. 정부 관료의 시각에서 볼 때 그 국회의원의 주장에 과학적 근거가 부족했다는 뜻일 것이다. 하지만 실지 과학적 근거가 부족했다 하더라도 그 말은 조선시대 사대부들이 "이 무식한 상것들이 어디서 감히……"라고 하는 언어폭력과 하나 다를 바 없는 말이다. 헌법에서 민주공화국임을 표방하고 있는 나라에서 주권자인 국민의 종복이라는 공직자가 국민의 대표에게 함부로 내뱉을 수 있는 말은 결코 아니다. 그러나 그는 아무런 사과의 말도 없었고, 임명권자 역시 어떤 문책도 없이 그 자리를 굳건하게 지키도록 하고 있다. 게다가 우리 사회는 지금 부와 권력과 직업이 세습되고, 사람들이 사는 마을은 서울과 변방으로, 부촌과 빈촌으로 확연하게 갈라지고 있다. 그리고 법은 정의와 형평을 구현하는 것이 아니라 권력과 소수의 이익을 위해 봉사하는 사법(私法)으로 변해가고 있는데, 법률가의 양성 구조는 부촌에서만 나올 수 있게끔 설계되어 있다. 대한민국은 민주공화국이 아니라 서서히 현대 봉건사회로 변해가고 있는 건 아닌지 모르겠다.

상식의 힘, 상식의 연대

새천년이 시작되는 2000년 1월 3일, 의사협회는 『의협신보』에 '새로운 시대의 의학'이란 제목 아래 의학 각 분야에서 일어날 전망들을 전 지면에 걸쳐 내놓았다. 20편이 넘는 글 대부분이 생명공학·유전공학이 세상을 뒤바꿀 것이라는 이야기들이었다. 이제 불과 10년 남짓 지난 시점이어서 평가를 내리기에 이르기는 하지만 아직 그 전망들이 실현된 것은 별로 없다. 그 중에 10년 만에 정확하게 현실이 된 것이 하나 있다. 의료계에 대한 "정부의 규제와 간섭이 최소화"되고, 정부의 서비스 기관(공공기관)은 민영화"될 것이며, "보건의료의 공급도 소비자의 선택에 바탕을 둔 자유경쟁체제"가 될 것이라는 전망이었다. 그 전망은 의료계의 수동적인 전망이 아니라 간절한 바람이기도 했고, 그래서 의료계는 국민의 정부와 참여정부를 향해 의료사회주의를 획책하는 좌파정권이라며 격렬하게 저항하기도 했다. 그런데 의료계의 주장에는 항상 "국민건강을 위하여"라는 수식어가 붙는다. 의료서비스에 대한 규제철폐, 민영화, 자유경쟁체제를 주장하는 이유 역시 당연히 "국민건강을 위하여"서일 테지만 그런 주장이 관철되었을 때 국민건강이 향상될 것이라는 과학적 근거는 있는가? 없다!

우리나라는 2009년 기준, 후진국의 상징적인 질병이라고 할 수 있는 결핵의 발병과 사망률에 있어 OECD 국가 중에 1등이고, 2010년 기준으로 항생제 소비량이 OECD 국가 중 1등이다. 항생제 소비량이 1등이란 말은 슈퍼박테리아의 공격에 가장 취약한 국가라는 이야기다. 그런데 1997년부터 2007년 10년 동안 일인당 의료비 실질 증가율은 OECD 국가 중 단연 1등이다. 의료 선진국이라며 정부와 의사들이 입에 침이 마르도록 칭찬하는 미국보다 두 배가 넘는 수치다. 여기에 자살률이 1등인 반면, 출산율은 끝에서 1등이다. 이런 성적은 의료의 규제철폐, 민영화, 자유경쟁체제가 몰고 온 결과로 해석할 수밖에 없다. 더 끔찍한 1등도 있다. 한국은 국토면적당 원전 시설용량이 세계 10대 원전대국 가운데 또 1등이다. 대형사고가 일어나면 국토 전체가 풍비박산이 날 수도 있다는 말이다. 우리 사회의 미래를 전망할 수 있는 '과학적 근거'는 이 정도만으로도 충분하리라 생각한다.

지진과 해일, 핵발전소 사고, 세 가지 대재앙이 한꺼번에 덮친 후쿠시마 지역에 우리가 잘 모르는 또 하나의 재앙이 있다. 핵발전소는 원래 의료취약지구라 할 수 있는 지방의 소도시에 건설되기 마련이다. 그나마 일본정부의 구조조정 정책으로 의사, 간호사, 병원이 급격하게 줄어들고 있는 시점에 일어난 사고였고, 그 여파로 가까스로 피난처에 도착한 병약자, 노약자들이 적절한 진료를 받지 못해 상당수가 목숨을 잃어야 했다는 사실이다. 우리나라에 핵발전소가 건설되어 있는 지역의 의료 인프라는 어떤 수준인가? 최고급 의료시설이 몰려 있고, 의료인력과 병상의 절반 이상이 밀집되어 있는 서울 중심의 수도권에는 핵발전소가 없다.

우리나라가 1등만 기억하고, 1등만 행복한 나라이지만 우울하고 슬픈 1등들은 기억하는 사람도 별로 없고 기억하고 싶어하지도 않는다. 한 무리의 연예인들이 1박 2일 동안 서로 밀치고 당기고 낄낄대면서 "나만 아니면 돼!"를 외치는 프로그램이 인기를 누리며 장수하고 있는 세상이다. 나만 아니면 된다는 무관심과 세상은 어차피 끼리끼리 다 해먹는 법이라는 냉소주의가 이 난세를 살아가는 대부분의 사람들이 가지고 있는 처세의 철학이 되어 있다. 이런 바탕 위에 소수의 지배체제는 점점 견고해지고, 민주주의는 가마득히 멀어지고 있다.

의료의 민영화, 의료산업화가 과연 막대한 수익을 창출하는 차세대 성장동력산업이 될 수 있다는 과학적인 근거가 있는가? 정부가 의료에 대한 규제와 간섭을 철폐하고 자유경쟁체제로 방임하는 것이 헌법 취지에 맞는 것인가? 또 그것을 반대하는 것이 좌파적 사고인가?

의사의 의료행위가 지향하는 궁극적인 목적은 병든 몸의 원상회복이다. 환자의 입장에서는 이전 상태로 되돌아가는 것이므로 진료로 말미암은 추가 이익이 없다. 그나마 몸이 원상회복되는 경우는 가벼운 질병에 걸렸을 때뿐이다. 몸은 회복이 되더라도 대부분 발병 이전의 노동력을 회복하기는 어렵다. 대표적인 사례가 뇌졸중이다. 어렵사리 생명을 건졌다 하더라도 후유증 때문에 정상적인 노동이 불가능한 것이 뇌졸중의 특성이다. 그런데 현대의학의 특성상 의료서비스에는 상당한 비용이 발생한다. 그런 점에서 환자에게 의료비라는 것은 추가 이익을 내는 것도 아니고, 노동력이 유지되거나 배가되는 투자의 의미도 없는 그야말로 소모적인 비용인 셈이다. 소모적 비용지출이 많은 가계는 파산할 수밖에 없을 것이므로 어느 집이든 의료비 지출이 늘어나는 것을 꺼린다. 그래서 의료는 산업으로서 수익을 창출하는 것이 원래 어렵게 되어 있다.

그렇다면 의료산업은 어떤 상품으로 시장에서 수익을 창출하겠다는 것인가? 의료비 지불능력이 충분한 계층들의 건강염려증과 욕망을 자극하여 새로운 수요를 창출해서 수익을 내는 것이 의료산업의 속성이다. 수백만원이 넘는 건강검진 프로그램이 개발되고, "노화가 치료 가능한 질병"이라는 궤변들이 나오는 이유가 이 때문이다. 하지만 이런 수익구조는 한계가 있다. 의료체계를 시장의 자유경쟁체제에 방임할 경우, 의료양극화·소득양극화는 더 빠르게 진행될 것이므로 의료비 지불능력이 있는 인구수가 갈수록 줄어들기 때문이다. 그렇다면 눈을 해외로 돌려야 한다. 그렇게 해서 나온 발상이 의료관광사업이다. 의료관광사업이 성공하기 위해서는 우리보다 소득 수준이 높은 일본과 중국의 부자들이 우리나라를 찾아야 한다. 과연 얼마나 올까? 우울하고 슬픈 일들만 골고루 1등을 하는 나라에……

근대 민주주의 사회에서 주권자인 국민은 납세의 의무를 지는 대신 건강하고 행복하게 살 권리를 가진다. 국민이라면 누구나 누려야 할 기본권이다. 그 권리를 보장해야 할 책임은 정부에 있다. 특히 현대사회의 질병의 원인은 개인의 책임이라기보다는 사회환경적 요인이 더 크다.

그래서 우리 헌법 34조, 35조에는 국민의 건강권을 보장해주어야 할 책임이 정부에 있음을 명시하고 있다. 하지만 역대 정부는 하나같이 헌법에 명시된 책임을 방기해왔고, 국민들은 무관심하게 입을 다물어 왔다. 선거민주주의가 시작된 지 20년이 지난 이제야 비로소 기본권을 회복하려는 움직임이 일어나고 있다. 하지만 어떤가? 이런 움직임을 포퓰리즘, 좌파의 준동이란 말도 모자라는지, "주인이 먹다 남긴 돼지고기를 모은 쓰레기통이나 뒤지는 노예들(포크배럴)"이란 막말이 MB정부의 장관 입에서 흘러나오고 있다.

과학적이란 말에, 전문가라는 지위에, 박사라는 이력에 주눅들 필요는 없다. 그들이 쓰는 말이 우리들의 일상 언어와 다른 뿐이다. 세상 모든 사람이 사기라고 비난하는 행위를 황우석 박사는 "인위적 실수"라고 했다. 대다수 국민들이 지지하는 정책을 그들은 "포퓰리즘"이라고 부른다. 건강검진의 정확성은 비용에 비례한다는 과학적 근거가 있는가? 없다. 노화가 치료 가능한 질병이라는 노화 전문가의 말에 의학적 근거가 있는가? 없다. 구미지역의 단수사태가 4대강사업과 연관이 없다는 정부 측 전문가들의 말에 과학적 근거가 있는가? 없다. 건전한 상식을 가진 사람이 관심을 가지고 들여다보았을 때 이해할 수 없는 과학이나 전문가의 주장은 사술이나 궤변에 불과한 것이다.

냉소주의는 세상으로부터 스스로 자신을 소외시키고, 체념 절망하게 만든다. 그 절망이 깊어지면 자살이라는 극단적인 선택에까지 이르게 된다. 지금 우리에게 절실히 필요한 것은 우리가 당면하고 있는 현실에 대한 합리적인 의심, 합리적인 회의주의다. 의심은 관심에서 출발하고, 관심은 곧 행동으로 이어진다. 민주주의 사회에서 주권자가 할 수 있는 행동의 최소치는 바로 투표이다. 앞으로 우리가 본받고 키워나가야 할 것은 '과학적 사고'가 아니라 한 표의 주권행사로 핵발전소를 멈추게 한 독일, 스위스, 이탈리아와 같은 유럽 국민들의 '상식적 사고'일 것이다. 이 세상을 지탱하게 하는 것은 과학기술이 아니라 보통 사람들이 서로 쉽게 소통할 수 있는 '상식의 힘'이요 그런 '상식의 연대'일 것이라 믿는다.

『프레시안』 2011.7.18.